비어 있거든, 사랑으로 채워라

하루를 바꾸는
28개의 단편 소설집

전종채 지음

비어
있거든,

사랑으로
채워라

산골 소년의 첫사랑부터 청년과 중년의 간절함, 그리고 황혼에 선 노인들의 애환까지— 삶의 결을 한 권에 모아 보았습니다. 스물여덟 개의 이야기를 징검다리 삼아 건너다 보면, 인생이라는 강이 발밑에서 속살을 드러내 보일지도 모릅니다. 그 강을 어떻게 건널까. 어떻게 서로를 살릴까. 내 생각은 언제나 같았습니다. 사랑으로.

문장은 호흡과 닮았습니다. 달려온 문장은 숨이 차고, 오래 서 있던 문장은 무릎이 떨립니다. 그래서 우리는 쉼표 하나를 더 두고, 말줄임표 하나를 건너며, 서로의 속도를 맞춥니다. 문장의 작은 표지들 위로 사랑이 다리를 놓습니다. 그 다리의 시작과 끝에는 늘 두 사람이 서 있습니다. 쓰는 작가와 읽는 독자. 독자의 들숨이 작가의 날숨과 맞닿는 순간, 한 줄의 문장은 비로소 온기를 띱니다.

이야기들은 서로 다른 옷을 입고 나타났지만, 모두 같은 물길을 건넜습니다. 때 묻지 않은 산골 소년의 마음, 철새들의 이동, 동백꽃으로 피어난 여순 사건, 밥과 쉼을 나누고 싶은 따뜻한 마음들, 10분 늦어 사랑을 잃을 뻔한 청년, 제주 사려니 숲과 뉴욕 마라톤, 늙은 양계장 총각의 프로포즈, 자식 때문에 애타는 부모, 10년을 기다려 얻은 사랑, 절대자에 대한 그리움, 세렝게티의 약육강식, 법의학자의 정의감까지— 모두가 한 문장의 변주였습니다. "우리는 무엇으로 사는가?" "어떻게 서로를 살리는가?" 내가 가진 대답, 그리고 앞으로도 가질 대답은 '사랑'입니다.

이 책은 스물여덟 개의 물결이 남긴 소금빛 기록입니다. 페이지마다 남겨

비어 있거든, 사랑으로 채워라

둔 미세한 떨림과 설명되지 않은 여백. 그 자리는 사랑이 드나들 자리를 위해 비워 두었습니다. 만약 어떤 문장이 그대의 오래된 이름을 조용히 부른다면, 그것은 우연이 아닙니다. 같은 강의 물소리를 우리가 함께 들었기 때문입니다.

그리고 이제 스물아홉 번째 물결은 그대의 손에서 시작될 것입니다. 오늘의 침묵으로, 내일의 한숨으로, 옅은 미소 한 줄로— 비어 있는 칸을 채워 주세요. 능대는 이미 켜 두었습니다. 바다는 아직 넓고, 밤은 우리에게 충분합니다. 천천히, 같이. 사랑으로.

2025년 뜨거운 여름, 전종채

차례

산골 소년의

사랑
이야기 1

밤나무가 늘어선 밤골에서 있었던 일입니다. 아랫골 소년의 집에는 총각 선생님이 살고 있었습니다. 윗골 소녀의 집에는 처녀 선생님이 살고 있었습니다. 총각 선생님은 소년에게 편지를 하나 쥐어 주었습니다.

소년은 샛노란 개나리꽃 울타리를 지나 편지를 배달하러 길을 나섭니다. 새가 춤추듯 나는 발걸음입니다. 큰 샘을 지나갑니다. 샘물은 퐁퐁 솟고 주변으로 돌담이 둘러진 그곳은 마치 작은 정원처럼 고요했습니다. 윗골까지 가려면 좁고 구불구불한 골목길도 지나야 합니다. 골목의 길가에는 민들레꽃이 무리 지어 피어 있고, 소년은 그 사이에서 하얀 민들레 한 줌을 꺾어 손에 쥡니다. 마지막으로 긴 흙담을 돌면 탱자나무 울타리가 보입니다. 소녀의 집입니다. 흙담 밑에서는 어미 닭이 병아리들과 함께 모이를 쪼고 있습니다. 아주 작은 병아리들이 어미 닭을 졸졸 따라다닙니다.

소년은 소녀에게 조심스럽게 편지를 건넵니다. 그리고 손에 쥐었던 하얀 민들레도 함께 내밉니다. 소녀는 편지와 민들레를 받아 들고는 팔짝팔짝 뛰어가 처녀 선생님에게 전해 줍니다. 소년은 얼굴이 빨개진 채 쑥스러움을 이기지 못하고 도망치듯 나옵니다. 달리면서도 소년의 입가엔 끝내 하지 못한 말이 맴돌았습니다. "꽃은 너에게 준 거야."

다음 날이 되었습니다. 이날은 소녀가 처녀 선생님의 답장을 들고 배달하는 날입니다. 고무줄놀이하는 언니들 옆을 지나고, 구슬치기하는 오빠들 옆을 지나갑니다. 소녀도 나비가 나는 듯한 발걸음입니다. 소년은 토끼장 옆에서 토끼들에게 먹이를 주고 있었습니다. 어미 토끼와 새끼 토끼 몇 마리가 자라고 있었습니다. 소녀를 발견한 소년은 조심스레 하얀 새끼 토끼 한 마리를 꺼내 건넸습니다.

소녀는 깜짝 놀라 기겁했고, 처마 밑 둥지에 있던 '집비둘기'까지 놀라 감나무 위로 날아올랐습니다. 소녀는 처녀 선생님의 답장을 소년 앞에 던지듯 놓고는 도망가 버렸습니다. 하얀 것이 품에 닿는 순간, 놀람과 쑥스러움이 한

비어 있거든, 사랑으로 채워라

꺼번에 밀려왔습니다. 뒤돌아보지 못한 채 달리면서도, 소녀는 소년의 웃는 얼굴과 하얀 토끼의 모습이 자꾸 떠올랐습니다. 소년은 귀여운 새끼 토끼를 무서워하는 소녀를 이해할 수 없었지만 그래도 사랑스럽기만 했습니다.

그 후로도 몇 번 더, 소년과 소녀는 선생님들의 편지를 배달했습니다. 그러던 어느 날, 소년은 소녀와 함께 개울에 나갔습니다. 장맛비로 불어난 징검 다리가 미끄러웠습니다. 소녀가 미끄러져 급류에 휩쓸렸습니다. 다행히 동네 어른이 구해 주었습니다. 소년은 젖은 손을 꼭 쥐고 '내가 먼저 손을 잡았더라면' 하는 생각을 떨치지 못했습니다.

소녀는 시내 병원에 입원했고, 그날 이후 소식이 뚝 끊겼습니다. 소년은 그 일로 야단을 맞았지만 걱정이 앞섰습니다. 소녀의 아버지는 딸이 개울에 간 것이 소년 때문이라며, 다시는 만나지 말라고 하였습니다. 그리고 소녀를 외할머니 댁으로 보냈습니다. 소년은 눈물을 흘렸습니다.

"병원에 입원했다더라."
"징검다리에서 발을 헛디뎠다지?"
"아이구, 올해 비가 엄청 내렸지."
빨랫방망이가 물 위를 탁탁 치는 소리에, 불어난 개울의 물결이 겹쳐 울렸습니다. 마을 앞 개울 빨래터에서 시작된 소문은 동네를 한 바퀴 돌았습니다. 방학이 되면 처녀 선생님과 총각 선생님이 결혼한다는 소문도 있었습니다. 소녀의 가족이 도시로 이사 간다는 소문도 함께 돌았습니다.

얼마 지나지 않아, 소녀의 가족은 정말 도시로 이사하는 차에 올랐습니다. 소년은 사람들 사이에서 소녀의 모습을 놓치지 않으려 눈을 부릅뜨고 찾아보았습니다. 그러다 떠나기 직전, 소녀가 뒤돌아보았습니다. 소년은 그 순간, 소녀가 자신을 찾고 있다고 생각했습니다. 그러나 그것뿐. 소녀가 탄 차는 이내 먼지를 일으키며 떠나가 버렸습니다. 소년의 마음은 눈물 나도록 허전했습니다. 온 마을이 텅 빈 듯했습니다.

소년은 뒷산으로 올라갔습니다. 산에 매어 둔 염소를 집으로 데려오기 위해서였습니다. 그러나 염소는 큰 눈을 더욱 부릅뜨고 뿔을 세우며 소년에게 달려들었습니다. 속이 상한 김에, 소년은 염소를 발로 걷어차고 말았습니다. 소년은 서둘러 손으로 염소의 등을 쓸어주었습니다. 염소는 주인의 속사정을 알 리 없다는 듯 혼자서 집으로 달려갔습니다. 암소도 배가 부른 듯 한가롭게 되새김질을 하고 있었습니다.

소년은 해가 지기 전에 암소를 끌고 산길을 따라 천천히 내려왔습니다. 소녀가 떠난 오늘, 모든 것이 심통이 납니다. 해질녘, 정적을 깨고 논에서 '뜸북이'가 뜸북, 뜸북 울고 있습니다. 들과 산을 공허하게 울리고 소년의 마음에까지 메아리쳤습니다. 왠지 '뜸북이'의 울음이 슬퍼서 눈물이 났습니다. 순전히 '뜸북이' 녀석의 노래 때문이었습니다. 둔덕 너머 어둠이 번지듯, 소년의 가슴에도 빈자리가 저물었습니다.

방학이 되자, 처녀 선생님과 총각 선생님이 정말 결혼했다는 소문이 아랫골 샘터에서부터 퍼졌습니다. 새 학기가 되자 두 분 선생님은 도시로 발령을 받아 떠났습니다. 대신 할아버지 선생님과 할머니 선생님이 새로 부임해 오셨습니다.

학교가 파하자 소년은 감자를 먹고, 소를 몰아 '얼치고개'를 넘었습니다. '얼치고개'에는 여우가 산다는 소문이 있었습니다. 소년은 한낮이어도 여우가 나타날까 봐 무서웠습니다. 그러나 개울과 징검다리가 있는 그곳엔 소녀의 추억도 있었습니다. 소년은 소녀의 기억이 떠오르자 힘이 났습니다.

개울에 도착한 소년은 풀잎을 따서 정성껏 모자를 엮었습니다. 그 사이에 예쁜 꽃도 함께 넣었습니다. 언젠가 여름 햇빛이 소녀의 머리를 곱게 물들이면, 그 꽃모자를 살며시 씌워 주고 싶었습니다. 소년은 냇가에 신을 벗어 두

비어 있거든, 사랑으로 채워라

고, 맑은 물에 발을 담그며 기다렸습니다. 그 애가 언젠가는 징검다리를 건너 오리라는 생각에 마음은 자꾸만 두근거렸습니다. 바람은 풀잎을 따라 낮게 흘렀고, 물살은 소년의 발목을 식혀 주었습니다.

흐르는 냇물 위로 노을이 비쳐 분홍빛으로 물들기 시작했고, 서쪽 하늘까지도 온통 붉게 타오르기 시작했습니다. 소년은 정성껏 만든 예쁜 꽃모자를 조용히 개울물에 띄워 보냅니다. 소년의 슬픈 마음도 함께 떠내려갑니다. 소녀가 징검다리 위에 선다면, 꼭 꽃모자를 씌워 주고 싶다는 마음뿐이었습니다. 꽃모자를 또 한 번 떠내려보내고, 소년은 결심했습니다.

"다음에 만난다면…"

암소를 찾으러 다시 산 중턱까지 올라갔습니다. 그곳엔 도라지꽃이 군데군데 피어 있었습니다. 흰색의 도라지꽃은 소녀처럼 청순하다고 느껴졌습니다. 노랗게 물든 서녘 하늘을 바라보며, 문득 푸른 잉크를 찍어 노란 구름 편지지 위에 편지라도 쓰고 싶었습니다.

키가 훌쩍 큰 소년도 이제 시내 학교에 다니게 되었습니다. 아침마다 첫차를 타야 했습니다. 시냇가 버스 정류장까지 걸어 내려갔습니다. 구불구불한 비포장길에는 먼지가 자욱했습니다.

그날도 평소처럼 수업을 마치고 버스를 기다리고 있었습니다. 노란 은행나무 잎이 낙엽 되어 바람에 우수수 날리던 오후였습니다. 그 길로 누군가가 걸어오고 있었습니다. 노란 은행잎을 밟으며 다가오는, 눈에 익은 단발머리 소녀였습니다. 은행잎이 발밑에서 바스러지는 소리가 바람 소리에 섞였습니다. 소녀의 머리칼이 한 번 흔들릴 때마다 지난여름이 눈앞을 스쳐 갔습니다.

"혹시… 너, 밤골에서 살던…?"

소년은 반가움에 말을 잇지 못했습니다.

소녀가 웃으며 말했습니다. "응."

"나, 여기로 전학 왔어. 아빠가 전근 오셨거든. 여기 오면 너를 만날 수 있을 것 같았어.”

소년은 가슴에 무언가 가득 차오르는 것 같았습니다. 기억 저편에 묻어두었던 하얀 민들레와 흰 토끼, 그리고 그때 하지 못했던 말, “꽃은 너에게 준 거야.” 그 말이 다시 목구멍까지 올라왔습니다.

그 후로, 소년은 소녀와 같은 학교를 다니게 되었습니다. 같은 반은 아니었지만, 점심시간마다 도서관에서 마주쳤고, 버스를 기다리는 정류장에서도 자주 마주치게 되었습니다. 어느 겨울날, 버스를 놓친 두 아이는 정류장 옆 언덕을 함께 올랐습니다. 고드름이 매달린 산책길에서, 소녀가 조심스레 물었습니다.

“그때, 그 하얀 민들레… 정말 나 주려고 꺾은 거였어?”

소년은 얼굴을 붉히면서 “응.” 대답하며 고개를 끄덕였습니다. 그러다 호주머니에서 조그마한 수첩을 꺼냈습니다. 낡은 수첩 사이에는 잘 말린 네잎 클로버가 있었습니다.

“이건… 네가 이사 가던 날, 주고 싶어서 가지고 갔던 선물이야. 그때는 건네지 못했어. 지금까지… 그냥 계속 가지고 있었어.”

소년이 수줍게 내밀었습니다. 소녀의 눈이 커졌습니다. 조심스레 작은 수첩을 받아 들자, 입가에 잔잔한 미소가 번졌습니다. 그리고 말했습니다.

“우리, 함께 처녀 선생님이랑 총각 선생님… 두 분 선생님을 찾아가 보자.”

소년이 당연하다는 듯 고개를 끄덕였습니다. 눈이 내리기 시작했습니다. 소년이 소녀의 옆에 살며시 앉았습니다. 그 순간, 세상이 조용해진 듯했습니다. 단지 하얀 눈송이들만이 두 아이의 어깨 위에 살며시 내려앉았습니다.

그날 이후, 둘은 말없이 서로를 챙기며 하루하루를 지냈습니다. 봄이면 학교 둘레길의 벚꽃길을 함께 걸었습니다. 자전거를 타고 신나게 벚꽃길을 달리기도 했습니다. 여름이면 개울가에 발을 담그고 물장구를 쳤습니다. 소년은 징검다리와 꽃모자 이야기를 들려주었습니다. 소녀는 까르르 웃었습니다.

학교 축제가 다가왔습니다. 소년이 소녀에게 '사랑 이야기' 듀엣을 제안했습니다. 그러나 소녀는 이를 거절했습니다. 아버지가 보러 오실 수도 있기 때문이었습니다. 대신 여러 명이 함께하는 연극을 하자고 했습니다. 소년은 내심 서운했고, 소녀는 그런 소년이 서운해서 며칠 동안 데면데면하게 지냈습니다. 소년은 일방적이었던 것을 사과했고, 소녀는 받아들였습니다.

그러다 같은 동아리에서 연극 무대에 함께 오르게 되었습니다. 소녀가 「백설공주와 일곱 난장이」를 재미있게 패러디했습니다. '백설공주와 일곱 명의 중학생들'로 개작했고, 왕자의 키스 대신 '백설공주' 하고 부르면 깨어나도록 했습니다. 소녀가 백설공주가 되었고, 소년이 왕자가 되었습니다. '일곱 명의 중학생들'이 주인공으로 등장했습니다. 대사 한 줄에도 서로의 눈빛이 마주치면 웃음이 났고, 그 웃음은 오래도록 가슴속에 남았습니다.

그러던 중, 소녀의 아버지가 또 다른 도시로 발령을 받았습니다. 또다시 이사였습니다. 소년은 이번만큼은 소녀를 놓치고 싶지 않았습니다. 소녀는 마지막 날, 학교 운동장에서 조용히 삭별 인사를 했습니다.

"이번엔… 네가 먼저 편지 줄래?"

소년은 고개를 조용히 끄덕였습니다. 그리고 호주머니에서 꺼낸 작은 편지 하나를 건넸습니다.

"정지용 시를 적었어. 내가 좋아하는…"

〈호수 1〉

정지용

얼굴 하나야
손바닥 둘로

폭 가리지만,
보고 싶은 마음
호수만 하니
눈 감을밖에.

소년이 손글씨로 옮겨 적은 시였습니다. 소녀는 그 편지를 조심스레 품에 안고 돌아섰습니다. 소녀는 품속의 편지가 따뜻하다고 느꼈습니다. 이번엔, 한 번 더 뒤돌아보았습니다. 소년도, 소녀가 탄 차가 시야에서 완전히 사라질 때까지 그 자리에 조용히 서 있었습니다. 눈발이 흩날리는 운동장에, 혼자 남은 소년의 어깨 위에도 작은 네잎클로버 같은 눈송이 하나가 조용히 내려앉았습니다.

다음 해 봄, 학교 뒤 벚꽃길에서 만나자고 소녀가 편지를 보냈습니다. 소년은 수줍게 말했습니다.

"다음 해는, 너랑 같은 학교 다니고 싶어."

소녀는 미소 지으며 답했습니다.

"나도 그래."

"두 분 선생님도 꼭 찾아뵙고 싶다."

벚꽃잎이 흩날리는 그 길, 바람을 타고 민들레 씨앗 몇 송이가 두 사람 어깨에 내려앉았습니다. 오래전 하얀 꽃이, 다시 돌아온 듯했습니다. 소년은 벚꽃나무 가지를 꺾어 꽃모자를 만들었습니다. 소녀의 머리에 꽃모자가 환하게 웃고 있었습니다. 벚꽃나무가 바람에 흔들리며 두 사람에게 흰 꽃잎을 날렸습니다.

이번엔 소년이 아니었고, 먼저 뒤돌아본 건 소녀였습니다.

비어 있거든, 사랑으로 채워라

산골 소년의

사랑
이야기 2

라일락이 피던 봄

밤골의 소년과 소녀는 같은 캠퍼스에 진학했다. 라일락이 만발한 교정은 봄바람에 실려온 꽃향기로 가득했다. 조민주는 교양수업 '문학과 예술'이 시작되자마자 손을 들었다.

"교수님, 수업 전에 노래 한 곡 불러도 될까요?"

교수가 미소 지으며 고개를 끄덕이자, 민주가 옆자리의 상민을 바라보았다.

"같이 하자. '아침이슬', 기억하지?"

"그걸 여기서…?"

"지금 아니면 언제 불러보겠어?"

둘은 강의실 앞에 나란히 섰다. 민주가 기타를 치기 시작했고, 상민이 낮은 음으로 화음을 얹었다.

"아침이슬…"

그들의 목소리는 교정을 넘어 햇살 사이로 번져갔다. 노래가 끝나자 강의실은 잠시 정적이 흘렀고, 이내 뜨거운 박수가 터져 나왔다. 그 순간, 두 사람의 마음엔 라일락 향기처럼 투명한 설렘이 번졌다.

"민주야, 노래 잘했어."

"상민아, 네 목소리가 더 좋았어. 네 심장 소리가 섞인 것 같았어."

상민은 얼굴이 붉어졌다. 그날 이후로도, 그들은 언제나 나란히 앉았다.

사랑하는 마음

며칠 뒤, 사직공원 방송국의 '전국노래자랑 대학생 특집'.

"이름이요? 전상민, 조민주입니다. 듀엣이에요."

무대 위에서 둘은 미소를 나눴다.

"사랑하는 마음, 그보다 더 좋은 게 있을까…."

청중의 박수소리가 터져 나왔다.

비어 있거든, 사랑으로 채워라

무대 뒤에서 민주가 말했다.

"우리 정말 멋졌어. 상도 탔고."

"네 노래 실력 덕분이야. 네가 나를 끌어올렸지."

"아니, 네가 내 목소리에 숨결을 불어넣었어."

그날 저녁, 둘은 방송국 옆 사직공원 벚꽃 그늘 아래 앉았다. 꽃잎이 어깨 위에 내려앉았다.

"상민아, 나중에 뭐가 되고 싶어?"

"목회자. 사람들에게 사랑과 진실을 말하는 사람."

"나는 작가야. 세상을 기록하는 사람."

둘은 천천히 서로를 바라보았다. 벚꽃잎이 하얗게 흩날리는 사이, 첫사랑의 빛이 고요히 스며들었다.

밤골의 여름

여름방학, 농촌봉사활동으로 함께 간 밤골은 하늘이 넓고 별이 가까운 마을이었다. 낮에는 논두렁에서 농약을 치고, 저녁이면 마을 회관에서 노래를 불렀다.

"오늘도 '사랑하는 마음'이야?"

"그럼. 어르신들이 제일 좋아하시잖아."

민주가 기타를 치면 상민이 조용히 화음을 맞췄다. 그들의 노래가 끝나자 어르신들이 손뼉을 치며 말했다.

"아이고, 젊은 사람들 목소리에 사랑이 들었구먼!"

밤이 깊어 별들이 쏟아질 때, 둘은 우물가에 앉았다.

"상민아, 가끔 두려워. 세상이 이렇게 변해도 되는 걸까. 캠퍼스는 최루탄이 넘쳐나고."

"두렵지 않아. 하지만 우리가 믿는 게 옳다는 걸 보여줘야 하니까."

"그게 꼭 싸워야 한다는 뜻이야?"

"어쩌면 그래야 할지도 몰라."

민주는 말없이 별을 바라보았다. 별빛이 그녀의 눈에 젖어들었다.

무등산의 가을

가을, 서석대 정상에 오르던 날. 장불재의 억새가 바람에 심하게 흔들렸다. 주상절리 바위 아래 규봉암에서 민주가 말했다.

"상민아, 여긴 이렇게 평화로운데 세상은 왜 그렇게 거칠까?"

"거칠지만 그 안에 진실이 있어. 나, 그걸 찾고 싶어."

"너는 목회자보다 철학자 같애."

"신앙이 철학보다 더 무거운 거야."

둘은 절벽 끝에 나란히 앉았다. 민주는 가방에서 노트를 꺼냈다.

"이 시, 꼭 소설에 인용할 거야. 제목은 '호수'."

"정지용 시 말이지? '알 수 없어요, 왜 그렇게 슬픈지…' 그 시?"

민주는 고개를 끄덕였다.

"내가 낭독해줄게."

〈호수〉

정지용

알 수 없어요.

왜 그렇게 슬픈지.

하늘은 잔잔한데,

내 마음엔 파문이 일어요.

"이 시처럼… 혹시 우리에게도 슬픈 파문이 일게 될까?"

상민은 아무 말 없이 그녀의 손을 꼭 잡았다.

비어 있거든, 사랑으로 채워라

캠퍼스의 겨울 호수

눈이 쉼 없이 내리고 있었다. 캠퍼스는 고요했고, 호수는 하얀 장막 아래 깊게 잠들어 있었다. 상민과 민주는 천천히 호숫가를 걸었다. 두 사람의 발자국이 나란히 이어지고, 그 위로 눈송이가 다시 덮였다. 민주가 숨을 내쉬며 말했다.

"이렇게 고요한데도… 마음은 자꾸 불안해."

상민은 하얗게 언 호수를 바라보았다.

"겉은 얼었지만, 저 아래 물은 아직 흐르고 있을 거야. 우리 마음도 그렇겠지. 겉으론 잠잠해 보여도, 속은 늘 흐르고 있잖아."

"그건… 아직 살아 있다는 뜻이겠지."

민주는 미소를 지었지만, 눈빛엔 슬픔이 번졌다. 잠시 걸음을 멈추자, 눈발 사이로 중앙도서관이 멀리 희미하게 보였다. 민주가 입을 열었다.

"가끔 밤골 선생님들 생각이 나. 지난번 뵈었을 때 내게 시집을 선물해 주셨잖아. '사람을 사랑하는 일은 글을 쓰는 일과 같다. 정직해야 한다.'고 하셨지."

상민이 고개를 끄덕였다.

"처녀 선생님은 내게 말했어. '진짜 배움은 누군가의 눈물을 대신 짊어지는 거란다.' 그 말씀, 아직도 마음에 남아."

민주는 그 말을 되뇌며 고요히 웃었다.

"그분들의 그 사랑이 지금의 우리를 만든 거야."

"그래. 그분들이 심어준 건, 사람을 향한 믿음, 그리고 서로를 향한 사랑이었지."

바람이 불어 눈이 흩날렸다. 민주가 그의 코트를 꼭 붙잡았다.

"그럼 우리, 서로의 등불이 되자. 세상이 어두워도."

상민이 고개를 끄덕였다.

"약속할게. 내가 흔들릴 때마다 널 떠올릴 거야. 그리고 우리가 지키는 이 마음이, 언젠가 누군가의 희망이 될 거야."

"상민아, 네 기도 속에 우리가 있었으면 좋겠어."

"그리고 네 글 속에도, 우리가 있었으면 해."

눈이 잦아들었다. 민주가 낮게 속삭였다.

"우리 사랑, 활짝 꽃 피울 수 있을까?"

상민이 미소 지었다.

"그럼, 라일락처럼, 반드시."

하얀 호수 위에 두 사람의 그림자가 나란히 길게 드리워졌다. 바람이 지나가며 눈송이 하나를 들어 올렸다. 그 눈송이는 라일락 꽃잎처럼 그녀의 어깨 위에 내려앉았다. 그리고 멀리서, 교회의 종소리가 울렸다.

5월의 그림자

1980년 봄. 캠퍼스는 더 이상 평화롭지 않았다. 군 트럭이 학교 정문 앞을 막고, 하늘엔 최루탄 연기가 흩날렸다.

"민주야, 위험하니까 일단 기숙사로 돌아가."

"너는?"

"도청으로 가야 해. 사람들이 필요해."

"상민아, 제발… 그냥 돌아와."

"양심이 시키는 일은 미루면 안 돼."

민주의 눈에 눈물이 고였다.

"그럼 약속해. 살아서 돌아오겠다고."

상민은 미소 지었다.

"라일락이 필 때면, 항상 네 곁에 함께 있을게."

그 말이 마지막이었다.

비어 있거든, 사랑으로 채워라

도청의 새벽

1980년 5월 27일 민주주의의 새벽, 전남도청. 상민은 지하 무기고 앞에 섰다. 도청을 향한 실탄사격이 한바탕 지나갔다.

"형, 그만 나가요!"

후배가 외쳤다.

"아니, 남아서 지켜야 해. 시민들이 이 도청을 믿고 있잖아."

총성이 다시 점점 가까워졌다. 심장이 아프도록 조여왔다. 튀어나가고 싶었다. 그러나 민주주의와 양심을 선택했다. 상민은 눈을 감았다. 민주의 목소리가 들리는 듯했다. 여름 농활의 평화로운 밤이 떠올랐다. 그리고 함께 부른 노래가 들렸다.

"사랑하는 마음, 그보다 더 좋은 게 있을까…"

그는 마지막으로 그 밤의 민주를 떠올려보았다. 그녀의 모습 뒤로 별 하나가 깜박였다. 그리고 아주 가까이서 총성이 터졌다.

라일락꽃의 시간

수십 년이 흘러, 오월의 하늘은 잔잔했다. 조민주는 흰 정장을 입고 망월동 묘역을 찾았다. 묘비엔 이렇게 적혀 있었다.

'전상민 ― 1959~1980.'

'신앙의 양심으로 산 자.'

민주는 묘비 앞에 라일락꽃 한 다발을 내려놓았다.

"상민 씨… 약속 지켰어요. 당신이 못 이룬 꿈, 내가 대신 이뤘어요."

그녀는 아이오와 대학을 거쳐 모교의 교수가 되어 있었다. 그러나 그 이름을 부를 때마다 목이 메었다. 주머니에서 낡은 노트를 꺼내 펼쳤다. 첫 장엔 이렇게 적혀 있었다.

〈호수〉

정지용

알 수 없어요.
왜 그렇게 슬픈지.
하늘은 잔잔한데,
내 마음엔 파문이 일어요.

민주는 천천히 눈을 감았다. 바람이 불었다. 라일락 향이 묘역을 스쳤다.
"상민 씨, 라일락이 폈어요. 당신이 돌아올 때가 됐네요."
그녀의 눈가에 맑은 이슬이 맺혔다.

에필로그 — 다시, 라일락의 계절

봄, 대학교 교정의 라일락 나무 아래. 한 여교수가 학생들과 둘러앉아 야
외수업을 하고 있었다.
"오늘은 오래된 노래를 하나 부를게요."
학생들이 숨을 죽였다.
"사랑하는 마음, 그보다 더 좋은 게 있을까…"
그녀의 목소리엔 세월의 흔적이 묻어 있었지만, 여전히 맑았다. 노래가 끝
나자, 한 학생이 물었다.
"교수님, 그 노래 누구와 불렀어요?"
민주는 미소 지으며 대답했다.
"오래전, 라일락이 피던 봄에… 아주 순수한 사람과요."
창밖으로 라일락 꽃잎이 흩날렸다. 하늘은 잔잔했고, 그녀의 마음엔 여전
히 파문이 일었다.
"사랑하는 마음, 그보다 더 좋은 게 있을까."
노래인 듯, 환청인 듯, 파문처럼 멀어져갔다.

비어 있거든, 사랑으로 채워라

비어 있거든,

사랑으로
채워라 1

회의와 탈출의 시작

며칠 전, 동창회에서 강산은 독서 동아리 친구를 만났다. 헤어질 때, 친구는 쓴웃음을 지으며 말했다.

"너는 특별한 삶을 살 줄 알았는데… 너도 별수 없구나."

그 말에 강산은 아무런 대꾸도 하지 못했다. 전혀 반박할 수 없었다. 10대에는 늘 좋은 성적을 향해 달렸고, 20대부터는 돈을 좇아 쉼 없이 달렸다. 그때 『거울 나라의 앨리스』의 등장인물인 붉은 여왕이 했던 말이 떠올랐다. "여기서는 같은 자리에 있으려면 계속 달려야 해. 남을 앞서려면 두 배는 빨리 달려야 하지." 그 말처럼, 자신은 평생 전력으로 달리기만 했다. 멈출 수 없었다. 잠시라도 멈추면 뒤처지고 사라질까 봐.

그날 저녁, 우연히 꺼내 본 입사 전 일기장 속 한 문장이 마음을 쳤다. '좋아하는 책을 읽으며 아침을 시작하고, 저녁에는 사랑하는 사람과 마실을 돌고, 일기로 마무리하는 하루를 살고 싶다.' 하지만 지금의 자신은? 일에 치여 결혼도 미루고, 성공만을 좇고 있다. 마치 이상한 나라에 사는 것 같았다. 진짜 내가 어디 있는지조차 모른 채, 쫓기듯 사는 낯선 세계였다. 그래서 결심했다. 죽을 때 후회하지 않는 삶을 위해 일단 새롭게 시작해 보기로. 그렇게 마음먹고 발걸음을 옮기니, 어느새 그는 남도의 끝자락, 목포 여객선 터미널에 서 있었다. 터미널은 바다 냄새로 채워져 있었고, 어디든 떠나고 싶은 충동을 주기에 충분했다.

휴대전화가 또 진동했다. '대출 한도 안내' 같은 말들이 화면을 채웠다. 강산은 소리를 끄고, 휴대전화를 주머니 깊숙이 밀어 넣었다. 출항 전광판의 숫자가 한 자리씩 바뀌었다.

"지금 아니면, 또 못 간다."

그는 작게 중얼거렸다. 강산은 숨을 고르고 섬으로 가는 매표소로 향했다.

비어 있거든, 사랑으로 채워라

섬으로 가는 길, 만남

여객선 터미널은 섬으로 떠나려는 사람들로 북적였다. 태풍이 올라오고 있다는 예보가 있었고, 배는 아직 뜨고 있지만, 목적지에 따라 출항이 통제될 수 있다고 안내되었다. 강산은 매표소 앞에서 잠시 서성였다. 설렘과 불안이 교차했다. 표를 살까 말까 망설이던 그때, 여행용 가방을 메고 캐리어를 끌고 다가오는 이슬(여인, 청년)이 말을 걸었다.

"제 캐리어 좀 잠깐 맡아주시겠어요? 금방 돌아올게요."

이슬은 짧고 단단하게 말하고는 인파 속으로 사라졌다. 강산은 당황했지만, 그 자리에 그대로 서 있었다. 얼마 지나지 않아 이슬은 돌아와 고개를 조용히 숙였다. 그리고 다시 무심한 듯 인파에 섞였다.

그 뒷모습을 바라보며, 강산은 생각했다.

'저렇게 주저 없이 나아가는 사람도 있는데…'

그제야 그는 마음을 정했다.

'떠나보자. 나도…'

강산은 표를 끊고 선착장으로 향했다. 이내 승선할 시간이 되었다. 그런데 앞서 줄 서 있던 사람은 다름 아닌, 아까 보았던 여인이었다. 강산이 먼저 말을 걸었다.

"저, 강산이라고 합니다. 어디까지 가세요?"

"저, 이슬입니다. 배가 가는 데까지요."

이슬은 고개를 돌리며 말투를 따라 했다.

"제가 가방을 밀어드릴게요."

"감사합니다."

둘은 나란히 배에 올랐다. 뱃머리에서 바다를 바라보며 이런저런 이야기를 나눴다. 이슬은 서울에서 왔다고 했다. 직장을 그만두고 남도를 여행 중이며, 배를 타고 섬에 가는 건 처음이라고 했다.

"두렵긴 해요. 그래도 여기까지 왔으니, 스스로 믿으려 해요."

이슬은 마치 자기 자신에게 건네듯 조용히 말했다.

섬에서 고립의 시간

홍도에 도착하자마자 거센 비바람이 몰아쳤다. 둘은 선착장에서 민박집을 알리는 키 큰 여인의 안내로 숙소를 잡았다. 여인이 물었다.

"두 분, 한방 쓰실 건가요?"

이슬은 단호하고 냉정하게 답했다.

"아뇨. 배에서 만났어요."

그 말에 강산은 묘하게 마음이 서운해졌다. 선을 그은 듯한 그녀의 말투가 마음에 남았다.

그날(D1) 저녁, 민박집 식탁에 둘러앉아 주인이 차려 준 싱싱한 해산물을 함께 먹었다. 전복 껍질의 진주빛이 접시 위로 반짝였다.

"여름엔 회가 좀 위험한데."

강산이 말했다.

"이건 언니가 직접 잡은 거예요?"

이슬이 물었다.

"응. 바다를 좋아해서 이곳에 와 해녀가 됐지."

"위험하지 않아요?"

"홍도 바다는 여름에도 조류가 빨라. 물때 놓치면 위험해서 못 들어가. 바다는 항상 위험하지. 그래도 좋아서 하는 일이라 괜찮아. 바다 속에서 오히려 자유를 느껴."

"언니, 최고예요." 이슬은 감탄한 듯 엄지를 치켜세웠다.

함께 식사하고 나니 친밀감이 느껴져 강산은 이슬에게 마실을 권했지만, 그녀는 낮과 달리 차갑고 단호하게 거절했다. 현관으로 나가던 중, 이슬이 여인에게 묻는 소리가 들렸다.

비어 있거든, 사랑으로 채워라

"저기 깜빡이는 불빛은 뭐예요?"

멀리서 파도가 부딪칠 때마다, 불빛은 숨 쉬듯 길어졌다.

"등대야."

여인이 답했다.

"저기엔 등대지기가 있어. 그들이 있어야 사고가 나지 않지."

이슬은 마치 감탄하듯 조용히 말했다.

"… 폭풍 속 등대지기… 멋지네요."

이후 각자의 방으로 모두 돌아갔다. 비바람 치는 섬에서의 첫 밤, 그들은 서로 다른 침묵 속에서 잠을 청했다.

곧 강산이 급하게 주인을 찾는 소리가 밤의 침묵을 깨웠다. 강산은 온몸을 뒤덮은 두드러기와 복통으로 괴로워했다. 주인과 손님들이 당황하며 어떻게 도울지 몰라 허둥지둥했다. 그때 이슬이 증상을 보며 물었다.

"혹시 알레르기가 있나요?"

"전복에 알레르기가 있어서 조심해서 한입만 먹었는데…"

"홍도에 의료시설이 있나요?"

"흑산도나 목포로 나가야 하고, 급하면 헬기가 오지만 태풍 중이라…"

"저도 조개류에 알레르기가 있고 경험이 있어서 응급치료제를 처방받아 왔는데, 동의하시면 제가 주사를 놓을게요. 괜찮겠어요?"

"네, 부탁해요."

이슬은 가방에서 에피펜을 가져다가 허벅지 바깥쪽에 근육 주사했다. 오토 인젝터(자가주사기)라 사용법은 익숙했다. 주사 직후 호흡이 가라앉고 복통과 가려움증도 가라앉았다. 모두 안심하며 다시 잠 속으로 빠져들었다. 민박 주인이 문밖에 수건과 미지근한 물을 두고 가는 발자국 소리마저 어둠 속에 곧 덮였다.

그날 이후, 강산은 아침 식사 후 이슬의 안부를 먼저 챙기곤 했다. 이슬은 그런 그를 향해 가끔 짧은 미소로 답했다.

섬에 갇히다, 무력함의 시간

강산은 이슬을 다시 대하자 심장이 두근거리고 마음이 따뜻해졌다. 이슬이 같은 공간에 있다는 생각만 해도 향기가 나는 듯했다. 그러나 평상심을 유지하며 감사함을 전했다.

다음 날(D2)도 비는 그치지 않고 바람은 점점 거세게 불었다. 바닷길이 모두 끊겨 섬은 완전히 고립되었다. 정전이었다. 여인이 초를 나눠 주었다. 여인은 손바닥으로 불꽃을 가리며 불씨를 건넸다.

"강산 씨, 이쪽으로. 초를 잡아요."

강산이 초를 기울이자, 이슬이 반대편에서 촛불을 받쳐 들었다. 두 사람의 손끝이 스치고, 불꽃이 잠깐 흔들렸다가 다시 곧게 섰다. 관광객들은 어딜 나가지도 못한 채 각자의 방에서 나름대로 시간을 죽였다. 섬에는 비바람이 심해 집밖엔 드나들기 어려웠다.

다음 날(D3)은 가져온 책을 서로 바꿨다. 고립과 평온 속에서 강산과 이슬은 책을 읽거나 잠을 잤다. 강산은 역설적으로 육지에서의 일상이 그리워지기 시작했다. 떠나올 때는 치열하게 경쟁하는 적자생존의 세상이 싫었는데 지금은 그 바쁜 삶이 그립기만 했다. 지나치게 무료한 것은 치열한 것보다 더 견디기 어렵다고 강산은 생각했다.

다음 날(D4)도 창문에 부딪히는 빗소리만 이 방 저 방을 요란하게 두드렸다. 파도소리가 금방이라도 섬을 무너뜨릴 듯 대단했다. 여인이 간식을 내왔다. 모두가 거실로 모여들었다. 홍도 10경에 대한 여인의 설명이 있었다. 홍도 해녀에 대한 소개도 이어졌다. 이슬은 잠시 얼굴을 비추더니 빛보다 빠르

비어 있거든, 사랑으로 채워라

게 자신의 방으로 사라졌다. 대화가 그리웠던 강산은 몹시 아쉬웠다.

고요의 틈에서— 산 정상과 별 아래

다음 날(D5), 오후에 잠시 하늘이 빼꼼 나오고 바람이 잦아들었다. 강산은 이슬에게서 빌린 책을 덮고 홀로 민박집을 나서 마을을 탐색했다. 골목길에 아주 작은 교회가 있었다. 앙증맞은 모습에 자기도 모르게 출입문을 열고 들어가고 싶었다. 두 개의 의자가 놓여 있었고, 책상엔 성경책이 펼쳐져 있었다. 펼쳐진 성경 말씀이 눈에 들어왔다. '까마귀를 생각하라. 심지도 아니하고 거두지도 아니하며 골방도 없고 창고도 없으되 하나님이 기르시나니 너희는 새보다 얼마나 더 귀하냐.(누가복음 12:24)' 왠지 위로와 평안이 가슴속 깊이 느껴졌다. '내가 해결할 수 없는 문제까지 다 짊어지고 걱정과 두려움 속에서 살았구나'하는 생각이 들었다.

작은 교회를 나와 바닷가 해수욕장에 섰다. 밀려오는 파도에 몽돌이 부딪혀 시원한 노랫소리가 났다. 작은 몽돌 하나를 주워들었다. 닳고 닳아 모난 곳이 하나도 없었다. '험한 비바람과 파도를 겪어내면 이렇게 모양 좋은 둥근 몽돌이 되는 건가?' 손에 든 몽돌을 파도치는 바다 한가운데로 물수제비를 날렸다.

다음 날(D6) 비바람은 마침내 잦아들었다. 놀랄 만큼 고요하고 평온한 바다가 다시 눈앞에 펼쳐졌다. 피항했던 연락선은 다음 날부터 운항을 재개한다고 했다. 기다리던 관광객들은 저마다 산 정상인 깃대봉으로 향했다. 강산과 이슬도 함께했다. 오르막길은 힘들고 시야가 막혀 답답했다. 힘들 때는 서로를 격려했다. 367m 정상에 오르자, 바다 너머까지 시야가 확 트였다. 시원한 바람이 지나가자 강산의 마음속 답답함도 씻기듯 사라졌다. 사람들은 흑산도와 제주도의 방향을 두고 설왕설래했다.

강산은 잠시 머뭇거리다가 이슬에게 말했다.

"오늘 밤, 별 보러 가지 않을래요?"

그날 밤, 강산은 초등학교 운동장 그네에 앉아 이슬을 기다렸다. 초저녁, 운동장 위로 별이 쏟아졌다. 잠시 후, 이슬이 조용히 다가와 그네 옆에 앉았다. 서로 한마디 없이 한참을 별만 바라보았다. 그리고 이슬이 조용히 입을 열었다.

"사실… 내가 직장을 떠난 게 아니라, 직장이 나를 떠났어요."

강산은 고개를 돌려 이슬의 조용한 음성에 집중했다. 이슬은 계속 말했다.

"부모님도 두 분 다 건강이 안 좋으셔서 고향에 돌아갈 수도 없어요. 통장도 텅 비었고… 앞날은 막막하고…."

잠시 말을 멈춘 이슬은 울 것 같은 얼굴로 나직이 말했다. 그때 습한 바람 한 점이 스쳐 지나갔다.

"그래서… 여기서 조용히 끝내려 했어요."

그 말 뒤로 한동안 아무 말이 없었다. 그들은 무수한 별들을 또 한참 동안 바라봤다.

"아무한테도 내색하기 싫어서 그냥 밝은 척만 했어요. 이 섬에서 빗소리를 자장가 삼아, 내일이 없는 죽은 사람처럼 자고 또 잤어요."

이슬의 고백은 나직하고 무거웠다. 강산은 어떤 위로도 꺼낼 수 없었다. 이슬은 이내 말을 이었다.

"그런데… 몇 날을 그렇게 자고 나니까, 이상하게 살고 싶어졌어요. 무엇이든 다시 시작해 볼 수 있을 것 같아요. 여기까지 와 봤으니까, 갈 데까지는 가 본 거니까."

강산은 고개를 들어 하늘을 가리켰다.

"기다리는 동안, 저 별을 보고 있었어요. 육지에선 저 별이 저렇게 밝은 줄 몰랐거든요."

비어 있거든, 사랑으로 채워라

이슬도 하늘을 올려다보았다.

"저건 저녁엔 금성, 새벽엔 샛별이라고 하지요. 개밥바라기라고도 하죠. 밤하늘에선 가장 먼저, 가장 오래, 가장 밝게 빛나요. 그런 생각이 들었어요. 고개를 들어 쳐다보는 사람만 저 별빛을 볼 수 있다고."

강산은 살며시 웃으며 말을 이었다.

"저는 그렇게 생각해요. 희망도 별처럼, 고개를 드는 사람에게만 반짝이는 게 아닐까 하고요. 사실 우리가 누리고 있는 것들… 엄청난 행운일지도 몰라요. 다 셀 수도 없는…"

이슬은 가만히 듣고 있었다. 잠시 후, 작게 말했다.

"여기서 보니, 달과 금성은 한 뼘 차이도 안 나 보이네요. 달이 가까이 있으니 저 금성도 저렇게 반짝이겠죠?"

그 말은 강산의 가슴을 툭, 건드렸다. 서로 다른 공간에서 왔던 두 사람이 이제는 같은 하늘 아래, 같은 별을 함께 보고 있었다.

돌아가는 길

다음 날(D7) 아침, 대부분이 관광선을 타고 섬을 한 바퀴 일주했다. 선장은 마이크를 늘고 홍도 관광 명소를 소개했다. 코끼리 모양을 닮은 바위를 기리키며 말했다.

"전해지는 이야기가 있어요. 한 어부가 있었는데, 사랑하던 여인을 바다에 떠나보낸 뒤… 날마다 여기서, 바다만 바라봤대요. 어느 날, 그대로 바위가 되었다고 하더군요."

둘은 홍도 일주를 마치고 목포로 나가는 여객선으로 바꿔탔다. 강산은 여객선 위에서 홍도를 바라보며 이슬에게 물었다.

"섬이 무슨 색으로 보이나요?"

"홍도니까 붉은색."

"그러나 앞으로 나아갈 힘을 얻었으니 난, 초록색으로 보인다고 할까요?"

'사랑은 때로 먼 길을 돌아와 말없이 옆자리를 채운다. 아주 조용히.' 싯구를 기억하며 강산은 옆자리의 이슬을 바라보았다. 그녀가, 어젯밤에 본 금성처럼 유난히 밝게 느껴졌다. 아름답고 단단하고, 그리고 빛을 반사하고 있었다.

목포로 향하는 연락선 위, 두 사람은 나란히 앉아 있었다. 서로 말은 없었지만 누가 봐도 오래된 연인처럼, 강산과 이슬의 표정엔 말할 수 없는 그 무엇이 채워져 있었다.

여객선은 이제 흑산도를 돌아가고 있었다. 바다에서 들려오는 파도 소리가 마음을 따라 흐르고 있었다. 섬은 점점 작아지는데, 가슴속에는 오히려 큰 것이 남았다. 그것은 말로 설명할 수 없는 평안, 떠남 속에서 되찾은 '잃어버린 나'였고, 누군가의 곁에서 다시 시작할 수 있다는 확신이었다.

강산은 고개를 들어 바다를 바라보았다. 그 물결이, 어쩐지 오늘은 품처럼 느껴졌다. 지나온 날들이 치유되는 듯했고, 다가올 시간은 축복처럼 열리고 있었다. 바람이 불었다. 두 사람의 시선이 잠시 엉켰다. 이슬은 강산을 마주 보았고, 강산 또한 사랑을 담은 눈으로 이슬을 바라보았다. 이슬이 천천히 강산의 손등에 손을 얹었다. 강산은 그 작은 손의 온기를 기억하려는 듯 손을 맞잡았다. 더는 아무것도 필요하지 않았다. 이슬이 읽었던 책 제목을 인용해 말했다.

"그래요. 이제 비어있거든 사랑으로 채워요. 우리, 조금씩 채워가요."

끝 맺음

'떠나보면 안다. 돌아올 집의 소중함을. 가난해져 보면 안다. 작은 채움의 큰 기쁨을. 그리고 외로울 때 알게 된다. 만남의 소중함을.'

섬에서 읽었던 책의 구절들이 이슬의 가슴속을 똑똑히 스치고 지나갔다.

흑산도 예리항에는 '흑산도항 방파제 등대'(별칭 '천사의 등불')가 지나가

비어 있거든, 사랑으로 채워라

는 배들을 배웅하고 있었다. 등대는 이내 멀어지고, 그 자리에는 두 젊은이가 다정하게 서 있었다. 배는 잔잔한 바다 위를 미끄러지듯이 지났다.

비어 있거든,

사랑으로
채워라 2

독서모임

용인 수지의 골목 책방 '밤의 등대'. 금요일 9시, 셔터가 반쯤 내려온 틈으로 불빛이 흘러나오고 있었다.

"『작은 삶의 기술』 7장, 덜어내기의 용기 읽어 오셨죠?"

이슬이 먼저 말했다.

"비우면 손해 같았는데… 빈자리 덕분에 사람이 들어오더라고요."

강산은 고개를 들었다. 홍도의 별빛이 쏟아지던 밤, 가슴 설레며 바라보던 여인이 이곳에 앉아 있었다. 가슴속이 따뜻해졌다.

"오늘 와줘서 고마워."

"그때 홍도에서 봤던 밝은 별, 기억해?"

"응. 오늘은 우리 사이로 조금씩 다가오는 것 같아."

"이제 비우는 게 어렵다는 말, 알 것 같아."

"나도. 대신 채우는 게 뭔지는 조금 알겠어. 사람."

"나는 요즘 메모장부터 비웠어. 해야 할 일 대신, 만나고 싶은 사람을 쓰려고."

"그 리스트에… 나도 있겠지?"

"첫 줄에 있지."

둘이 함께 웃었다. 둘은 카운터 위 종이컵에 물을 따라 마셨다.

"오늘 문장 하나만 골라 보자."

"나는 '비워야 채워진다'."

"나는 '비워낸 만큼, 보이는 얼굴'."

같은 별을 보니, 같은 내일이 보였다.

모임이 끝나고, 둘은 동탄호수공원 데크를 걸었다. 물 위로 금성이 떴다.

"다음 달에 상견례 하면 어떻겠어?"

"응. 좋아."

비어 있거든, 사랑으로 채워라

짧은 대답 뒤, 둘은 한동안 아무 말 없이 같은 별을 올려다봤다. 사랑은 말보다 먼저 호흡을 타고 온다.

맞벌이의 리듬

월요일, 강산의 캘린더엔 회의가 겹쳐 떴다. 화요일, 이슬은 응급실 밤 근무. 서로의 하루를 이어 주는 건 '문자'뿐이었다. 짧아도 늘 같은 뜻이었다.

"나는 네 편."

"회의가 세 개 겹쳤어. 숨 좀 고르고 싶다."

"응급실은 오늘도 만석. 그래도, 네 목소리 들으면 자리 하나 비는 느낌."

"퇴근길에 바람 좀 쐬고 갈게. 너 걱정할까 봐 먼저 말해 둠."

"고마워. 난 휴게실에서 따뜻한 물 한 컵."

"오늘은 내가 3분 전화 시작해."

"그럼 나는 1분 동안 듣기만."

"좋아. 첫 문장은 내가 할게— 오늘 잘 버텼다."

"내일도 같은 시간?"

"응. 약속."

계속 서로 문자를 수고받는다.

'퇴근 21:40. 오늘도 무사히.'— 이슬.

'잠들기 전 3분 통화 필수.'— 강산.

두 줄이면 마무리로 충분했다. 오늘을 건너갈 힘으로.

"우린 아직 가진 게 적지."

"그래서 서로가 더 크게 다가와."

둘은 약속을 정했다. 비울 것 세 가지— 체면, 완벽한 타이밍, 남 탓.

"셋 다 어렵다."

"그래도 같이 하면 덜 어렵다."

"체면은 문 밖에 두자."

"완벽한 타이밍은, 우리가 정한다."

"남 탓은… 몽돌 잡고 내려놓기."

상견례 자리

"간호사는 밤낮이 뒤바뀌니 애는 누가 보나." 이슬의 어머니가 말했다.

"우리 아들은 해외 파견 앞둔 몸이오. 결혼은 집 장만한 후에." 강산의 아버지가 말했다.

식탁 아래로, 발끝이 가만히 닿았다.

"괜찮아."

"지금 대답할까?"

"아니, 오늘은 듣기."

둘은 이미 눈빛으로도 말할 수 있었다.

"알겠어. 집은 나중에, 우리부터 정리하자."

"다음 만남엔 우리가 정한 원칙부터 말하자."

"체면은 비우고, 우리 계획은 분명하게."

돌아오는 차 안, 둘은 아무 말이 없었다. 대신 잠깐 동안 손을 잡았다.

"화를 내고 싶은데… 우리 얘기를 먼저 하고 싶어."

"맞아. 누구의 시간표가 아니라, 우리 시간표."

"오늘은 듣기였고, 다음은 말하기."

"우리 방식으로."

집 앞에 내려서자 이슬이 먼저 입을 열었다.

"나, 오늘 처음으로 오빠가 체면과 싸우는 걸 봤어."

"나는… 오늘 처음으로 우리가 부모님의 시간표로 살 뻔했다고 느꼈어."

"그래도 부모님들이 기울었어. 우리 의견 쪽으로."

"다음번엔 시작도 우리 의견을 먼저 말하자."

비어 있거든, 사랑으로 채워라

건강상 위기

그 주 목요일, 응급실. 이슬이 환자를 옮기다 허리를 크게 삐끗했다. 상급 병원에서 '요추 염좌' 진단을 받고 6주 보조기와 물리치료를 권고받았다. 재발 위험이 있어 3·6개월 추적이 필요했다. 겁이 났지만, 옆에 사랑하는 사람이 있다는 사실이 힘이 되었다.

"통증은 1에서 10이면?"

"7. 걷는 건 5."

"보조기는 내가 챙길게. 물리치료도 같이 스케줄 짤까?"

"응. 나 대신 메모."

"오늘은 택시 타자. 운전 금지."

"고집 부릴 힘도 없다."

"괜찮아. 내가 빌려줄게. 힘."

강산이 서둘러 퇴근하고 나왔다. 의자에 앉아, 소독약 냄새 속에서 그녀의 손을 잡았다.

"결혼, 미루자."

이슬이 눈을 내리깔았다.

"혹시라도… 내가 오빠의 미래에 불확실성이 되기 싫어."

"불확실한 건 허리 말고, 내가 너 없이 사는 세상이야."

"그 말, 저장."

강산은 한참 말이 없다가, 천천히 반지를 벗어 그녀 손바닥에 올렸다.

"그럼 형식은 잠깐 비우자. 대신 사랑은 더 채우자. 결과 나올 때까지, 매일 같이 걷자."

이슬의 입술이 떨렸다.

"겁이 나."

"같이 무서워하자. 우리의 용기는 두 배다. 함께니까."

"걷는 속도, 네가 맞춰 줘."

"오늘은 네 속도. 내일도."

"통증 일지에 오늘을 적자. 7에서 6으로."

"그 칸에 '함께'도 써 줘."

파혼 직전의 밤

한 달 뒤, 강산에게 본사 발령 메일이 떴다. 해외 2년 파견 · 승진 연동. 그날 밤, 둘은 동탄호수공원 데크에서 마주 섰다.

"가라고. 오빠의 승진하는 길이잖아."

"가면, 너는?"

"난 여기서 결과 기다리고, 다시 혼자가 되겠지."

"혼자라는 말, 우리 사전에서 지우자."

"그럼 그 길은?"

"같이 정비하고 다시 가면 돼."

바람이 세게 불었다. 데크 밑으로 물이 철썩였다. 강산이 몽돌을 꺼내 그녀 손에 쥐여 주었다.

"등대에서 배웠지. 방향만 있으면 된다고. 내 방향은 너야. 파견, 내가 미룰게."

"승진 기회야."

"우린 등대를 택하자. 돈과 타이틀을 비우고 시간을 채우자."

등대는 멀리 있지 않았다. 서로의 눈동자에 있었다.

"미루는 대신, 붙잡자."

"무엇을?"

"우리 시간을."

말 대신 마주 서서 포옹을 했다. 둘의 이마가 천천히 맞닿았다. 그날 밤, 둘은 부모님께 장문의 문자를 보냈다.

"보내기 전에, 우리끼리 낭독하자."

"좋아. 첫 줄은 내가 먼저 할게. 예식 · 집 · 혼수, 다 비우겠습니다. 혼인신고 먼저 하고, 작은 축복으로 시작하겠습니다. 대신, 서로의 시간을 채우겠습니다."

"보냈다."

"이제 진짜 시작이네."

결혼 그리고 신혼 2년

작게 시작한 결혼. 동탄 7동 주민센터에서 혼인신고. 작은 교회에서 친구 두 명과 손을 올려놓고 드린 혼인 서약식.

"비어 있거든, 사랑으로 채우겠습니다."

기도로 시작한 작은 결혼식이었다. 반지는 소소한 커플반지, 사진은 휴대폰, 피로연은 육개장. 하객은 몇 명. 돌아오는 길, 눈이 소복이 왔다. 반지보다 오래 가는 건 따뜻한 손의 온기였다.

"사진, 어색하게 나와도 괜찮다."

"우린 어색한 채로도 예쁘다."

신혼 1년 차— 사랑이 느껴지는 상년들

의자 의식: 먼저 온 사람이 상대의 가방을 의자에 앉힌다. "오늘 하루, 널 이만큼 앉혀 놓는다." 의자 소리가 '수고했다'가 된다.

밤 근무 배웅: 22:30, 강산은 편의점에서 따뜻한 물과 단팥빵을 산다. 병원 입구에서 이슬의 손에 컵을 쥐여 준다.

"오늘의 항해도 안전하게."

검사 결과 1차 정상: 문자를 보고도 둘은 잠시 아무 말이 없다. 강산이 장난을 친다.

"축하해."

이슬이 웃었다.

"살았어."

"다음 검사는 더 가벼운 마음으로 가자."

"같이 가면 가벼워."

"무거울 땐 말을 덜고, 손을 더 잡자."

"합의 완료."

싸움의 멈춤 버튼: 소리가 높아지면 둘은 동시에 몽돌을 잡는다. '비우기.' 그러면, 꼭 해야 할 말만 남는다.

"미안해."

"나도."

먼저 남기는 말, 사랑.

"잠깐 숨 고르고 다시 말하자."

"응. 우리 말은 아껴서."

"내가 먼저 낮출게."

"그럼 나는 먼저 들어줄게."

신혼 2년 차— 선택의 대가와 선물

강산은 파견을 미루고, 아내를 택했다. 승진은 늦어졌지만, 그는 밤에 집에 있게 되었다. 이슬은 야간 전담을 줄이고 낮 근무로 이동했다. 월급은 조금 줄었지만, 저녁 8시의 창문 불이 자주 켜졌다. 둘은 그 불을 '등대'라 불렀다.

"오늘도 8시에 점등."

"출항 준비 완료."

"메뉴는 라면이지만, 마음은 잔치."

6개월, 12개월 추적 모두 정상. 주민센터 계단에 앉아 숨을 크게 내쉬었다. 이슬이 말했다.

"우리가 비운 것들, 사랑으로 채워졌어."

"남은 건, 모든 걸 조금 더 천천히."

"그리고 오래."

"금요일엔 마실 돌기, 토요일엔 빨래, 일요일엔 낮잠."

"완벽하다. 우리 식 완벽."

월말 의식: 동탄호수공원 금성 아래 데이트, 서로에게 감사 한마디씩 말하기.

"당신이 내 내일을 기다려줘서, 오늘을 버텼어."

"당신이 내 오늘을 들어줬기에, 내일이 덜 무서웠어."

"고맙다는 말, 질리지 않게 하자."

"그럼 많이, 짧게, 자주."

겨울밤, 창문 유리에 둘의 호흡이 얇은 막을 만들었다. 이슬이 손가락으로 작은 하트를 그리고, 그 옆에 점 하나를 찍었다.

"금성이야."

강산이 그 옆에 점 하나를 더 찍었다.

"그리고 우리."

둘은 웃었다.

가난은 남아 있었고, 피곤도 줄지 않았다. 그런데 감동이 자리 잡을 만큼의 빈자리가 있있다. 그 빈자리에는 매일 작은 행동들이 쌓였다.— 따뜻한 물 한 컵, 의자 의식, 배웅의 발걸음, 몽돌 한 개.

등대 불빛이 흔들리듯 아늑하게 방을 적셨다. 그들은 큰 것을 미뤘다. 대신 서로에게 사랑을 미루지 않았다. 그래서, 가정은 사랑으로 채워졌다.

집의 불은 조금 늦게 꺼졌다. 서로를 비추느라.

사랑은

언제나
옳다

이보다 기쁠 수 없다

하선은 늘 자신을 늦깎이라 여겼다.

그녀가 일남을 만난 건 서른일곱, 결혼한 건 서른아홉이었다. 일남 역시 평범한 회사원으로, 순박하고 책임감 있는 사람이었다. 둘 다 늦은 나이에 조심스럽게 사랑을 시작했고, 결혼 후 가장 먼저 바란 것은 아이였다. 하지만 아이는 쉽게 찾아오지 않았다. 3년의 불임 치료. 수없이 많은 진료 대기와 검사, 실패와 눈물. 하선은 지쳤고, 일남도 말은 없었지만 힘겨워 보였다. 그러다 마지막으로 시도했던 인공수정이 기적처럼 성공했다. 그렇게 태어난 아이가 준영이었다. 아이가 첫울음을 터뜨리던 날, 하선은 병실 침대에서 일남의 손을 꼭 잡았다.

"이 아이, 분명히 보통 아이는 아닐 거야. 우리에게 오기까지 이렇게 오래 걸렸는걸."

그 말은 단지 감격의 표현이었다. 하지만 그 말은 뜻밖에도 현실이 되었다.

준영이 세 살이 되던 무렵, 놀라운 일이 벌어졌다. 원래도 언어 발달이 빠르긴 했지만, 어느 날 시장에서 아이가 말했다.

"엄마, 저거 '태성 정육점'이지? 그리고 옆은 '은혜세탁소', '삼화슈퍼'야."

"그래, 그걸 네가 어떻게 알았어?"

"아까 지나가면서 봤잖아. 순서대로 기억했어."

하선은 웃으며 넘겼지만, 준영은 단지 몇 개의 간판을 외운 것이 아니었다. 한 바퀴 돌고 나서, 모든 간판을 순서대로 다시 말할 수 있었다. 그것도 단한 번 본 것들을. 하선은 섬뜩한 감탄을 느꼈고, 그 사실을 안 순간 기쁨이 전신을 채우는 것을 느꼈다. '우리 아이는 매우 특별하구나'라는 믿음이 생겼다. 그녀는 감사기도를 드렸다.

어린이집 교사도, 초등학교 담임도 놀랐다. 준영은 책을 한 번 보면 내용을 줄줄 외웠고, 지하철 노선을 외우는 건 놀이처럼 즐겼다. 하선은 아이를

비어 있거든, 사랑으로 채워라

TV 퀴즈 프로그램에 나가게 했고, 거기서도 우승했다. '기억 천재', '작은 아인슈타인' 같은 별명이 따라붙었다. 하선의 삶도 바뀌었다. 그녀는 더 이상 '늦은 엄마'가 아니었다. '천재 소년의 어머니', '모든 걸 이뤄낸 엄마'였다. 그녀는 천재 아들에 대한 자부심으로 '늦깎이'에 대한 상처가 다 잊혀졌다.

그리고 그것이, 너무 달콤했기에 더 위험한 환상이었다는 것을 그땐 몰랐다. 더욱이 딸 준희가 "나는?" 하고 말하는 작은 목소리를 듣지 못했다는 것을 전혀 깨닫지 못했다.

고난이 찾아들다

겨울방학이 막 시작되던 어느 날, 준영은 방에서 책을 읽고 있었다. 평소처럼 조용한 오후, 하선은 주방에서 저녁을 준비하고 있었다. 그러던 중, 갑작스러운 책장 넘어지는 소리와 함께 준영의 비명이 터졌다.

"아아악! 머리… 머리 터질 것 같아!"

하선은 칼을 내던지고 방으로 달려갔다. 준영은 이마를 붙잡고 바닥에 웅크린 채 떨고 있었다. 얼굴은 벌겋고 입술은 바짝 말라 있었으며, 몸에서는 뜨거운 열기가 뿜어져 나왔다.

그날 밤, 준영은 대학병원 응급실로 실려 갔다. 열은 39도를 넘었고, 진통제를 맞은 후에야 잠시 가라앉았다. 그러나 고열과 두통은 이후로도 한 달간 반복되었다.

MRI, CT, 뇌파, 피검사 등 온갖 검사가 이어졌지만, 의사들은 원인을 찾지 못했다.

"특별한 이상은 없습니다. 스트레스성일 수도 있고, 아직 사춘기 초입이니 좀 더 지켜보시죠."

'지켜보자'라는 말은 언제나 가장 불안한 처방이었다. 하지만 문제는 열이 아니었다. 그날 이후 준영은 예전의 준영이 아니었다. 한 번에 책을 외우던 능력은 사라졌다. 무엇에도 집중하지 못했다. 무엇을 외우던 일도 없어졌고, 오히려 보여주면 짜증부터 냈다.

"나 그런 거 몰라! 그만 좀 보여줘, 엄마!"

하선은 처음엔 사춘기 반응이라 여겼다. 천재도 흔들릴 수 있다고. 그러나 변화는 멈추지 않았다. 시험 점수는 점점 내려갔고, 준영은 공부 자체에 흥미를 잃어갔다. 대신 컴퓨터 앞에서 게임을 하거나, 스마트폰을 붙잡고 웃거나 화를 냈다.

어느 날 밤, 하선은 조용히 준영의 방문을 열었다. 책상 위엔 교과서 대신 인터넷 창이 켜져 있었다. '기억력 좋아지는 법', '신동 훈련법' 같은 검색어들, 그리고 성인 콘텐츠 몇 개.

그날 밤, 하선과 일남은 잠들지 못했다. 수년간 아이를 천재로 키우기 위해 바쳐온 노력. 그러나 그것이 결국 아이를 무너뜨린 건 아니었을까. 지금 아이가 겪는 고통은 능력을 잃은 괴로움일까, 아니면 천재였다는 사실이 남긴 상처일까. 아마 둘 다일 것이다. 그 고통은 평범한 아이들이라면 겪지 않아도 되었을, '천재'만이 감당해야 했던 무게였다.

뒤늦게 밝혀진 사실은 충격이었다. 여름방학 직후 가족이 다녀온 동남아 여행에서 감염된 풍토병. 말라리아 또는 기타 감염병일 가능성이 컸지만, 당시에는 원인을 찾지 못한 채 '스트레스'라는 이름으로 오진되었다. 치료 시기를 놓친 결과, 뇌에 남은 후유증은 회복되지 않았다. 그날 이후, 준영은 그 이상 '천재'가 아니었다.

어느 날, 하선은 준희의 방 문 앞에 멈췄다. 문틈으로 보이는 준희는 책을 읽고 있었다. 단정하게 정리된 방, 조용히 흐르는 음악, 책상 위 수학 문제집. 하선은 문 앞에서 멈춰 섰다가, 아무 말 없이 돌아섰다. 딸은 단 한 번도 문제를 일으킨 적이 없었다. 시험에 떨어진 적도, 선생님께 불려간 적도 없었다. 그러나 하선은 딸의 이름을 그만큼 부른 기억이 없었다. 딸은 조용한 생존자

비어 있거든, 사랑으로 채워라

였다. 오빠의 그늘에서 묵묵히 자라났고, 그늘이 걷히는 순간까지도 말이 없었다.

중학교 졸업식 날, 준영은 졸업장조차 찾으러 가지 않았다. 그저 방 안에서 휴대폰을 만지작거릴 뿐이었다. 하선은 혼자서 졸업장을 받아왔고, 그 서류를 꾹꾹 눌러 앨범에 넣었다. 아무 말도 하지 않았다. 시간은 흘렀지만, 불씨는 꺼지지 않았다. 준영은 계속해서 이전의 '천재'였던 자신을 증명하려 했고, 그 방식은 점점 왜곡되어 갔다.

"엄마, 나 대체 왜 이래? 진짜 왜 그래, 나?"

하선은 대답할 수 없었다. 그 질문은 준영에게서도, 자기 자신에게서도 도망하도록 만들었다. 그리고 그 도망은 오래가지 않았다.

이보다 슬플 수 없다

준영이 고등학교에 진학한 뒤, 하선과 일남은 아이가 회복될 수 있으리라 기대했다. 새로운 환경, 새로운 친구, 새로워진 마음가짐… 그녀는 아침이면 아이보다 먼저 일어나 따뜻한 밥상을 차렸다. 하지만 변화는 없었다. 오히려 이전보다 더 깊은 어둠이 아이를 삼키고 있었다.

준영은 학업에 집중하지 못했다. 수업 시간에는 멍하니 창밖만 바라보거나, 스마트폰을 가방에 숨겨 몰래 들여다보았다. 선생님은 가정통신문을 자주 보냈다.

"준영이가 요즘 친구들과 잘 어울리지 못하고 있습니다. 감정 기복도 심하고, 자주 외로워 보입니다."

하선은 통신문을 읽고도 대화를 시도하지 못했다. 아이와의 거리는 너무 멀어져 있었고, 무언가를 물어볼 때마다 돌아오는 건 짜증이 섞인 말들이었다.

"그냥 놔두면 안 돼? 나도 나 힘들어."

준영은 자신의 벽 속에 갇혔고, 하선은 혼란스러웠다. 하지만 무엇보다 위태로웠던 것은, 준영이 자신을 '파괴된 천재'로만 인식하고 있다는 사실이었다. 그는 누군가에게 존중받고 싶었고, 그 방법을 찾을 수 없었다. 고등학교 2학년이 되면서 준영은 인터넷 커뮤니티와 음란물을 넘나들기 시작했다. 하선은 그 사실을 알고 있었지만, 눈감았다. 무언가를 통제할 수 있다는 착각이 불러올 갈등이 더 두려웠다.

하지만 무시할 수 없는 날이 왔다.

12월 17일 오후 3시, 학교에서 전화가 왔다.

"학부모님, 지금 당장 학교로 와주셔야 합니다. 준영 학생과 관련한 민원이 제기되었습니다. 긴급 사안입니다."

하선과 일남은 다급히 택시를 타고 학교로 향했다. 교무실 안, 교장과 생활지도부 교사, 학부모가 앉아 있었다. 그리고 가장 끝자리에서 고개를 푹 숙인 준영.

"준영이 같은 반 여학생의 신체를 부적절하게 접촉한 사건이 발생했습니다. 피해 학생이 증언했고, CCTV 확인 결과 사실로 보입니다. 학교는 퇴학 조치를 논의 중이며, 형사 고발도 이루어질 가능성이 있습니다."

하선은 순간 숨이 멎는 것 같았다. 그러나 피해자에게 어떻게 위로하고 사과해야 할지 알 수 없었다. "잘못했습니다. 다 제 아들 잘못입니다." 그 말밖엔 할 수 없었다.

그 자리에서 학교전담경찰관은 '피해자 보호가 최우선'이라고 말했다. 하선은 고개를 숙이고 "사과드리고 싶다"고 했지만, 상담교사는 "사과의 방식과 시점은 전적으로 피해자와 보호자의 선택"이라고, "요청이 없으면 어떤 접촉도 시도하지 말라"고 분명히 했다.

그날 밤, 일남은 거실 소파에 주저앉아 말이 없었고, 준영은 자기 방에 틀어박혀 문을 걸어 잠갔다. 그리고 그 밤, 준희가 처음으로 폭발했다.

"왜요? 왜 그렇게 살았어요? 왜 오빠만 바라보고, 왜? 오빠만 세상 전부였

비어 있거든, 사랑으로 채워라

어요?"

하선은 말문이 막혔다.

"나, 학원 다니고 싶다고 한 적 한 번도 없죠. 생일 파티 해달라는 적도 없었고. 그냥 조용히 학교 다니고, 혼자 공부하고… 그런 내가 자랑스럽진 않았어도, 하찮은 존재는 아니잖아요. 저도 진로를 찾아야 하고, 적성도 알아야 하고, 부모의 도움이 필요했단 말이에요."

눈물이 줄줄 흐르는 얼굴로 준희는 말했다.

"근데 왜 난 항상 투명인간이었는지, 지금에서야 물어보고 싶어졌어요. 왜 엄마 아빠는 한 번도 내 이름을 먼저 불러본 적 없어요?"

하선은 그 순간, 자기가 버린 것이 아들의 천재성만이 아니었다는 걸 알았다. 딸의 존재, 가족 간의 균형과 행복, 모든 것을 잃어가고 있었다.

며칠 후, 준영은 학교로부터 퇴학통지서를 받았다. 피해자 가족은 형사 고발을 진행했고, 준영은 청소년 보호법에 따라 소년부로 송치, 정식 재판에 회부되었다. 변호사는 조심스럽게 말했다.

"사안이 가볍지 않습니다. 과거 영상 검색 기록, 온라인 채팅 내역도 함께 조사됐습니다. 징역형 가능성 있습니다."

하선과 일남은 그날 이후, 전혀 다른 삶을 살았다. 빨리 깨어나야 할 악몽 같았다.

동네 마트 앞에서 "그 집 아들이라며?"라는 수군거리는 소리를 들었다. 아파트 엘리베이터에선 이웃이 조용히 내려버리는 걸 봤다. 그녀는 세상이 준영을 등졌다고 생각했다. 그러나 더 정확히는, 세상이 거울처럼 그녀 자신을 비추고 있는 것이었다.

그녀가 키운 아들, 그녀가 외면했던 딸, 그녀가 부여했던 욕망과 허세. 이 모든 것이 이제 벌을 받고 있었다. 그녀는 절망 속에서 기도했다.

새사람

준영의 재판은 빠르게 진행되었다. 증거는 명확했고, 피해자의 진술은 일관되었다. 변호사는 "미성년자이고 초범이며, 반성하고 있습니다."라고 호소했지만, 판사는 준영에게 실형을 선고했다.

'징역형. 청소년 교정시설 수감.'

법정에서 그 말을 듣던 순간, 하선은 숨이 턱 막히는 느낌을 받았다. 무릎이 풀려 주저앉을 뻔했지만, 간신히 일남의 팔을 잡고 버텼다. 준영은 수갑을 찬 채 고개를 푹 숙이고 있었다. 그 얼굴은 어린 시절 '천재 소년'이라 불리던 아이와 너무도 달랐다. 그는 그 이상 특별한 아이가 아니었다. 누군가의 상처이고, 사회의 죄인이었다.

첫 면회 날, 유리 칸막이에 비친 하선의 얼굴은 낯설 만큼 창백했다. 하선은 철창 너머 마르고 창백한 준영을 보며 할 말을 잃었다. 면회실은 낮인데도 형광등 불빛이 밝지 않았고, 옆자리 수화기의 잡음이 파도처럼 밀려왔다.

면회실의 전화기를 통해 들려온 아들의 첫마디는 이랬다. '엄마, 나 이제 사람들 눈을 마주치지 못하겠어.' 그 말은 유리를 타고 와 하선의 마음을 싸늘하게 식혔다. 그녀는 수화기를 더 꼭 잡았지만, 손바닥에선 땀이 났다. 그 말에 하선은 가슴이 무너졌다. 하지만 눈물을 감췄다. 그녀는 조용히 물었다.

"넌, 네가 무엇을 잘못했는지 진심으로 알겠니?"

준영은 대답하지 못했다. 눈을 내리깔고 침묵했다.

그날, 하선은 돌아오는 차 안에서 생각했다. '이 아이가 세상으로 돌아오는 날, 세상은 그를 받아들일까?' 하지만 더 큰 문제는, 그날이 오기까지 이 아이가 자기 자신을 받아들일 수 있을까 하는 것이었다.

수감 중인 준영은 교정시설에서 다양한 프로그램에 참여했다. 성 인식 교육, 심리 치료, 감정 조절 훈련… 처음엔 방어적이고 무기력했지만, 차츰 자신을 객관적으로 바라보게 되었고 심리 상담 중 오열했다는 보고도 있었다.

비어 있거든, 사랑으로 채워라

일남과 하선은 매달 면회를 갔다. 어떤 날은 아무 말 없이 앉았고, 어떤 날은 억지로 웃었다. 면회실에는 비슷한 부모들이 있었다. 어떤 이는 눈을 감고 기도했으며 어떤 이는 깡마른 얼굴로 아이의 말을 조용히 들었다.

그중 한 명, 딸이 절도 혐의로 수감 중이라는 50대 어머니가 하선에게 말을 걸었다.

"다들 말 안 하지만… 우리 모두 자식 잘못 키운 죄인 맞죠?"

하선은 조용히 고개를 끄덕였다.

그 만남은 작은 연대가 되었고, 그 연대는 시간이 지나며 '모임'이 되었다. '자녀 재범 방지 부모회'. 처음엔 그 이름조차 부끄럽고 조심스러웠다. 하지만 재소자들의 재범률이 높다는 사실을 알게 되었고, 그들의 마음속엔 단 하나 '재범만은 안된다'는 간절함이 있었다.

그들은 포기할 수 없었다. 일남은 총대를 메고 이리저리 뛰었다. 학부모 상담 전문가와 심리치료사를 직접 찾아다녔고, 형사 정책연구소 자료를 분석해 '위기 청소년의 가정 회복력 모델'을 요약해냈다. 그런 경험을 바탕으로 소그룹 상담 프로그램을 개발했고, 교정시설과 협력해 시범 운영을 추진했다.

하선은 퇴근 후 인쇄소에서 리플릿을 만들고, 딸 순희는 회의 자료 정리를 도왔다. 가족이 무너진 뒤, 처음으로 같은 방향을 바라보게 된 순간이었다. 준영이 교도소 내 프로그램에서 교육 보조 봉사를 시작했을 때, 상담교사는 부부에게 말했다.

"이 아이, 아직 구원받을 수 있어요. 너무 늦은 때는 없지요."

그 말은, 구원받고 싶은 부모들에게 복음이었고 위로였다.

출소 하루 전. 준영은 면회 중 하선에게 말했다.

"내가 저지른 일, 절대 잊지 않을 거야. 엄마가 날 용서하지 않아도 돼. 근데… 기회가 주어진다면, 내가 뭔가 다시 해보고 싶어."

하선은 아들의 눈을 오랜만에 바라보며 대답했다.

"기회는 네가 스스로 만드는 거야. 우리가 도와줄 순 있지만, 살아가는 건 네 몫이야."

그녀의 말은 단호했지만, 그 안엔 다시 찾은 믿음이 있었다. 무조건 용서도 아니었고, 무조건 희망도 아니었다.

준영은 출소 후, 지역의 노인복지시설에서 봉사하기 시작했다. 봉사 첫날, 할머니 한 분이 말했다. "요즘 젊은 사람 같지 않구먼. 노인들 싫어하는데…"

그는 '자기 반성 일기'를 쓰기 시작했고, 하선은 그 글을 사회복지 관련 매체에 기고했다. '죄를 저지른 청소년도, 단죄만으로는 바뀌지 않는다. 가장 가까운 부모의 손이, 자녀의 손을 잡아줄 때 그 아이는 다시 살아갈 기회를 얻는다.' 그 글은 SNS에서 잔잔히 퍼졌고, 한 교육 방송국에서 다큐멘터리 제작 제안도 들어왔다.

그 즈음, 일남과 '자녀 재범 방지 부모회'는 정식으로 비영리 단체 등록을 마쳤다. 그는 인터뷰에서 이렇게 말했다.

"한 아이의 잘못은, 한 사회의 잘못이기도 합니다. 우리는 부끄럽지만, 이제 그 부끄러움 속에서라도 누군가의 새 출발을 응원하고 싶어요."

나누는 삶이 복이다

일남과 하선이 법무부 장관실에 초청받은 날, 하늘은 맑고, 바람은 서늘했다. 4월의 봄기운이 도심 골목골목을 감돌고, 꽃들이 건물 사이에서 조심스럽게 피어나는 계절이었다.

"자녀 재범 방지 및 갱생 프로그램 공로로 법무부 장관 표창을 수여합니다."

사회자의 목소리를 들은 순간, 일남은 짧은 꿈속에 갇힌 듯 멍해졌다. 과거 법정에서 아들의 이름이 불리던 그 차가운 순간, 그날의 공기와 오늘의 이 따뜻한 마이크 음성이 머릿속에서 교차되었다. 그는 상장을 받아들며 고개를 숙였다. 박수와 스포트라이트가 쏟아졌지만, 그는 그 자리에 '모든 아이의 부모'로, 그리고 '다른 부모들을 위한 대변인'으로 서 있었다.

그들이 이 자리에 오기까지는 긴 시간이 걸렸다. 아들의 범죄 이후, 그들은 세상으로부터 등을 돌리고 싶을 만큼 절망했다. 그러나 곧 깨달았다. 숨을 수도 없고, 숨어도 끝나는 일이 아니라는 것. 오히려 정면으로 마주해야 한다는 것.

'자녀 재범 방지 부모회'의 회원들은 비슷한 상처를 가졌고, 매주 함께 모여 대화하고, 서로의 아이를 이해하려 애썼다. 특히 가정 초청 프로그램을 운영하면서 집밥을 나누는 모임이 자주 열렸다.

"오늘 저녁은 우리 집에서~!"

수시로 하고 듣는 말이 되었다. 늘 가족처럼 나누는 대화의 자리가 만들어졌다.

그들 중 일부는 다시 학교에 돌아갔고, 어떤 아이는 자원봉사를 시작했다. 재범률은 눈에 띄게 낮아졌고, 그 변화는 주변 상담기관과 지역사회에까지 번져나갔다. 그리고 2년 후, 그들이 시작한 작은 움직임은 정부의 공식 지원을 받아 전국 프로그램으로 확대되었다.

"자식들이 좋아지니까 계속하는 거예요."

그렇게 말하던 일이 마침내 법무부 장관 표창까지 이어진 것이다. 행사 직후 기자들이 다가왔다. 하선은 이미 알고 있었다.

"자식을 그렇게 키운 부모가 무슨 상을 받느냐."

악성 댓글이 인터넷에 떠다니고 있었다. 그러나 그들은 흔들리지 않았다. 기자들 앞에서 조용히, 그러나 단단한 목소리로 말했다.

"흉도, 복이 될 수 있습니다. 피하지 않고 마주 볼 용기가 있다면요."

그날 밤, 가족은 오랜만에 넷이 식탁에 둘러앉았다.

"준희의 간호학과 졸업을 축하한다." 일남은 말했다.

"준희가 하고 싶은 일을 할 수 있어 제일 기쁘구나." 하선도 덧붙였다.

"저도 제 꿈을 이루어서 행복해요. 점점 병든 사람이 더 많아지는 것 같아요. 그들을 돕고 싶어요."

모두가 박수를 치며 준희를 축하했다. 준영이 이어 말했다.

"엄마, 아버지, 준희야… 고맙다는 말, 늦었죠?"

하선은 아들의 눈을 바라보았다. 그 눈엔 더 이상 예전의 자신감도, 맹목적인 분노도 없었다. 대신 잔잔한 평화가 깃들어 있었다.

"지금은… 그냥 작게, 정직하게 살고 싶어요. 내가 누군가에게 또 해를 끼치지 않도록. 그게 내가 할 수 있는 최선일 것 같아요."

준희는 말없이 고개를 끄덕였다. 예전엔 그녀의 침묵이 단절처럼 느껴졌지만, 이제는 적극적인 동의와 지지임을 하선은 안다. 그것은 표현의 한 방식이었다.

어느 봄날. 하선은 혼자 시장 골목을 걸었다. 한때 준영의 손을 잡고 다니며 아이가 간판들을 순서대로 외우던 그 길이었다. 몇몇 가게는 문을 닫았고, 이름이 바뀐 곳도 있었다. 그러나 그녀의 기억 속 그 순서는 여전히 또렷했다.

그해 가을, 준영은 '자녀 재범 방지 부모회'에 실무 보조로 참여하기 시작했고, 준희는 대학원 간호학과에 진학했다. 한때 무너졌던 가족이, 이제는 각자의 자리에서 세상을 향해 작게나마 다시 발을 딛고 있었다.

하선은 앞에 놓인 찻잔을 들었다. 가득 출렁이는 느낌을 받았다. 하선은 오늘도 천천히 걷는다. 그 길에서 준영과 함께 웃던 시절도, 눈물 흘리며 아이의 이름을 부르던 밤도, 딸의 방 앞에서 멈춰 섰던 날도 함께 떠오른다. 이제 그녀는 안다. 완벽한 부모란 없지만, 끝까지 포기하지 않는 부모가 될 수 있다는 것. 그리고 그것이 때로는 세상을 바꾸는 첫걸음이 될 수 있다는 것을.

그녀는 오늘도 여느 때처럼 간판들을 둘러보았다. 처음 보는 카페의 이름이 눈에 들어왔다.

'사랑은 언제나 옳다.'

비어 있거든, 사랑으로 채워라

비탈에서도

꽃은
핀다

비탈길을 오르며 자전거 브레이크를 천천히 쥐었다. 손등에 번진 땀을 훔치고, 현우는 익숙한 붉은 간판을 올려다보았다. 연경반점. 그가 거의 매일 점심을 먹는 곳. 아니, 사실은 수아가 있는 곳.

가게 문을 열자마자 풍겨오는 기름 냄새, 볶는 소리, 그리고… 그녀의 뒷모습.

"또 오셨네요?"

수아가 주문지를 넘기며 말했다.

현우는 머쓱하게 웃었다.

"짜장면이… 맛있어서요."

"거짓말."

"그럼, 네가 있어서."

수아는 피식 웃고 말았지만, 고개를 숙인 채로 손끝이 잠깐 떨렸다.

"내가 그렇게 신경 쓰여?"

"신경 쓰이는 정도가 아니라, 눈에 밟혀서 하루가 안 지나가."

그날 이후로도 현우는 하루도 빠짐없이 자전거를 탔다. 바람이 불든, 비가 오든. 못 가는 날엔 공장 동료들 도시락까지 수아에게 배달시켰다.

"현우 씨."

수아가 어느 날 조용히 말했다.

"응?"

"우리, 이러다 정들 거 같아."

"난 이미 정들었는데?"

"근데… 우리 집 형편이, 좀 그래. 부모님도 계시고, 오빠는 가난한 사람 싫어해."

"그거 다 알고 시작했어. 나는 네 옆에 있고 싶어. 그거면 충분해."

수아의 눈이 살짝 젖었다.

"이렇게까지 성실한 사람 처음 봤어. 매일 먼 길 자전거 타고 오는 것도, 말없이 기다려주는 것도."

"그냥… 너희 식당에서 밥 한 그릇 먹는 그 시간이, 나한텐 하루 중 제일 기쁜 시간이야."

"가끔 힘들 땐 없어?"

"있지. 근데 너만 보면 힘든 게 다 사라져."

잠시 가게 안이 조용해졌다. 볶음밥을 뒤집는 웍 소리만 들렸다.

"여기 비탈길, 힘들어도… 너만 있으면 견딜 수 있을 것 같아."

수아가 조심스레 말했다. 현우가 웃으며 고개를 끄덕였다.

"그래. 우리 천천히 걷자. 어차피 비탈길에도 꽃은 피잖아."

그날 이후, 비탈을 오르는 일은 그저 고단한 노동이 아니었다. 서로를 향한 기다림, 두근거림, 그리고 작지만 확실한 믿음이었다. 가난했지만, 마음만은 매일 조금씩 부자가 되어갔다.

그렇게 둘은 가난한 연인이 되었고, 신혼부부가 되었다.

가게 문을 닫은 밤, 수아의 오빠가 계산대 앞에서 말했다.

"사람이 먼저 버터야 효도도 하는 거야. 로맨스는 통장 잔고가 받쳐줄 때 오래가."

수아의 어깨가 저도 모르게 움찔했다. 현우는 말 대신 물잔을 비웠다. 식탁 위 전기세 고지서 모서리가 조명을 받아 하얗게 빛났다.

"형님, 서두르지 않고 살아보려 합니다."

오빠는 한숨을 길게 내쉬고는 문을 닫고 나갔다. 바깥 계단에는 '비탈에서도 꽃은 핀다'고 적힌 오래된 등산로 안내문이 반쯤 뜯겨 흔들렸다. 비탈길 위로 아카시아 향이 스쳤다. 현우는 걸음을 멈추고 숨을 골랐다. 땀이 눈가로 흘러내렸다. 코끝이 찡했다.

그때도… 꽃이 피었었나? 기억나는 건 무릎 통증과 손등에 남은 테이프

자국뿐이었다. 그날도 비가 내렸다. 젖은 택배 상자를 어깨에 메고 비탈을 오를 때, 말없이 우산을 씌워준 할머니. 그 향기가 지금도 선명했다.

밤. 집 안은 고요했다. 수아는 전기세 고지서를 식탁 위에 툭 내려놓았다. 숫자가 말을 대신했다.

"내일 대복이 소풍이야. 김밥 싸야 해."

"그래, 내가 할게."

현우는 웃으려 했지만, 입가가 굳었다.

며칠 후, 수아는 작은 가방을 들고 말했다.

"이렇게 가난하게 살 수는 없어. 서울로 갈게. 대복이 부탁해."

"꼭 부자여야 해? 같이 살아야 가족이지. 어차피 가난이야 각오하고 시작했잖아."

현우가 절망하며 눈물을 쏟았다. 그녀는 문고리에 손을 얹었다가 멈췄다. 고개를 돌려 눈을 마주쳤다. 말없이 오간 건 미안함과 포기하지 않겠다는 결심. 그녀는 떠났다.

서울. 고시원. 낮엔 김밥을 말고, 밤엔 맥주잔을 닦았다. 손목엔 파스 냄새. 창밖은 불빛.

"울지 마. 견뎌야 살아."

스스로 중얼거리며 김밥을 다시 말았다.

겨울, 현우는 무릎을 다쳤고 일도 끊겼다. 지하철역 바닥에 대복이와 함께 주저앉았다.

"행복… 있는 거 맞을까…"

편의점 온수통 앞에서 현우는 컵라면 물선을 딱 맞추다 멈췄다. 뚜껑을 반쯤 덮으니, 김이 올랐다. 대복이가 젓가락을 들자, 현우는 면발을 자신의 컵으

비어 있거든, 사랑으로 채워라

로 조금 옮겼다. 대복이 앞에서 유난히 부끄러웠다. 대복이의 얼굴에 눈물이 떨어졌다. 현우는 아이 뺨을 쓸며 말했다. 수치심보다 더 치욕적인 배고픔.

"내일은… 다르게 살아보자."

봄. 다시 만난 두 사람.

"아직, 우리의 봄은 아니야."

"근데, 우린 더 기다릴 여유도 없어."

현우가 대복이를 손으로 가리켰다. 그들은 둘이 가진 걸 모두 끌어모았다. 작은 반찬 가게를 열었다. 간판은 '무인 고향 반찬'. 고향에서 식재료를 공수했다. 서울에서 익힌 손맛을 더했다. 그리고 땀으로 만든 맛. 수익은 날로 늘어났고, 가게는 희망으로 따뜻했다.

늦은 밤, 젊은 택배기사가 컵밥 하나를 들고 조용히 나갔다. 몸이 불편한 할머니가 반찬 하나를 조심스레 집었다. 현우와 수아는 눈빛을 마주쳤다. '우리가 하려던 게 바로 이거였지.'

배고픈 사람들과 한 끼 식사를 나누는 삶. 현우는 배고프던 때를 생각했다.

'사연 있는 밥상, 마음을 나눕니다.' 현우는 조심스레 글을 붙였다. 수아는 걱정 어린 눈빛을 보냈다.

"우리도 일손이 벅찬데… 남까지 챙길 수 있을까?"

"컵밥 하나, 반찬 두 개. 셀프 하면 돼. 한 번만 해보자."

다음 날, 테이블 위 컵밥. '청소는 셀프, 한 끼는 마음대로.' 메모들이 붙기 시작했다.

'오늘도 밥심으로 살아냈네요.' '잊힐 뻔한 한 끼, 고맙습니다.'

'스토리 밥상'이라 불리며 SNS에 퍼졌다.

하지만 시간이 지나며 청결이 위협받고, 본업도 흔들렸다. 점심 피크가 끝난 뒤에도 테이블마다 국물 고인 그릇이 남았다. 문틈으로 민원서 한 장이 밀려들었다. 퇴식 정리 미흡 및 위생 우려. 며칠 뒤 보건소 직원이 라텍스 장갑을 낀 손으로 배수구를 톡톡 건드렸다.

"의도는 알겠습니다만, 이 방식으론 관리가 어렵습니다."

수아가 고개를 끄덕였다. 결국 수아가 결정했다.

"스토리 밥상, 여기까지 하자."

"우리에게 부담이 안 되고 지속하는 방법을 찾아보자."

쿠폰으로 대체하고, 인근 식당과 연계해서 도왔다. 어느 날, 한 청년이 가게를 찾아왔다.

"저, 이 정신… 이어가도 될까요?"

예전 스토리 밥상을 먹던 택배기사였다. 그는 푸드트럭을 시작했고, 냄비 김치찌개를 열었다. 작은 손글씨가 붙어 있었다.

'당신 덕에 살아남았습니다. 이제 제가 하겠습니다.'

그날 밤, 현우는 다시 비탈길을 올랐다. 무릎은 여전히 욱신댔지만, 어디선가 아카시아 향이 불었다. 그는 중얼거렸다.

"그래… 비탈에서도 꽃은 피니까."

뒤편에서 수아가 천천히 올라왔다. 도시락통엔 남은 김밥이 들어 있었다. 말없이 마주 선 두 사람 사이로, 아카시아 향이 흘렀다.

그 무렵, 대복이는 중학생이 되었다. 방학이 시작되자, 대복이는 동네 복지관에서 책 읽어주기 봉사를 시작했다. 처음 마주한 노인들은 무표정했고, 대복이도 목소리가 떨렸다. 하지만 책장을 넘길수록 어르신들의 표정이 조금씩 풀어졌다.

"그 목소리, 우리 손주랑 비슷하구나."

한 할머니가 웃으며 말했다. 어느 날은 시를 읽다 울컥해 눈물이 핑 돌기도 했다. 복지관 구석에서 책 읽는 소리를 듣던 어르신 한 분이 조용히 말했다.

"넌 책보다 더 따뜻한 아이다."

비어 있거든, 사랑으로 채워라

그 말에 대복이는 책을 더 정성껏 읽기로 마음먹었다. 방학이 끝날 무렵, 어르신들이 작은 편지를 건넸다. 그 안엔 이렇게 적혀 있었다.

"네 목소리가, 우리 여름을 시원하게 해주었단다."

방학 마지막 날, 대복이는 평소 책을 읽어주던 할머니에게 작별 인사를 건넸다. 그런데 할머니가 먼저 말한다.

"이번엔 내가 읽어줄게."

손에는 또박또박 쓴 편지가 들려 있었다.

'대복아, 너는 내 여름이었다. 고맙고, 또 보자.'

그날, 대복이는 울지 않으려 애쓰며 고개를 끄덕였다. 한 어르신이 조용히 말했다.

"이젠 내가 다른 분들께 읽어줘야겠어."

대복이는 놀란 얼굴로 웃었다. 그리고 속으로 생각했다. '이건 책이 아니라, 마음을 나눈 거였구나.'

그날 저녁, 아파트. 따뜻한 국물 냄새가 부엌에서 퍼져 나왔다. 대복이는 책을 읽다가 조용히 웃었고, 수아는 반찬을 고르며 콧노래를 흥얼거렸다. 현우는 고장 난 의자를 고치다 잠시 멈추고, 창밖을 바라보았다. 다시 아카시아 꽃이 피어 있었다.

"수아야, 대복아 … 우리가 여기까지 올 수 있어서, 참 고맙다."

그는 조용히 손을 모았다. 비 맞으며 택배를 들고 오르던 날들, 배고픔에 무릎을 꿇던 밤들, 그 모든 순간이 오늘을 위한 기도였다는 듯이. 작은 방 안엔 국물 향기와 함께, 세 사람의 감사가 따뜻하게 번져갔다.

늦은 봄날의

프로포즈 1

"형님, 이젠 좀 쉬어가며 일하셔야죠."

양계장 한쪽 그늘, 자동화 기계의 미세한 소음 속에서 동훈이 조심스레 말을 꺼냈다. 병현은 고장 난 부속을 정비하던 손을 멈추고 고개를 들었다.

"쉴 틈이 어디 있니? 요즘은 닭도 환경이 중요하거든."

그의 입가에 작은 웃음이 번졌다. 등줄기와 이마에는 땀이 이슬방울처럼 흘러내려도, 그의 표정은 여유로웠다.

"그래도 자동화 덕에 힘든 일은 줄어 다행이에요."

동훈이 기계 위에 손을 얹으며 말했다.

"그렇긴 하지."

병현은 잠시 생각에 잠기더니 물었다.

"요즘 혼자 사는 집에 돌아가면 어떤 기분이 드니?"

"글쎄요… 고요하죠. 때로는 좀 쓸쓸하긴 해요."

동훈은 약간 머뭇거리다 되물었다.

"형님은요?"

병현은 허공을 바라보며 조용히 대답했다.

"나이 들수록 돈은 소용없다는 생각이 들어. 누군가 곁에 있어 주는 온기가 더 그리워."

침묵이 흘렀다. 닭장 너머로 봄꽃이 희미하게 피어오르고 있었다.

"형님, 이제 결혼하셔야죠."

동훈이 웃자, 병현도 피식 웃었다.

며칠 뒤, 양계장에 새 얼굴이 들어왔다. 김정숙. 조용한 눈빛과 낯선 어조를 가진 여자였다. 손놀림은 야무졌고, 말보다는 행동으로 마음을 전하는 이였다.

"혹시 거처가 없으면 2층 쓰셔도 돼요. 2층은 독립되어 있어요. 어머니가 생전에 쓰시던 방이에요. 불편하지 않을 겁니다."

비어 있거든, 사랑으로 채워라

병현은 조심스럽게 말을 꺼냈고, 정숙은 잠시 뜸을 들이다 고개를 끄덕였다.

그날 이후, 정숙은 병현보다 먼저 부엌에 서서 조심스레 커피 향을 풍겼다. 그 작은 움직임이 병현의 마음 한편에 자꾸만 다가왔다.

몇 달 뒤, 세 사람은 함께 저녁을 먹었다. 된장찌개 냄새가 고요한 저녁 공기를 채웠다.

"일은 괜찮으세요?"

병현이 물었다.

정숙은 살며시 웃었다.

"생각보다 좋아요. 사장님도, 동훈 씨도 친절하시고요."

동훈이 헛기침하듯 툭 던졌다.

"딴생각 말고 일만 열심히 해서."

정숙은 눈길을 피했고, 병현은 미소만 지었다.

"예전에 세라마(Serama)라는 닭을 기른 적 있어요. 손바닥만 한 애완용 닭이었는데, 정말 정이 많이 가더라고요. 언젠가 폴리시(Polish)같은 화려한 닭도 반려용으로 키워보고 싶어요."

병현은 순간 눈을 빛냈다. 자신도 그런 사업을 구상 중이기 때문이었다. 그리고 그날 밤, 옥상에 널린 정숙의 빨래를 보며 알 수 없는 평온함을 느꼈다. 누군가와 집을 함께 쓴다는 사실이 오래된 외로움을 덜어주는 것 같았다.

어느 날, 병아리를 들이는 일을 무리하게 하던 병현은 감기몸살로 쓰러졌다. 정숙은 약을 끓이고 밤낮으로 간호했다. 그녀의 손길은 서툴렀지만 정성스러웠다. 병현은 그 순간 깨달았다. 이 여자를 놓치고 싶지 않다고.

며칠 뒤, 그는 작은 종이 상자에 폴리시 한 쌍을 담아 2층으로 올라갔다. 정숙은 그 조그마한 닭들을 보며 농장을 받은 것처럼 좋아했다. 그 웃음은 방

안을 가득 채웠고, 병현의 마음에 무언가가 단단히 자리 잡았다.

"… 나랑 평생을 함께해 줄 수 있겠소?"
그는 '늘봄 카페'에서 조심스럽게 청혼했다.
정숙의 눈동자가 잠시 흔들렸다. 한참을 망설이다가 그녀는 숨죽인 목소리로 답했다.
"미안해요. 제겐 트라우마가 남아 있어요. 아직은… 제 마음이 다 준비되지 않았어요."
며칠 후, 동훈이 조용히 말을 꺼냈다.
"그 여자, 돈 보고 온 거예요. 형님 돈도 빌려 갔잖아요. 믿지 마세요."
병현은 아무 대답도 하지 않았다. '설령 그랬다 해도… 사람은 변할 수 있어. 진심은 전염되는 법이니까.'

어느 날, 정숙은 작은 가방 하나만 든 채 그의 앞에 섰다.
"어머니가 편찮으셔서 중국에 다녀와야 해요. 두 달만 시간을 주세요. 돈도 조금만 더… 꼭 갚을게요."
병현은 삶은 왕란(큰 달걀) 몇 개를 봉지에 담아 건넸다.
"찻길에서 요기라도 하시오."
정숙은 뒤돌아보지 못한 채, 한 걸음 한 걸음 조용히 문을 나섰다. 그녀의 어깨가 잔잔히 떨렸다. 그녀에게로 닿던 모든 연락은 어느새 사라져 버렸다.

〔정숙, 광둥, 밤〕
광둥성의 어느 허름한 골목길 끝, 정숙은 월세방 하나를 겨우 구했다. 창밖에선 늘 경적이 들려왔다. 그 낯선 소음 속에서, 그녀는 병현의 목소리를 떠올리곤 했다. "삶은 왕란 몇 개라도 챙기시오." 그 말이 유독 따뜻했다. 헤어지는 순간에도 그의 손은 말없이 무언가를 주고 있었고, 그 손길이 자꾸 그

비어 있거든, 사랑으로 채워라

리워졌다.

어머니는 그녀를 보자마자 눈물을 흘렸다. 생각보다 위독했고, 몇 번의 밤을 넘기지 못하고 상태가 악화되었다. 그녀는 자는 어머니의 손을 꼭 잡고 속삭였다.

"이제야 왔어요. 조금만 더, 나랑 이야기해요. 제발…"

며칠 뒤, 어머니는 그녀 품에 안긴 채 눈을 감았다.

"그래도 너… 따뜻한 사람 만나야 해."

그 말이 유언이었다. 장례식을 마친 밤, 정숙은 텅 빈 방에서 혼잣말처럼 중얼거렸다.

"사장님… 지금도 그 자리에 계실까…"

그녀는 시간을 내어 전 남편을 찾았다. 과거의 그림자를 마주 보려면 용기가 필요했다. 남편은 처음엔 당황했지만 곧 담담하게 말했다.

"나도 다시 시작했어. 이젠 네가 원하는 대로 정리해."

그 말에 묘한 안도감과 동시에 공허함이 몰려왔다. 생각보다 이별은 쉽게 완성되었다. 잠시 침묵이 흐른 뒤, 전 남편이 조용히 입을 열었다.

"그땐 내가 너무 어렸어. 너한테 많이 미안했어."

그는 쓸쓸한 미소를 지으며 말했다. 그녀는 그 자리에서 울지 않으려 애썼다. 과거는 다시 붙잡을 수 없었지만, 그 사과는 마음속 오래된 매듭 하나를 풀어주었다. 정숙은 오래전 자신이 외면하고 떠나야 했던 마음의 숙제를 천천히 정리해 갔다.

밤이면 휴대폰을 손에 쥐었다 놨다 반복했다. '사장님, 저 정리 다 끝났어요.' '곧 돌아갈게요.' '기다려 주실 거죠?' 그 메시지들을 수십 번이나 써두고는 끝내 보내지 못했다. 보내는 순간, 그 사람의 마음이 변했으면 어쩌나, 다시 돌아가도 자신이 설 자리가 없으면 어쩌나 하는 두려움이 더 컸다.

시장에 나갔다가 삶은 왕란을 발견한 날이었다. 그 기억이 되살아났다. 병현이 봉지째 건넸던 삶은 계란, 양계장의 냄새, 함께 마시던 커피 향기. 눈물이 핑 돌았다. 그가 너무 보고 싶었다.

'돌아가야겠다.' 그녀는 결국 짐을 싸기 시작했다. 짐은 많지 않았다. 정리된 혼인 서류, 어머니가 남긴 작은 유품, 그리고 병현에게 줄 마음. 그녀는 마지막 밤, 창가에 앉아 조용히 기도했다. '이번엔 꼭 진심을 전할 수 있기를…'

그 다음해 초봄이 되어도 그녀는 돌아오지 않았다. 닭들은 묵묵히 알을 낳았고, 병현은 매일같이 폴리시 한 쌍에게 모이를 주었다. 그 닭들이 낳은 작은 알을 보며 그는 그녀를 떠올렸다.

어느 날, 문을 열자 따뜻한 밥 냄새가 집안을 채웠다. 부엌에, 그녀가 있었다.

"밥… 짓고 있었어요."

정숙은 고개를 들며 조용히 웃었다.

"기다려 주실 줄 알았어요. 그래서 돌아왔어요."

"어디 갔었소? 왜 연락은 안 했소?"

"어머니 장례를 치르고, 전 남편과 정리를 했어요. 연락을 미룰 수밖에 없었어요. 왕란을 시장에서 보고… 더욱 사장님 생각이 나서 서둘러 돌아왔어요."

동훈은 돌아온 그녀를 아직도 다 믿을 수 없었다. 그래서 "형님이 당신 때문에 마음 아파했었소." "어떻게 소식을 그렇게 끊을 수 있소?"라고 쏘아붙였다.

정숙의 진심 어린 사과와 설명을 다 듣고 그제야 그의 표정이 누그러졌다.

"형님, 그래도 다 믿지 마세요. 진짜 다 챙겨 잠적할 수도 있어요."

동훈은 병현이 다시 상처받는 모습을 볼 수가 없을 것 같았다. 이번에도 상처받으면 다시는 일어서지 못할 것 같았다.

"형님, 돌다리도 두드려 보고 건너라 했소."

거듭 권했다. 병현은 아무 말 없이 그녀를 바라보다 말했다.

"나는 당신이 두고 간 폴리시를 볼 때마다 당신을 생각했소. 지금은 작은

　　　　　　　　비어 있거든, 사랑으로 채워라

알도 낳고 있어요."

정숙은 눈을 피하며 말했다.

"저… 아직도 그 기억이 무서워요. 하지만 사장님 곁으로 돌아오고 싶었어요."

봄비가 그친 이튿날, 방역 담당 공무원이 농장에 들어섰다. 검은 방역복에 얼굴 반쯤 가린 마스크, 냉철한 눈빛이 닭장을 스쳤다.

"잠정적 고병원성으로 판단됩니다. 이 구역 닭은 전부 살처분 대상입니다."

병현은 숨이 막히는 듯했다. 이 농장은 그의 전부였다.

"잠깐만… 다시 검사해 주면 안 되겠습니까?"

그의 목소리가 떨렸다.

"규정입니다. 즉시 폐쇄하고 소독에 들어갑니다."

정숙은 닭장 문 앞에 선 채 창백해졌다. 조용히 병현의 손등을 잡았다.

"사장님, 우리 아직 포기하면 안 돼요. 같이 버텨요."

네팔인 직원 관사도 밤새 불이 꺼지지 않았고, 모두 나와 방역에 동참했다. 병현과 동훈은 축사 옆 의자에 앉아 새벽이 될 때까지 장화를 벗지 못했다.

〔재검 통보— 기다림의 이틀〕

재검 결과가 나왔다. 조류독감은 저병원성으로 판명되었다. 그 순간, 병현은 주저앉았다. 정숙이 다가와 그의 어깨에 이마를 기댔다.

"살았어요. 다…"

그녀의 목소리가 떨렸다.

다음 날 해질 무렵, 동훈은 커피를 내리던 정숙 앞에 서류를 내려놓았다.

"이게 뭡니까?"

정숙이 조심스레 물었다.

"정숙 씨, 해외송금 왜 이렇게 많았소. '가족관계 정리'는 뭐고?"

정숙이 얼굴을 굳혔다.

"그건… 어머니 병원비와 장례비였습니다. 그리고 전 남편과 서류를 마무리한 내역이에요. 제가 먼저 말씀드렸어야 했는데, 죄송해요."

"증거가 맞긴 한가요? 사기라는 소문도 도는 모양이던데."

그 말에 정숙의 손이 잠시 떨렸다.

"소문을 어디까지 수집하셨어요?"

그때 병현이 들어왔다. 상황을 빠르게 훑어본 그는 동훈을 바라봤다. 동훈이 낮지만 단단한 목소리로 말했다.

"형님, 전 두려웠습니다. 다시 상처받으실까 봐."

병현은 한 걸음 다가서며 천천히 고개를 저었다.

"네가 나를 지킨다면서… 내 선택을 무시하고 있구나."

침묵이 흘렀다. 정숙이 눈을 내리깔고 말했다.

"제가 의심받을 만했어요. 도망친 적도 있고… 하지만 이번엔 돌아왔습니다. 서류도, 영수증도, 다 보여드릴게요. 다만— 과거를 꺼낼 때마다 제가 다시 부서지는 기분이라… 조금만 시간을 주세요."

동훈은 무거운 한숨을 내쉬었다.

"제가 선을 넘었습니다. 확인도 없이."

"확인은 하되,"

병현이 말을 이었다.

"상처 주지 않는 방식으로 하자. 우린 가족이 될 사람들이다."

며칠 뒤, 병현은 어머니의 작은 유품 상자를 꺼냈다. 반지와 십자가 목걸이를 손에 쥔 순간, 손가락이 가볍게 떨렸다. 손바닥에 땀이 고였다. 아카시아 향이 마당을 가득 채웠다. 병현은 그녀 앞으로 다가섰다.

"어머니가… 사랑하는 사람에게 주라 했소. 내가 이걸 줄 수 있어 기쁘오. 아마 어머니도 천국에서 기뻐하실 거요."

비어 있거든, 사랑으로 채워라

정숙은 대답하지 못했다. 입술이 떨리고 눈가가 붉어졌다. 이내 눈물이 뚝뚝 떨어졌다. 병현은 떨리는 손으로 그녀의 왼손을 잡았다.

"이젠… 나랑 새 출발합시다."

정숙은 감동의 울음을 삼키며 고개를 끄덕였다.

"확신이 생겼어요. 사장님은 제가 살아온 인생에서… 가장 따뜻한 분이에요. 처음엔 두려워서 떠났지만, 이젠 내가 당신 곁에 있기로 선택했어요. 이곳에서 매일 아침밥 짓고, 병아리 키우고, 당신과 함께 늙어갈 거예요."

동훈이 박수를 치며 둘의 앞날을 축복했다. 그 순간, 봄밤 달빛이 두 사람을 부드럽게 비추었다. 그들의 그림자가 마당에 길게 드리워졌다. 그날 밤, 안방의 불이 환하게 켜졌다가 조용히 꺼졌다. 양계장 둘레엔 아카시아 향이 달빛을 타고 퍼져 나갔다. 봄밤의 향기 속에서, 사랑은 조용히 다시 피어났다.

며칠 뒤, 병현은 축사 옆 공터로 정숙을 불러내어 한쪽을 가리키며 말했다.

"여기, 정식으로 '반려용 닭사랑 체험장' 허가를 내보면 어떻겠소?"

정숙은 잠시 병현을 바라보다가 고개를 끄덕였다. 사람들이 찾아와 병아리를 품에 안고 웃는 날을 상상했다. 깃털이 화려한 닭, 아주 조그만 닭들이 생생하게 눈앞에 그려졌다.

그날 밤, 둘은 나무 벤치에 나란히 앉아 밤하늘을 올려다보았다.

"병현 씨는 언제 가장 행복했어요?"

"지금. 이 순간이오."

정숙은 손등으로 조심히 그의 손을 감싸쥐었다.

"삶이란, 깨지기 쉬운 알을 품는 것처럼, 연약한 희망을 품는 일인지도 몰라요. 하지만 함께라면 그 어떤 어려움도 이겨낼 수 있을 거예요."

1년 후, 봄이 또다시 찾아왔다. 폴리시가 낳은 알은 이제 병아리 열 마리가 되었다. 귀여운 애완닭들을 더 들여왔다. 병현과 정숙은 작은 간판을 걸었다.

며칠 뒤, 병현은 축사 옆 공터에 임시로 펼쳐 둔 설계도를 정숙과 동훈 앞에 내보였다.

"정숙 씨, 이번에 체험장만이 아니라 축사 구조도 손봐야겠소."

정숙은 도면 위 작은 네모 칸들을 들여다보다가 고개를 갸웃했다.

"축사요? 지금도 충분히 깨끗한데요?"

병현은 펜으로 햇살이 들어오는 창 쪽을 가리켰다.

"이젠 단순히 깨끗한 걸로는 부족해. 닭이 날개를 펼 수 있는 공간, 모래목욕장, 횃대… 이게 다 '동물복지 1등급' 조건이오."

동훈이 곁에서 거들었다.

"맞습니다. 요즘 소비자들은 그냥 싼 달걀보다, 닭이 행복하게 낳은 복지달걀을 원해요. 햇볕, 깔짚, 물과 사료 접근성까지 점수에 들어갑니다. 아이들 체험장 오면, 그걸 직접 눈으로 보게 될 거고요."

정숙의 눈빛이 반짝였다.

"창문을 이렇게 크게 내면, 닭들이 진짜 햇볕을 쬘 수 있겠네요."

"그래요. 햇살을 받아야 알도 튼실해집니다. 또 계단식 횃대를 설치하면 닭들이 위아래로 오르내리며 스트레스를 덜 받아요."

병현의 목소리엔 자부심이 담겼다. 동훈은 웃으며 농담을 던졌다.

"형님, 이젠 닭이 VIP네요. 저희보다 대우가 나은 것 같습니다."

"닭이 건강해야 우리가 건강한 달걀을 먹지 않겠어."

병현이 웃으며 대꾸했다. 정숙은 설계도를 접으며 미소 지었다.

"좋아요. 이 체험장에 오는 아이들이 '닭도 행복해야 한다'는 걸 배우면, 여긴 단순한 농장이 아니라 작은 학교가 되겠네요."

그 말에, 봄 햇살처럼 농장의 비전이 환히 펼쳐졌다.

동네 아이의 엄마가 말했다.

"요즘 병현 씨 덕분에 아이들이 닭을 무서워하지 않아요. 봄날 농장, 참 잘 지으셨어요."

비어 있거든, 사랑으로 채워라

농장을 찾은 유치원생들이 병아리를 안고 웃었다. 정숙은 그들을 바라보며 커피를 내렸고, 병현은 닭장 옆 텃밭에서 허리를 폈다.

"여보, 저 아이들이 '병아리반'이래요."

병현이 웃으며 대답했다.

"병아리보다 더 귀엽잖소?"

함께 웃었다.

〔양계장 탕비실, 휴식시간〕

농업 비자로 온 네팔인 직원들이 관사에 있었다. 그중 두 명은 부부였고 병현의 농장에서 10년째 일했다. 한 명은 창원에서 올해 이곳으로 왔다. 이름이 푸니타였다. 성품이 좋다는 의미라고 했다.

"푸니타! 이곳이 마음에 들어요?"

정숙이 물었다.

"여긴, 실내라서 좋아요. 농한기가 없어 더 좋아요."

푸니타의 미소가 빛나고 있었다.

"푸니타! 지금 원하는 것 있어요?"

병현이 물었나.

"한국어 여자 이름 원해요."

모두가 웃었다.

"한국에서 결혼하고 싶은 마음 있어요?"

정숙이 물었다.

"신이 정한 것은 누구도 바꿀 수 없지요. 오늘따라 아카시아 향기가 진해요."

푸니타가 말했다. 그때 동훈이 마음을 담아 대답했다.

"익숙해지면 괜찮을 겁니다."

네 사람은 함께 유쾌한 커피 시간을 가졌다. 그리고 그날 저녁, 병현이 정숙과 마주 보며 말했다.

"닭을 보면 난, 이런 생각이 드오. 믿음은 느리지만 꼭 깨어난다는 사실이요. 작은 달걀처럼… 이 생각으로 난, 당신을 기다릴 수 있었소."

"우리는 알을 품듯 서로를 품었어요. 천천히, 그러나 깨어날 때까지. 우리가 양계장에서 익힌 사랑법 아닐까요?"

"늦은 봄날에 청혼했던 그 날도 기억나오?"

"그날 그 말… 지금도 제 마음속에 간직하고 있어요. 아마도, 매년 이맘때면 당신의 청혼이 생각날 거예요."

"우린 조금 늦게 만났지만, 그만큼 천천히 오래갑시다. 내 주소지는 양계장이 아니라 당신이란 걸, 당신을 만나 이제 알게 되었소."

두 사람이 환하게 웃는 모습 뒤로 수탉의 호탕한 울음소리가 멀리 퍼져 나간다.

비어 있거든, 사랑으로 채워라

늦은 봄날의

프로포즈 2

- 푸니타의 노래

한글 공부는 사랑의 언어

"푸니타 씨, '닭'은 이렇게 써요. ㄷ, ㅏ, ㄹ, ㄱ."

"달ㄱ… 맞아요?"

"푸니타는 어떤 뜻이죠?"

"순수한 사람"

"네팔에는 무슨 뜻이 담겨있죠?"

"히말라야 아래 있는 나라"

"한글로 써보세요. 잘했어요! 이제 '사랑' 써볼까요?"

"사랑… 음, 마음에 꽃 피우는 거요."

"맞아요. 우리 농장에도 그 꽃이 피면 좋겠네요."

닭들이 산란을 시작하는 아침이었다. 닭의 울음이 산허리를 타고 메아리 쳤다. 한글을 가르치던 동훈이 질문을 했다.

"닭을 열심히 키우면 어떻게 되지요?"

"알부자가 되어요."

둘은 횃대 위의 닭들을 바라보며 동시에 웃었다.

"닭 울음, 매일 들으면… 마음도 같이 깨어나요."

"저도 그래요. 당신이 '사랑'이라고 쓸 때처럼요."

닭의 울음 사이로, 한글과 웃음이 조금씩 가까워졌다. 그때부터 두 사람 의 하루는 한글 공책과 닭 울음으로 시작됐다.

만두 냄새와 웃음

"이거, 네팔 음식이에요. 만두!"

푸니타가 조심스레 쟁반을 내밀었다. 닭고기와 향신료 냄새가 따뜻하게 퍼졌다.

"닭은 가족인데… 닭을 먹어요?"

"조금 미안하지만… 맛있어요!"

비어 있거든, 사랑으로 채워라

"하하, 그럼 오늘은 닭님께 감사하고 먹겠습니다."

둘은 동시에 웃음을 터뜨렸다. 만두 속의 뜨거운 김처럼 웃음이 닭장 안을 가득 채웠다. 그날 이후 점심마다 도시락이 바뀌었다. 닭장 앞 그늘 아래서 서로의 음식을 나누어 먹었다. 닭들이 그 주위를 어슬렁거리며 구경했고, 푸니타가 말했다.

"닭도 우리처럼 궁금한가 봐요."

"그러게요. 사람보다 더 순진하죠."

"닭이… 우리 닮았어요."

"어떤 점이요?"

"사랑할 때 조심조심 다가오는 거요."

둘은 마주 웃었다.

두 개의 꿈

봄볕이 부드럽게 내리던 날, 닭장 옆에 서 있던 동훈이 말했다.

"푸니타 씨, 나 꿈이 생겼어요."

그녀가 눈을 찡긋하며 물었다.

"꿈이요?"

"하나는 내 관상 닭 농장을 갖는 것. 또 하나는… 당신 마음을 얻는 거예요."

푸니타는 잠시 웃음을 삼켰다.

"둘 다 쉽지 않아요."

"그래도 닭처럼 부지런히 해보려고요."

며칠 뒤, 동훈은 병현 형을 찾아갔다.

"형님, 부지 한 켠에 관상닭장 좀 지어볼까 하는데요."

병현이 땀을 닦으며 말했다.

"좋은 생각이다. 요즘 가축사육제한구역이 많아 땅을 사기 어려워."

"그럼… 형님 땅 일부라도 빌려주시면 어떨까요?"

병현은 잠시 생각하다 고개를 끄덕였다.

"정숙이랑 상의해봐야지."

부부의 첫 갈등

그날 밤, 병현은 조심스레 아내에게 말을 꺼냈다.

"동훈이가 관상 닭을 시작해보려는데, 우리 남는 부지 좀 빌려주면 어떨까 해."

정숙은 고개를 저었다.

"관상 닭은 손님이 자주 오잖아요. 우리는 외부인 출입 제한해야 해요."

"그래도 가족 같은 동생인데…"

"선의로 시작한 일이 나중에 갈등이 되기도 해요."

병현은 목소리가 조금 높아졌다.

"형수로서 그 정도 사랑도 못 베풀어요?"

정숙의 눈가가 떨렸다.

"그럼 이렇게 해요. 내가 하던 체험 농장을 동훈에게 양보할게요. 대신, 나중엔 자기 땅을 사서 독립해야 해요."

병현은 한동안 침묵하다가 천천히 고개를 끄덕였다. 그날 밤, 두 사람은 등을 맞댄 채 조용히 잠들었다. 창밖으로 닭 울음소리가 들려왔다. 그 울음이 부부의 마음을 조금씩 풀어주었다. 이 소식을 병현에게 전해 들은 동훈은 약간 서운하기도 했다.

'관상 닭이 좋은 날'

며칠 뒤, 동훈과 푸니타는 새 닭장을 꾸몄다.

"농장 이름을 뭐라고 할까요?"

"'관상 닭이 좋은 날' 어때요?"

"멋있어요! 듣기만 해도 행복해요."

비어 있거든, 사랑으로 채워라

손글씨 간판에는 '관상 닭이 좋은 날 — Funita&Donghun Farm'이라고 쓰여 있었다. 닭들이 마치 축하하듯 일제히 울어댔다.

"이 농장으로 꼭 성공하자."

"네, 사랑으로 키울게요. 닭도, 마음도."

닭 울음이 그들의 다짐을 따라 멀리 퍼져나갔다.

닭의 언어

"닭을 치면 게으를 수가 없어요."

"왜요?"

"매일 새벽 시간부터 울고, 해 뜨면 같은 자리에서 알을 낳아요. 사람도 닭처럼 살면 마음이 편해져요."

"닭이 사람을 가르치네요."

"그럼요. 닭님께 감사해야죠."

"닭에 대해 더 가르쳐 주세요."

"질문하세요."

"관상닭은 몇 종류나 되죠?"

"많아요. 100종은 될 겁니다."

푸니타가 장난스럽게 물었다.

"닭은 몇 년이나 살지요?"

"10년쯤 삽니다."

"비싼 닭은 얼마나 해요?"

"초코오핑턴 반탐 같은 건 한 마리에 80만 원쯤. 달걀 하나에 8만 원도 해요."

"너무 비싸요!"

"온순하고, 사람 잘 따르기에 인기 많아요. 당신처럼요."

그의 농담에 푸니타는 얼굴을 붉혔다.

"닭은 모래 목욕도 해요."

"왜요?"

"진드기 털어요. 이렇게요."

동훈이 모래 위에서 몸을 비비는 시늉을 하자, 푸니타는 웃음을 참지 못하고 쓰러졌다. 닭장 안엔 웃음이 메아리쳤다.

함께 만드는 농장

주말이면 두 사람은 닭 사육 기구를 만들었다.

"이건 산란통이에요. 안에 짚을 깔면 닭이 안심하고 알을 낳아요."

"이건 사료 배합기! 청국장 가루 섞으면 냄새도 줄고 영양도 좋아요."

"이거 인터넷에 팔면 어때요?"

"좋아요! 이름은 '닭과 함께하는 주말농장 세트!'"

그들은 병아리 부화 체험도 열었다. 아이들이 병아리의 첫 울음을 듣고 환호했다. 푸니타는 그 모습을 보며 속삭였다.

"닭이… 사람 마음을 부화시키네요."

동훈이 조용히 웃었다.

"그래요. 나도 그랬어요. 당신 덕분에."

사랑의 전화

어느 날, 푸니타가 고향의 부모님과 통화했다.

"엄마, 저… 한국 사람과 결혼할 거예요."

전화 너머로 정적이 흘렀다.

"너무 멀다, 외롭지 않니?"

"괜찮아요. 저를 사랑해주는 사람과 닭들이 있어요."

전화를 끊자, 그녀의 눈가가 젖었다. 동훈이 다가와 손을 잡았다.

"당신 가족들도 사랑하게끔 내가 잘할게요."

비어 있거든, 사랑으로 채워라

"그럼 나, 알이 될게요. 당신 마음에서 깨고 싶어요."

닭들이 횃대 위에서 울었다. 두 사람의 손등 위로 붉은 석양이 내려앉았다.

새로운 둥지

몇 달 뒤, 기적처럼 기존 양계장이 매물로 나왔다. 동훈은 농업종합자금 대출을 받아 그 땅을 샀다. '관상 닭이 좋은 날'은 진짜 농장이 되었다. 닭장 옆 텃밭에는 상추와 고추가 자랐다. 주말이면 병현 부부가 찾아왔고 함께 식사를 했다.

"형님, 관상 닭이 잘 크죠?"

"그럼, 네가 부지런하니까."

정숙이 미소 지었다.

"이제 진짜 가족이 되었네요."

병현이 맞장구쳤다.

"닭이 사람 이어주는 거, 신기하지요?"

닭 울음이 그들 대화 위로 고요히 스며들었다.

늦은 봄날의 프로포즈

저녁 노을이 닭장 위로 번졌다. 동훈이 조심스레 달걀 하나를 꺼내 푸니타에게 건넸다.

"이건 오늘 '실키' 닭님이 낳은 첫 알이에요. 우리 시작도 이 알처럼 새 생명이면 좋겠어요."

그녀가 두 손으로 알을 받았다.

"알이 깨져도, 새 생명 나오면 괜찮아요."

닭들이 횃대 위로 올라앉는 시간. 두 사람의 손이 포개졌다. 닭 울음이 산을 넘어 번졌다. 그날 밤, 농장의 불빛 아래, 닭과 사람, 두 마음이 하나의 둥지를 만들었다. 그 이름은, '사랑'이었다.

관상 닭 회원들의 활발한 모임

닭장 앞에는 알록달록한 이름표를 단 사람들이 모였다.

"우리 농장엔 사람만 오는 게 아니라, 마음도 오는 것 같아요."

푸니타가 말했다. 회원 중에는 우울증으로 회복 중인 중년 남성, 자폐 아들을 둔 부부, 직장을 은퇴한 노인, 아직 아이가 없는 신혼부부도 있었다. 공통점은 모두가 닭을 보며 웃는다는 것이었다.

"닭이 울면 하루가 시작되고, 알을 보면 희망이 생겨요."

"병아리 껍질이 깨질 때마다, 제 마음도 같이 열려요."

동훈은 사람들 사이를 오가며 미소 지었다.

"우리 농장은 닭을 키우는 곳이 아니라, 마음을 키우는 곳이네요."

푸니타가 조용히 손을 잡았다.

"닭은 둥지에서 태어나지만, 사람은 마음에서 태어나요."

그날 오후, 회원들은 함께 텃밭에 상추를 심고, 닭장 앞 테이블에서 따뜻한 차를 나누었다. 닭 울음이 산 너머로 번지자, 누군가 속삭였다.

"오늘은, 참 좋은 날이네요."

닭장 간판 아래, 바람에 펄럭이는 천막에는 이렇게 적혀 있었다. '관상 닭이 좋은 날 ― 마음이 자라는 공동체.'

비어 있거든, 사랑으로 채워라

우리는

가족이
되었다

다시 만난 사람

"엄마, 저기 앉아 계신 분… 누구세요? 어디서 많이 본 얼굴 같은데."

엄마가 고개를 돌렸다. 입꼬리가 살며시 올라가면서, 마치 오래된 책 한 권을 조심스레 펼치는 듯한 표정이었다.

"아, 정숙 이모야. 내 대학 동기였는데 연락이 끊긴 지 서른 해가 넘었지. 이번에 청첩장 보냈더니 이렇게 와주셨네."

나는 천천히 그 여인을 바라보았다. 단정한 드레스 사이로 가지런히 모인 두 손이 마치 오래된 도자기처럼 고요했다. 허리를 꼿꼿이 세운 모습은 세련됐지만, 깊은 곳에 빛을 잃은 등불처럼 어딘가 텅 비어 보였다. 오랜 기다림 끝에 누군가 자리를 비운 듯한 허전함이 그녀 주위를 맴돌았다.

뷔페 한켠, 엄마와 정숙 이모는 작은 나무 테이블에 마주 앉았다. 나는 접시를 든 채 살며시 그 옆에 자리를 잡았다.

"얘가 네 딸이니?"

이모가 조용히 내 얼굴을 찬찬히 살피며 미소 지었다.

"어머, 아가씨 때 네 모습이 쏙 빼닮았네."

"그러게. 한 가족이니 나이 들수록 닮는가 봐. 생물학적으로는 닮을 수가 없는데도. 그런데 요즘은 어떻게 지내?"

"서울에서 내려와 그냥 그렇게 살아. 강단 내려온 지 꽤 됐고."

말은 담담했지만, 그녀의 시선은 오래된 동양화가 걸려 있는 벽 한쪽에 머물렀다. 질서 정연한 그 공간은 지켜온 세월의 시간들이 먼지처럼 쌓여 흐트러져 있었다.

"조카들이 열 명쯤 된다면서?"

엄마가 조심스레 입을 열었다.

"모두 바쁘지. 연락은 드물고."

정숙 이모가 유리컵을 들어 올렸다가 조용히 내려놓았다. 잔 안의 물이 살짝 흔들려, 마치 그녀 마음의 파동을 따라주는 듯했다.

비어 있거든, 사랑으로 채워라

"이젠 다 익숙해졌어."

그녀는 창밖으로 시선을 던졌다. 목소리는 창틀에 부딪혀 바람처럼 흩어졌다.

"그래도 가끔은, 누군가가 내 이야기를 기다려줬으면 싶어. 단 한 사람만이라도."

그 말이, 잔잔한 커피 향처럼 긴 여운으로 테이블 위에 내려앉았다. 이모의 말끝은 언제나 단정했다. "했어요", "그랬어요." 하고 매듭지어 놓는 사람. 엄마는 "그치?", "그럼 말이야." 하고 온기를 얹는 사람이었다.

그날, 우리 가족사는 조용히 다른 방향으로 꺾였다.

선택의 아픔

며칠 뒤, 동네 찻집의 오래된 나무 테이블에 우리는 나란히 앉았다. 정숙 이모가 커피잔을 조심스레 내려놓으며 입을 열었다.

"그때… 너희 아버님이 네 결혼식에 안 오셨던 거, 마음 많이 아팠지?"

엄마가 가느다란 미소를 띠었다.

"속상하셨겠지. 처음 결혼 계획을 들었을 땐… 기가 차신 듯 말씀을 제대로 못하셨어."

"처녀가 딸 둘 딸린 남자를 택한다고? 오늘로 이 집 출입 끝이다."

"아빠, 저는 그 사람과 아이들까지 모두 선택했어요."

"남의 자식까지 왜 떠안아. 왜 험한 길을 가려고 해?"

"그 사람과 아이들, 제 가족으로 살 겁니다."

"지금부터 호적에서 뺀다. 네 결혼식엔 안 간다."

"그래도 결혼합니다. 불효인 것도 압니다. 죄송합니다."

"차라리 혼자 살아라. 지금 당장 끝내라."

"안 끝냅니다. 제가 책임지고 살겠습니다."

"이 문 나가면 내 딸 아니다."

"알겠습니다. 그래도 결혼하겠습니다. 미안합니다, 아버지."

식장의 빈 의자

사회자의 목소리가 울린다.

"지금부터 신랑, 신부가 입장하겠습니다."

카메라가 통로를 따라 미끄러지듯 이동한다. 하얀 꽃장식이 에어컨 바람에 흔들린다. 주빈석 맨 앞, 금빛 명패가 비어 있다. '아버지'. 의자 위에 접힌 흰 냅킨만 가지런하다. 엄마의 왼손에서 부케 리본이 살짝 떨린다. 웨딩홀의 조명이 한 번 더 밝아지고, 그 빈 자리만 어둡다. 사회자가 다시 말한다. "하객 여러분, 따뜻한 박수 부탁드립니다." 박수 소리 사이로, 빈 의자가 묵묵히 남는다.

"돌아가실 때까지 아버지는 나의 내미는 손을 잡아주지 않으셨어. 나이 들고 애들을 키우면서 아버지를 이해할 수 있게 되었어. 다시 선택한다 해도 나는 똑같은 선택을 했을 것 같아."

"딸 둘 딸린 남자와 재혼한다 했을 땐, 솔직히 나도 며칠간 입을 닫았어. 말문이 막히더라고."

잠깐, 찻잔 속 커피가 잔잔히 고였다.

"그런데, 진심으로 후회는 안 해?"

엄마는 망설임 없이 고개를 저었다.

"아니, 후회라니. 그 선택이 내 삶의 겨울을 지나 봄을 맞게 한 거라 생각해."

"그래도 쉽지 않았을 텐데."

"그럼. 병간호에, 학비에, 김장 열 포기씩 혼자 담글 때면… 하루도 울지 않은 날이 드물었지."

엄마는 조용히 내 손을 잡았다. 그 손등에 배인 굳은살은 마치 고단한 땅을 딛고 선 나무 뿌리처럼 단단하고 따뜻했다.

비어 있거든, 사랑으로 채워라

"그런데 말이야, 그 모든 시간이 결국 내 자식으로 돌아왔어. 결코 아깝지 않더라."

나는 그 말에 울컥, 가슴 깊이 따스한 무게가 내려앉았다.

"이런 건 계산이 안 돼."

엄마가 웃으며 덧붙였다.

이모는 고개를 끄덕였지만 "그랬구나… 수고 많으셨어요." 하고 또박또박 끝맺었다. 두 사람의 말맛이 나뭇결처럼 다르게 결을 냈다.

외로움의 무게

며칠 뒤, 정숙 이모에게서 전화가 걸려왔다. 엄마와 나를 함께 초대했는데 나만 가게 되었다.

"아가야… 시간 괜찮니? 잠깐이면 돼. 아주 잠깐."

그 목소리에는 흙냄새처럼 오래 묵은 쓸쓸함이 스며 있었다. 나는 서둘러 그녀의 아파트로 향했다.

문을 열고 들어서자, 조용하고 정돈된 공간이 맞아주었다. 벽에는 상장과 사진들이 질서 정연하게 걸려 있었고, 책장엔 먼지 한 톨 없이 책들이 반듯하게 꽂혀 있었다. 하지만 그 모든 완벽함 아래엔 차가운 온기가 스며들지 않았다. 공간은 마치 얼어붙은 호수처럼 고요했고, 그 안에서 희미한 숨결만 간신히 흘러나왔다.

"이모, 무슨 일이세요?"

그녀는 말없이 서랍을 열고 두툼한 서류 한 장을 내밀었다.

"이거… 내가 후원한 고아원 증서야. 잘한 일인지 들어보고 싶었어."

나는 놀라 되물었다.

"이모, 이렇게 큰 금액을? 조카들은 뭐라고 하세요?"

이모는 창밖으로 시선을 던졌다. 바람에 흔들리는 전봇대 전선처럼, 말없이 떨리는 마음이 전해졌다.

"처음엔 조카들 생각도 했지. 그런데 그 애들은 내가 있어도 없는 것처럼 살아."

그녀는 손바닥으로 무릎을 한 번 쓸었다.

"내가 죽든 말든, 별로 달라질 게 없을 거야."

나는 조용히 그녀의 손을 잡았다.

"이모, 자주 찾아뵐게요. 엄마처럼은 못 해도… 이모 이야기는 꼭 들어드릴게요."

그녀는 말없이 고개를 끄덕였다. 그리고 아주 작게 미소를 지었다. 그 미소 속에는, 오래 묻혀 있던 눈물이 햇살처럼 스며 있었다. 그날 우리는 집 앞 시장에서 작은 케이크를 샀다. 종이에 싸인 빵 냄새가 따뜻했다. 이모의 거실 테이블 위— 코팅이 반짝이는 하얀 책받침을 치우고 촛불 하나를 세웠다.

"소원 비세요."

내가 말하자, 이모는 잠깐 망설이다 고개를 숙였다.

"올해는, 이야기를 들어주는 식구가 생기게 해 주세요."

촛불이 작게 흔들렸고, 꺼진 뒤에도 연기가 오래 남아 천천히 천장으로 올라갔다.

딸의 질문

우유가 식탁 모서리에서 한 방울씩 바닥으로 떨어진다. '톡, 톡.' 나는 종이컵을 세우며 허둥댄다. 냉장고 문이 삐걱, 열렸다 닫힌다. 엄마가 걸레를 꼭 짜서 바닥을 훑는다. 젖은 천 냄새가 은근히 올라온다. 나는 그때 묻는다.

"엄마는 왜 뭐든 다 해줘?"

엄마가 멈춘다. 젖은 걸레에서 방울 하나가 또 떨어진다.

"안 하면, 네 발이 젖잖아."

엄마가 빙그레 웃고, 물자국을 한 번 더 훑는다. 바닥이 마르고, 내 발끝도 마른다.

비어 있거든, 사랑으로 채워라

다정한 선택

그날 밤, 거실 소파에 나란히 앉았다. 나는 조심스레 엄마에게 물었다.

"엄마, 그땐 어떻게 알았어? 그 선택이 옳다는 걸?"

엄마가 나를 바라보며 천천히 미소 지었다. 그리고 내 머리를 살며시 쓰다듬었다.

"글쎄… 확신 같은 건 없었지. 다만, 비혼이라는 선택지는 내 삶에 없었어. 내 마음 한켠에 사랑을 나눌 사람을 품고 싶었을 뿐이야."

나는 엄마 손길에 담긴 따스함을 느꼈다. 그 손길은 겨울 끝자락 마른 가지에 스며드는 첫 봄비처럼 부드러웠다.

"그럼 언제 엄마의 선택이 '맞았다'는 생각이 들었어?"

엄마는 잠시 생각하다가 입을 열었다.

"네가 초등학생 때였지. 네가 갑자기 내게 물었잖아, '엄마는 왜 뭐든 다 해줘?'라고. 그 말 듣고 알았어. 사랑은 받는 걸로 채워지는 게 아니고, 주는 순간부터 내 삶이 빛나기 시작한다는 걸."

거실엔 고요한 시간이 흘렀다. 엄마는 천천히 말을 이었다.

"내 선택이 정답인지 아직도 모르겠어. 하지만 그 다정한 선택 하나가, 너희를 이렇게 품을 수 있게 했다는 건 확실해. 그걸로 충분하지 않을까?"

나는 말없이 엄마 어깨에 기대었다. 그리고 마음속으로 조용히 되뇌었다. '엄마는 정말 멋지게 살았구나.'

남편의 회상

그날 밤, 아버지는 서랍 깊숙이 넣어 두었던 낡은 사진 한 장을 꺼내 들고, 조용히 자신의 이야기를 시작했다.

전처는 서른여섯에 두 아이를 남기고 세상을 떠났다. 나는 울음을 삼키며 아직 어린 아이들 곁에서 아버지 흉내를 냈다. 마치 물결치는 호숫가에 홀로 선 나무처럼, 서늘하고 외로웠다. 지금의 아내를 만난 건 교회 봉사 자리였다. 처음엔 어색했고 꿈도 꿀 수 없는 그녀였지만, 그녀는 낯선 땅에 뿌리내리듯 내게 조심스레 다가왔다. 처녀의 몸으로 남의 딸 둘을 품고 기꺼이 '엄마'가 되어 주었다.

별을 따다 주어도 모자랄 그녀에게 나는 무심한 바람처럼 고생만 시켰다. 그녀의 웃음 뒤에는 언제나 깊은 바다 밑에 쌓인 묵은 피로가 숨어 있었다. 나는 바쁘게 살았고, 그녀를 품어줄 여유가 늘 부족했다. 세월은 어깨 위에 조용히 내려앉았고, 아이들은 어느덧 모두 자라났다.

그녀는 여전히 내 곁에 있다. 그 손등 위로 세월이 쌓였고, 그 위에 내 지난 삶이 무겁게 얹혀 있다. 만약 노벨 가족상이 있다면, 나는 믿는다. 그녀가 유일한 수상자여야 한다고.

에필로그

삶은 언제나 선택의 연속이었다. 누군가는 '홀로'를 택했고, 또 누군가는 '함께'를 선택했다. 그리고 어떤 이는, 수군거림과 고단함 속에서도 한 사람의 손을 꼭 잡아주기 위해 버텼다. 돌아보면, 정답은 없다. 하지만 그 손 하나, 그 마음 하나가 가족이라는 뿌리를 내렸고, 오늘의 우리 가족을 견고히 지탱했다. 엄마는 그렇게 '다정한 선택'을 했고, 아버지는 뒤늦게 그것이 기적임을 깨달았다. 그리고 나는, 그 둘 사이에서 다정함을 배우며 자란 작은 등불이다.

그 후, 엄마는 또 한 사람을 품었다. 정숙 이모. 혈연도, 의무도 없었지만 그녀는 점점 우리 곁에 익숙한 존재가 되었다. 생일날 함께 식탁을 차리고, 소풍 날엔 돗자리를 나눠 앉았고, 명절에도 빠짐없이 찾아와 언제부턴가 가족사진 속에 서 있었다. '가짜 이모'였지만, 그 마음만은 누구보다 진짜였기에 우리는 기꺼이 그녀를 우리의 '가족'이라 불렀다.

그리하여, 우리는 또 한 번 '새로운 가족'이 되었다. 다정함 하나로 연결된, 조금은 느슨하지만 누구보다 따뜻한, 우리만의 가족이 되었다.

비어 있거든, 사랑으로 채워라

아버지의

마음

시작은 한 통의 전화였다.

겨울비가 내리던 날이었다. 경비실 유리창 밖으로 희미하게 흘러내리는 물방울. 그는 검은 공책 위에 작은 글씨로 무엇인가를 적고 있었다.

'2월 전기료 납부 / 분리수거일 변경 / 아들 면회일: 2월 12일'

그러던 중 전화벨이 울렸다. 낯선 번호였다.

"네, 말씀하세요."

"… 아버지시죠?"

순간, 그의 눈이 흔들렸다.

"여기 '국립법무병원(공주)'입니다. 환자분이 약을 복용하지 않아 불안정한 상태입니다. 직접 면회 오셔야겠어요."

순간, 어깨가 무너졌다. 그날 늦은 퇴근 후 한참을 울었다. 남자는 자주 울지 않아야 한다지만, 그날만은 예외였다. 아들은 이십대 후반. 한창 꿈에 부풀 나이인데, 무엇이 잘못되었기에 이런 일을 겪을까? 혹시 애비가 잘못 살아서일까?

아버지의 시간은 빨리 시작되었다. 그는 늘 새벽 다섯 시에 일어났다. 한 칸짜리 경비실에서 작은 전기포트에 물을 끓이고, 따뜻한 물에 밥을 말아 아침을 해결했다. 시간은 무심히 흘렀지만, 그의 하루는 늘 일정했다. 20층 아파트 순찰, 택배 정리, 쓰레기 분리, 민원 응대. 쉬는 시간은 없었다.

중간중간 병원 약을 먹어야 했지만, 때를 놓치기 일쑤였다. 시야는 흐릿해졌고, 무릎은 자주 저려왔다. 그러나 그는 쉬지 않았다.

"하루라도 더 벌어야 한다."

아들의 영치금, 그의 생활비, 밀린 관리비. 그는 숫자를 쪼개듯 하루를 살았다.

아들의 과거는 밝았다. 현석은 매우 밝은 아이였다. 학생 땐 공무원이 되고 싶다고 말했다. 운동을 좋아해서 친구들 사이에서 인기도 많았다. 하지만 군대를 전역하고 조금씩 이상해졌다. 사람들의 시선을 피하고, 방 안에 틀어박혀 잠만 잤다.

"아버지, 세상이 무서워요."

그는 처음에 스트레스 장애라 생각했다. 그러나 어느 날, 현석은 마트 옥상에서 구조되었다.

"우울장애 증상이 함께 보입니다."

그날, 그는 복도 의자에 그대로 주저앉았다. 사람들 앞에서 주저앉은 채, 숨을 헐떡이며 울었다. 아내의 얼굴이 떠올랐다. '내가 잘못 키운 걸까.' 그는 자신을 매일 자책했다. 현석은 치료를 받았지만 상태가 호전되진 않았다. 약을 먹는 것을 거부했고, 사회와 단절된 채 살아갔다.

그러던 중, 한밤중에 벌어진 사고. 지하철역에서 시민을 밀치는 사건이 발생했다. 정신 질환과 약물 거부, 우발적인 충동. 재판부는 그의 병력을 참작해 국립법무병원 입원을 결정했다.

현관을 두 번 지나야 했다. 첫 문은 자동문, 둘째는 금속 프레임. 이름을 말하면 수기 장부에 줄이 그어졌다. 유리칸마다 전화기가 하나씩 놓여 있었다. 그날 이후, 아버지는 아들의 면회를 위해 매달 먼 거리를 왕복했다. 누가 알아주지 않아도, 누가 이해하지 않아도. 그는 말했다.

"내가 가진 게 이 몸뚱이 하나뿐이라, 이걸로 갈 수밖에 없어요."

나주에서 '국립법무병원(공주)'까지 이동 시간만 하루 왕복 10시간. 병원에서 면회 가능한 시간은 고작 30분. 그러나 그 30분이, 그의 생명과도 같았다.

소문은 빨랐다. 익명 처리한 방송 보도가 주민의 목격담으로 알려지고 말았다. 마음이 아픈 사람과는 이웃으로 살기 불안하다는 것이다.

"아들은 잘 있어요?"

노골적으로 현석이의 안부를 묻지만 알고 싶은 것은 현석이의 거처였다. '현석이가 돌아오면 멸시와 편견과 부딪힐 수밖에 없겠구나. 또 차별을 어떻

게 극복하나?'

아버지는 마음이 아팠다. 다른 아파트에서 봐왔던 일이다. 아버지가 나서서 비난도 받고, 편견과도 부딪혀야겠다는 생각을 한다.

"환자를 돌보기도 버거운데, 이웃과의 갈등이라니. 차츰 부딪혀 보자. 이곳도 사람 사는 곳인데."

아버지의 혼잣말이다.

편지를 받았다.

'아버지, 저 이번엔 잘해 볼게요.'

현석이 보내온 편지엔 다짐이 가득했다.

'매일 약도 잘 먹고, 봉사도 많이 해요.'

봉사가 많아 힘들다고도 했다. 세탁 봉사, 청소 봉사를 하면 가석방 심사 때 유리하다고 했다. '얼마나 나오고 싶으면…' 아버지는 안쓰러운 마음뿐이었다.

'나중에 나가면 아버지 도와드릴게요. 진심이에요.'

그는 편지를 수십 번 읽었다. 그리고 다시 적었다. '현석아, 넌 이미 잘하고 있다. 아버지는 항상 믿는다.'

편지를 보내기 전, 종이에 몇 번이고 써 보고 또 써 봤다. 글씨는 떨렸지만, 마음만큼은 담으려 애썼다.

고장 난 전등이 문제였다. 경비실 전등이 고장 났었다. 손이 불편했지만, 직접 고치기로 했다. 사다리를 타고 오르다 그만, 발을 헛디뎠다. 그는 그대로 바닥에 쓰러졌다. 정강이에 멍이 들고, 허리가 욱신거렸다. 며칠간 제대로 걷지도 못했지만, 병원엔 가지 않았다.

"괜찮습니다. 일할 수 있어요."

그는 그렇게 위태롭게 다시 일터로 나섰다. 몸보다 마음이 더 무거웠다.

비어 있거든, 사랑으로 채워라

쓰러질 수 없었다. 아들보다 하루라도 더 살아야 했다.

'그리고, 이 일자리까지 잃지 않으려면…'

작은 격려가 큰 힘이 될 때가 있다. 아파트 입주민 중 한 사람이 도시락을 건넸다.

"경비 아저씨, 이거 제가 만든 거예요. 드셔보세요."

닭볶음탕과 잡채, 나물 반찬. 그는 눈을 동그랗게 뜨고, 연신 고개를 숙였다.

"감사합니다. 정말 감사합니다."

누구에게도 기대지 않던 그가, 처음으로 사람의 온기를 느꼈다. 말없이 돕는 동료 경비, 매일 인사하는 아이들, 조용히 안부를 묻는 이웃들. 작지만 분명한 연대였다. 그 연대는 그의 삶을 다시 일으켰다.

마음이 아픈 사람들이 옆에 있다. 아버지는 공주의 호떡집에서 시외버스를 기다리곤 했다.

"아주머니, 잘 계셨어요?"

"아들 면회하시나 봐요. 먼 길 오느라 수고하시네요."

"그래도 사장님은 아드님 얼굴이라도 보시니 다행이에요."

"나는 얼굴도 볼 수 없으니… 인연이 무엇이기에. 가슴에 묻고 사네요."

이미 들어서 아는지라 괜히 미안해졌고, 앞에 있는 어묵 국물만 마신다. 그러나 어찌 그 마음을 모르겠는가? 운명이란 나에게만 가혹한 것 같지만, 가까이 다가가 보면 다 보듬어주어야 할 아픔이 있다. 종이컵 가장자리에 설탕이 흘러 굳어 있었다. 그는 그 끈적함을 엄지로 훔치다 말고, 아주머니의 빈 의자를 잠깐 바라봤다.

부모는 놓아주는 연습도 해야 하나? 면회실의 유리창 너머, 현석은 먼저 눈을 들었다.

"아버지, 저 여기서 이제 좀 벗어나고 싶어요."

그의 목소리는 떨렸지만 분명했다.

"저, 매일 약도 먹고 있어요. 일도 열심히 해요. 밖에 나가서도 잘할 수 있어요. 그냥… 이젠, 사람들 사이에 있고 싶어요."

아버지는 고개를 숙인 채 말이 없었다. 옆의 면회소에서도 대화가 끊긴 채 침묵이 무겁다.

"왜 아무 말 안 하세요?"

현석의 눈동자에 실망이 스쳤다. 그 순간, 아버지의 심장이 철렁 내려앉았다.

"현석아…"

그가 조심스레 말을 꺼냈다.

"아버지는 너를 믿는다. 그런데… 바깥세상이, 그게."

그는 끝까지 말을 잇지 못했다. '나는 너를 믿지만, 세상은 여전히 무섭다.' 그 말은 차마 입 밖에 낼 수 없었다.

"여기 있는 것도 지옥 같아요. 근데 아버지가 원하면… 또 기다릴게요."

현석은 애써 웃었다. 그 웃음은 어린 날과 달랐다. 어른이 된 미소였다.

그날 밤, 아버지는 한참을 창밖만 바라봤다. 자식을 사랑한다는 건, 끝없는 결정을 동반한다. 지켜야 하는가, 놓아야 하는가.

그는 스스로에게 물었다.

'사랑은 붙드는 것일까, 아니면 놓아주는 것일까.'

그리고 처음으로, 자신이 두려워하고 있음을 인정했다. 현석이 잘못될까봐. 아니… 영영 현석을 잃을까 봐. 그날 밤, 그는 청원서의 마지막 문장을 고쳐 썼다. '아버지는 믿습니다' 위에 '그러나 지역 사회의 안전 절차를 따르겠습니다'를 덧붙였다. 떨리는 손으로 도장을 눌렀다.

비어 있거든, 사랑으로 채워라

겨울이 다시 왔다. 그는 30년 된 보일러를 닦고 또 닦았다. 창문 틈에 신문 지를 끼우고, 따뜻한 담요를 꺼냈다. 현석이 돌아왔을 때 추우면 안 되니까.

'사람답게 산다는 건 뭘까?'

그는 종종 자신에게 물었다. 그에겐 아주 단순한 답이었다. 밥을 같이 먹 고, 안부를 묻고, 하루를 함께 살아내는 것. 그는 그런 평범한 삶을 꿈꿨다. 그 러나, 어떤 이에겐 평범한 삶이, 다른 이에겐 지극히 어려운 꿈이라는 걸.

다시 봄이 온다면, 우리 집에도… 아들의 퇴원에 대해 상담 전화가 왔다. 간호부장이 말했다. 아직 어떤 결정도 나지 않았지만, 희망적이라고만 말했 다. 단, 조건부 가석방과 사회 복귀 훈련이 필요하다는 말과 함께. 아버지의 의사는 어떤지 물었다. 보호자의 의견이 중요했다. 물론 간호부장, 사회복지 사의 판정도 중요했다.

그날 밤, 그는 세수를 하고, 말끔히 옷을 다렸다. 작은 통장을 꺼내며 중얼 거렸다.

"이 돈이면 재료는 살 수 있겠지…."

조그만 제과점 하나. 간판은 '현석이네 빵집'으로 하자고 마음먹었다. 그 는 거울을 바라보며 웃었다. 오랜만에 자신의 얼굴이 밝아 보였다. 그러다, 아버지는 밤새 고민을 하였다. 그리고 국립공수병원에 청원서를 냈다. 눈물 을 머금고.

"아들이 완치 판정을 받을 때까지 석방을 고려해 주세요. 현석이가 진짜 사람답게 살길 바랍니다."

몇 번의 봄바람이 불었다. 이제 아버지도 많이 늙었다. 그는 병원 현관 앞 에 기다리고 있었다. 지역사회 보호관찰 및 단계적 외박/직업훈련 등을 극복 한 조건부 석방이었다. 현석이 운동장을 걸어 나왔다. 달라진 모습, 조금 더 어른이 된 눈빛.

"아버지…"

그는 말없이 아들을 안았다. 말이 필요 없었다. 이제 다시 시작이다. 평범하게 다시 살아가는 연습. 서툴지만 따뜻한 하루를 살아보자. 그의 이름은 '아버지'. 그리고, 그는 여전히 사랑이었다.

세상엔 가족의 아픔을 품고 사는 무수한 아버지가 있다.

아버지의 고뇌 속에 가정의 평화가 유지되고 있지 않을까?

당산 밭,

나는
엄마다

삼월 삼일, 삼짇날이 왔다. 밤골 마을 여자들은 그날을 손꼽아 기다렸다. 산비탈 진달래가 불붙듯 피어나면, 사발통문이 돌았다. '삼박실에서 모입시다. 음식은 각자, 춤과 노래는 모두의 몫.' 그 쪽지를 제일 먼저 받은 이는 한치댁이었다.

시집온 지 석 달, 아직은 부엌 구석에 숨듯이 앉아 살았다. 며칠 전에도 시어머니 한동댁이 차갑게 말했다. "네 복이 없어서 땅 한 평 없는 시댁을 만난 거다."

정말 시댁은 그보다 더 가난할 수가 없었다. 시아버지는 술을 좋아하셨고, 잔소리하는 주사가 심했다. 그런 날은 부자간에 싸움이 예외 없이 일어나곤 했다. 태석은 "자식을 까막눈 만든 거, 다 아버지 책임이제. 술만 덜 마셨어도 아들이 이렇게 속 터지게 살진 않제?" 대들었다. 시아버지는 "부모에게 대드는 놈은 불효자식"이라며 들으려고도 않았다. 그러다가 둘이 드잡이가 벌어지면 시어머니와 새댁은 두려움에 떨어야 했다.

하지만 화전놀이에 초대받은 아침은 평온했다. 시어머니가 문을 열고 낮게 말했다.

"가거라."

"… 예?"

"오늘은 누구 눈치도 볼 것 없다. 가서 숨통이라도 틔워라."

그녀는 잠시 숨이 멎는 듯했다. 뜻밖이었다.

삼박실 마당에는 봄볕이 퍼지고 있었다. 노란 개나리가 피고, 진달래가 온 산을 붉게 물들였다. 화전 위에 진달래꽃을 얹은 찹쌀부꾸미가 부풀어 올랐다. 도토리묵과 나물 접시가 돌았다.

장구 소리가 둥— 하고 울리자, 여자들이 손뼉을 쳤다. "노세 노세 젊어서 노세!" "늙어지면 못 노나니!" 장구 가락에 맞춰 나비처럼 춤을 추었다. 진달래, 개나리, 복숭아 고운 꽃잎도 봄바람 따라 춤추며 날았다. 웃음소리가 마당에 부서졌다. 그 순간만큼은 '새댁'도, '복 없는 여자'도 아니었다. 누군가

비어 있거든, 사랑으로 채워라

손짓하며 외쳤다.

"한치댁, 노래 한 자락 하소!"

"아니에요, 전…"

"오늘은 다 풀어도 되는 날이제!"

그녀는 치마자락을 움켜쥐었다.

"참을 수가 없도록… 이 가슴이 아파도…"

'여자의 일생'이었다. 첫 소절이 나오자, 가난에 눌린 서러움이 와락 터졌다. 눈물이 볼을 타고 흘렀다.

"참 목소리 곱다." 그 말이 봄바람처럼 스며들었다.

이어서 장구가 둥둥 울리자, 강강술래로 하나가 되었다. "손에 손을 잡고 강강술래, 복도 짓고 실도 짜며 강강술래." 누군가 즉흥적으로 선창을 하면 다른 사람들이 떼창으로 화답했다. 한치댁도 선창을 넣었다. "비바람 몰아쳐도 넘어지지 마소, 강강술래 강강술래." "진달래 핀 언덕에 웃음 피게 하소, 강강술래 강강술래." 숨을 헐떡이도록 빙글빙글 돌았다. 모두가 그 자리에 지쳐 쓰러졌다. 너나 없고, 노래와 춤만 있었다. 그렇게 화전놀이가 저물었다.

며칠 뒤, 시어머니가 조그만 누에고치 한 상자를 내밀었다.

"아랫목에 놓아두어라."

"이제 누에를 칠 때가 되었나 봅니다."

"그래야 밭 한 자락이라도 사지."

상자는 묵직했다. 곧 애벌레들이 깨어났다. 누에치기는 고단했다. 날마다 이삭 뽕잎을 따느라 손가락 끝이 푸르게 물들었다. 뽕밭이 부족해 야생 뽕잎을 따거나 이웃집에 일을 돕고 뽕잎을 얻었다. 태석이 동분서주하며 주로 뽕잎을 공급하느라 애썼다. 그렇게 일을 잘 하다가도, 싫증이 나면 주막으로 내빼서 한치댁의 애를 태웠다. 할 수 없이 한동댁과 한치댁이 말없이 보충해야 했다.

방문을 열면 누에들이 뽕잎을 갉아먹느라 사각사각 소리를 냈다.

"어머니, 이 아이들이 밤에도 잠을 안 자네요."

"잠들 틈이 없다. 그래도 네 번 잠을 자야 고치를 짓는단다."

"뽕이 조금만 늦어도 누에가 병이 드네요."

"그러니 다 네 손에 달렸다."

채반에 뽕잎을 쉬지 않고 갈아주고, 물기 있는 잎도 닦아주었다. 몸이 노랗게 되고 뽕잎도 안 먹을 때쯤 누에를 섶 위에 올려주었다. 누에가 입에서 명주실을 뽑아 하얀 집을 지었다. 허기와 추위를 견디며 제 집을 짓는 것이 사람과 다르지 않았다.

3주 후, 정부가 수매를 시작했다. 손에 쥔 봉투가 제법 무거웠다.

"이렇게… 모아서 자갈밭이라도 사자. 고생했다, 아범도."

저녁엔 오랜만에 여유롭게 부부가 마주 앉았다.

"난, 지금도 도시로 나가지 못하고 촌에서 살았던 걸 후회하고 있소. 내가 배움이 있었더라면… 그래도 딸이 엄마를 닮아 똑순이라 다행이요."

태석이 말했다.

"그런 말씀 마세요. 당신은 배움이 짧다고 하지만, 많이 배운 사람보다 당신이 잘하는 게 많소. 노름 안 하는 것, 욕 안 하는 것, 뒷말 안 하는 것은 당신이 최고요."

한치댁이 이어 말했다.

"그렇지만 가족은 일터로 보내고, 당신은 술집으로 빠지는 건 잘못이요. 당신이 일을 무서워하니, 여자인 내가 당신 몫까지 두 배로 힘이…. 알고 있기나 하요?"

"미안할 뿐이오."

여름이 깊어가자, 텃밭의 삼줄기가 마당 끝까지 우거졌다. 허리가 휘도록 흔들리는 줄기를 볼 때마다 마음이 근질거렸다.

비어 있거든, 사랑으로 채워라

"내일 삼을 벤다."

"네, 어머니."

마을 여자들이 당산밭으로 모였다. 당산밭은 한치댁이 시집오고 처음으로 장만한 전답이었다. 낫질을 하여 삼줄기를 둥근 다발로 묶어냈다. 태석이 땀을 비 오듯 흘리면서도, 남도 민요인 '육자배기'로 흥을 돋우었다.

삼굿에 장작불을 지피자 뜨거운 김이 솟았다. 삶은 삼피를 벗겨 줄에 걸어 바람에 말렸다.

"익숙한 삼 냄새… 이상하게 맘이 놓입니다."

"너도 농부가 다 됐구나."

"어머니…"

잠시 서로를 바라보았다. 그날만큼은 땀 냄새도 자랑 같았다.

밤이면 물레 앞에 앉았다.

"실이 고르다."

"감사해요."

"실이 고와야 살림도 곱게 된다."

삼베 실을 하나로 잇느라 품앗이가 끊이지 않았다. 찰그락, 찰그락, 북통이 쉬지 않고 베틀 위에서 날아나녔다. 삼산 졸시라노 북동은 놓시 않았다. 그해 여름에만 삼베 열 필을 짰다. 이게 여자의 팔자라면 그래도 부끄럽진 않다는 생각이 들었다. 때깔 고운 삼베 열 필을 시장에 내다 팔았다. 태석은 집을 비우고 도시에서 품일을 하곤 했다. 도시로 나가고 싶지만, 장남이 부모를 모셔야 한다는 도리에 주저앉곤 했다.

겨울이 오기 전, 보리밭을 갈았다. 차가운 바람 속에서 어린 싹들이 서리에 눕고 일어나며 푸르게 숨 쉬었다. 한치댁은 허리를 숙이며 그 모습에 눈을 뗄 수 없었다. '이 어린 싹들이… 추위에 얼마나 버티려나.' 생각했다. 보리는 찬 서리를 견디고, 추위 속에서도 자라기 위해 힘을 쏟고 있었다. 그 모습을 보며 자연의 순환을 떠올렸다. 땅속에서 인내하며, 한 걸음씩 나아가는 것. 보리밭의 일렁임은 한치댁에게도 그 희망을 속삭였다. 비록 추운 겨울이 지나면 봄이 올 것을 믿으며, 한치댁은 다시 고랑을 일구었다.

초겨울 문턱, 김장날이 밝았다. 바람 끝에 얼음 기운이 스몄고, 마당 한복판엔 노란 배추가 수북이 쌓였다. 시어머니는 병석에서 일어나지 못했지만, 김장을 미루는 법은 없었다.

"이젠 네가 어미지. 손 놓으면 안 돼."

며칠 전, 이불 속에서 던지듯 내뱉은 시어머니의 말이 가슴에 내려앉아 있었다.

해가 뜨기도 전에 팔을 걷어 올렸다. 우물가에서 물을 퍼 올리고, 큰 고무 대야에 배추를 담갔다.

"소금은 듬뿍, 짠물은 차갑게. 그리고 배추는 묵직하게 해야지."

한치댁이 중얼거렸다. 칼집을 내 소금을 골고루 뿌리며, 그녀는 잠시 하늘을 올려다보았다. 눈이 올 듯한 흐린 하늘. 그 아래서 숨도 쉬지 않고 일손을 놀렸다. 반나절이 지나자 배추는 흐물흐물 숨이 죽었다. 그 사이 마을 여자들이 모여들었다.

"어서들 오세요. 양념 버무리고, 다진 마늘과 생강 넣고, 젓갈도 골고루 부어주세요."

커다란 통에 찹쌀풀을 푼 뒤, 고춧가루를 부었다.

"속은 내가 맡을게요. 배춧잎 사이, 꼭꼭 눌러야 하니까."

그녀는 김칫속을 치대다 말고 잠시 마루 쪽을 바라보았다. 방문은 닫혀 있었고 어머니의 기침 소리만 가끔 새어 나왔다. 속이 아릿했다.

햇살이 기울 무렵, 배추 포기마다 속을 골고루 채웠다. 양념으로 붉어진 손등 위로 흰 입김이 올라왔다.

"이 김치는… 어머니 몫도 챙겨야죠."

비어 있거든, 사랑으로 채워라

그녀는 가장 속이 알찬 포기를 골라 항아리 깊숙이 눌러 담았다. 두 손을 모아 항아리 뚜껑을 덮으며 혼잣말처럼 말했다.

"짜지도 않고, 맵지도 않게… 이 집안처럼 잘 익기를."

저녁, 마루에 앉아 김칫국물에 보리밥을 비볐다. 손끝은 얼얼했지만, 마음만큼은 묘하게 따뜻했다. '이젠… 내가 이 집을 끌어가는 사람인가.' 처음으로, 며느리가 아닌 '엄마'라는 이름이 마음속에서 움텄다.

눈이 내린 어느 날, 시어머니는 하늘나라로 떠나갔다. 시어머니의 상여가 마당을 떠나 남편이 묻힌 산으로 향했다.

"어화 둥둥, 이제 가면 언제 오리이…"

구슬픈 상여 소리에 마당에 남은 여인들이 함께 울었다. 그녀도 고개를 떨궜다. '미워도… 고마운 사람이었어요. 당신이 없는 집안은 온통 비어 있는 것 같군요.'

마당 한쪽, 햇살을 정면으로 받는 남향 외양간. 그 안에 15살 된 누렁이가 살고 있었다. 크고 맑은 눈을 천천히 깜박이며, 집안의 움직임을 살폈다. 배가 고프면 일어서서 밥 달라고 외칠 때도 있지만 인내심이 강했다.

"여보, 누렁이 소죽 먹였소?"

부엌에서 한치댁이 외쳤다.

"아니, 당신이 좀 주구려."

"말 못하는 짐승이라고 굶기면 벌 받아요."

누렁이는 짐승이 아니라 가족이었다. "누렁이가 열 사람 몫은 하지." 태석이 늘 하는 말이었다. 해마다 송아지를 낳아 살림도 늘려주었다.

누렁이는 태석이 몫이었다. 하루 세 번, 정성스레 소죽을 삶아 먹였다. 밖으로 도는 날이면, 누렁이의 끼니는 한치댁의 몫이 됐다. 한치댁에게 누렁이는 세 끼 챙겨야 할 식솔이었다. 집에 들어서면서도, 나서면서도 늘 눈길을 주었다. "누렁아, 배고파?" 다가서면, 누렁이도 큰 몸으로 다가와 한치댁의 옆구리에 몸둥이를 비볐다. 따뜻한 마음이 오고 갔다. "어이구, 내 새끼." 한치댁이 말한다. 송아지 때 데려와 이렇게 키우기까지 우여곡절이 많았다.

누렁이가 어느 날, 담장을 넘어 어디론가 사라졌다.

"누렁아! 누렁아!"

온 가족이 밤이 깊도록 소리쳤다. 들판까지 찾아보았지만 누렁이는 보이지 않았다. 그날 밤, 한치댁은 잠을 설치며 누렁이가 무사히 돌아오길 기도했다. 새벽녘, 누렁이가 지친 몸을 끌며 돌아왔다.

"아이구, 무사했구나! 어디로 그리 돌아다닌 거야. 식구가 되려니 신통방통하구나."

그 순간, 한치댁의 마음속에 더 깊어진 사랑과 걱정이 조용히 스며들었다.

며칠 뒤, 오랜만에 남편 태석과 마주 앉았다. 허름한 코트 자락이 추위를 이겨내고 있었다.

"신혼 땐 너무 가난해서 당신이 밤중에라도 도망갈까 노심초사했소."

그 말이 자신의 아픔을 알아준 것에 위로가 되었다.

"당신도… 일꾼처럼 남의 집에 품을 팔았잖아요."

"함께 잘했지. 당신 시집올 때는 내 땅이라곤 없었지. 지금은 이만하면 부자 소리는 못 들어도 밥은 굶지 않으니까. 사실, 난… 농촌에 갇히긴 싫었어. 더 큰 도시에서 살고 싶었어. 그랬지만, 당신이 잘해서 부모 모시고, 전답이라도 장만한 거야. 다, 당신 덕이야."

"당신은 어쩜 그리 말을 듣기 좋게 하세요? 내가 당신의 그 말에 속아서 힘든 줄도 모르고 소처럼 일했네요. 당신도 배운 것도 없이… 그만하면 장해요."

"난, 장남만 아니었어도 벌써 뛰쳐나갔을 텐데…"

태석은 허공을 바라보다 중얼거렸다.

"이제 살만하니, 청춘이 다 갔어…"

"그래서 가족이, 그 가난에서 살아난 거잖아요."

비어 있거든, 사랑으로 채워라

"… 그럼 이만하면…"

그녀는 그를 똑바로 마주 보았다.

"당신의 따뜻한 말에, 여기까지 왔네요."

며칠 뒤, 딸이 돌아왔다. 혼자 힘으로 공부해서 의대에 간 영특한 딸이었다. 의대 기말고사가 끝나자마자 밤차를 탔다고 했다.

"엄마."

"네가… 왔구나."

"이제 괜찮아요?"

"네가… 좋은 사람 만나 시집갈 때까지는 내가 괜찮아야지."

딸은 부엌에 불을 지폈다.

"솥에 밥 올리고, 장독에서 장아찌를 꺼내올까?"

방 안에 구수한 김이 퍼졌다. 한치댁은 딸의 손을 덥석 잡았다.

"네가 오니 내가 살아 있는 것 같구나. 너는 내가 낳았어도 내 딸 같지 않게 딱 부러진 아이야."

"엄마, 나는 엄마처럼 가족에게 희생하면서는 못 살 것 같아요. 솔직히, 그게 옳은 삶인지도 잘 모르겠어요."

한치댁은 잠시 대답하지 않았다. 장독대 옆에 고요히 섰다. 찬 기운이 뺨에 닿았다.

"엄마는 희생하려고 한 게 아니었단다. 그냥… 해야 할 일이 있어서 한 거지."

"근데 엄마, 너무 많은 걸 잃은 것 같아요."

"나도 그런 생각을 안 해 본 건 아니야. 하지만 말이지… 살다 보면, 누군가는 남아서 밥을 해야 해. 기둥이 되고, 이불이 되어야 해."

딸은 잠시 고개를 숙였다. 한치댁은 부드럽게 딸의 머리칼을 쓰다듬었다. 그리고 딸을 꼭 껴안았다.

"네가 그런 길을 택하지 않아도 괜찮아. 다만, 네가 어디서든 너답게 살기를 바란다."

딸은 그제야 조용히 엄마의 품을 벗어났다. 잠시, 바람에 덜컹거리는 장독대 뚜껑 소리가 들렸다. 두 여인은 세월 너머 서로의 온기를 느꼈다.

"그래도… 엄마, 아빠는 존경해요. 틈나면 자주 내려올게요."

"너도 바쁜데… 네 할 일 해야지…"

그녀는 장롱을 열어 고운 삼베 한 필을 매만졌다. 그녀의 인생이 거기 잘 짜여 있었다. 보리밭에 겨울바람이 불었다. 푸른 바다에 파도가 치는 것 같았다. 그녀는 천천히 눈을 감았다. '이제… 또 새로 써 가야지.' 그리고 떨리는 숨을 고르며, 허공에 또렷하게 속삭였다.

"내일은 내일의 바람이 불겠지. 그렇지만 나는… 그 바람에 꺾이지 않고, 살아낼 거다."

물결처럼 세월이 스쳐갔다. 멀리서 두둥, 둥. 장구 소리가 메아리쳤다. "비바람 몰아쳐도 넘어지지 마소, 강강술래, 강강술래…" 그녀는 조용히 눈을 감았다. 진달래꽃 핀 봄날, 삼박실 마당 가득 돌던 강강술래가 되살아났다. 그날, 한치댁은 비로소 한 여인이었다.

"지금의 나도, 그 여인처럼 또다시 피어나야 한다. 꺼지지 않는 불꽃처럼, 흔들려도 꺾이지 않게."

한치댁은 당산밭에 홀로 섰다. 황토땅이라 걸음을 옮길 때마다 질척인다. 그러나 양지녘이라 모든 작물이 잘 되었다. 봄에는 보리밭이었다. 여름에는 삼밭이었다. 그리고 한자락엔 콩도 자라고, 옥수수도 자라고, 호박도 자랐다. 가을엔 배추며 무가 실하게도 자랐다.

"어떤 작물도 거름만 많이 넣으면 잎이 너울너울 춤을 췄지." "이 땅이 곧 자신의 몸이었고, 꿈이었다." "흙이 내 몸뚱이가 되었고, 내 땀이 이 밭의 거름이 되었어.""기쁨도 슬픔도 이 밭에 와서 풀었제. 잘 자라는 농작물을 보면 나쁜 마음도 씻은 듯이 사라졌고.""농작물이 자식이고, 치료하는 약이었어." "이 밭 하나면 꿋꿋이 일어설 수 있제."

그녀는 엎드려 흙을 한 줌 쥐었다. 사랑스럽게 입을 맞추고 멀리멀리 흩뿌렸다.

부모는

문 앞까지만

퇴직

"여보, 그동안 진심으로 수고 많으셨어요."

아내는 퇴직금 서류를 꼼꼼히 넘기며 말했다.

나는 조용히 물었다.

"그래도… 준호가 아직 일자리도 없는데, 우리가 좀 도와주면 어떨까?"

내가 정년 퇴직할 때까지 취업을 못하는 준호를 볼 때마다 생각이 많았다. 대학 졸업 후 몇 번의 면접에서 떨어진 뒤, 아들은 계약직이나 아르바이트를 전전하다가 금세 그만두곤 했다. 자신감을 잃은 듯 집에 머무는 시간이 길어졌고, 어쩌다 꺼내는 말마저 점점 줄어들었다.

식탁 맞은편에서 준호는 고개를 떨군 채, 조금도 움직이지 않고 앉아 있었다.

"아버지… 죄송합니다."

그날 밤, 퇴직 기념으로 삼겹살을 구웠다. 불판 위 고기가 지글거리는 소리 사이로, 조용한 숨결만 오갔다.

"네가 하고 싶은 일이 있다면 솔직히 말해보렴."

잔을 들고 준호에게 내밀자, 아들은 머뭇거리더니 구겨진 광고지를 꺼냈다. 컬러로 인쇄된 숯불 돼지갈비집 프랜차이즈 전단이었다.

"위치 좋은 자리가 하나 났대요. 매출도 괜찮고, 교육도 다 받았습니다."

그 말을 듣는 순간, 식탁 위 조명이 조금 더 밝아 보였다. 희망이라는 게 종이 한 장에도 실려 오는구나 싶었다. 그때 아내가, 뭔가 크게 작심한 듯 입을 열었다.

"당신도 그동안 수고 많았으니 한 해라도 쉬면서 생각해 보면 어때요?"

"준호야! 사업을 하려면 밑바닥부터 체험해 보면 어떻겠냐?"

나는 아내에게 말했다.

"기회가 있을 때 도와주는 것도 괜찮을 것 같소."

고소한 냄새가 집 안을 가득 채웠지만, 서로 어색한 표정과 줄어든 말수가

비어 있거든, 사랑으로 채워라

마음에 걸렸다.

부모의 도리

며칠 뒤, 본사에서 계약서가 도착했다. 아내는 서류를 들여다보며 입술을 실룩였다.

"당신답지 않게 준비 없이 서두르는 것 같아요. 이거… 정말 우리의 노후를 다 걸어야 할까요?"

나는 잠시 침묵했다. 창밖엔 겨울 하늘이 스산하게 펼쳐져 있었다.

"돈이야 다시 벌면 되지만… 아이 미래는 한 번뿐이잖아."

아내는 고개를 들지 않았다. 주름진 손이 천천히 서류 위에 내려앉았다. 마치 무엇을 내려놓는 것처럼. 내 퇴직금으로는 상가와 프랜차이즈 권리금을 다 감당할 수 없었다. 결국 아파트를 담보로 대출까지 받아 계약했다.

대출 그리고 개업

은행 창구 유리 칸막이에 형광등이 길게 비친다. 직원의 손가락이 서류 모서리를 툭툭 두 번 두드린다.

"여기, 인감도장… 그리고 여기도요."

도장을 찍을 때마다 붉은 기름이 종이결 사이로 스며든다. 아내는 도장 뚜껑을 닫지 못한 채, 내 손등을 한 번 본다. 말은 없지만, 숨이 얕아진다. 유리 문 밖으로 에어바람인형이 허리를 꺾었다 펴며 흔들린다. 나는 마지막 칸에 이름을 적고, 펜 끝을 잠깐 공중에 멈춘다. 여러가지 생각이 스쳐가고, 잉크 냄새가 코끝을 찌른다.

개업 첫날, 준호는 계속 웃고 있었다.

"아버지! 손님이 줄 섰어요!"

나는 아들의 어깨를 가볍게 두드렸다.

"그래… 고기 냄새가, 진짜 돈 냄새구나."

주방 문틈에 기대선 아내가 그 모습을 조용히 지켜보았다. 그 눈빛 속엔 조심스러운 기쁨과 함께, 왠지 모를 불안감이 겹쳐 있는 듯했다.

그날 밤, 아내는 가계부를 정리하며 중얼거렸다.

"잘되고 있는데… 왜 이렇게 불안한지 모르겠네."

투자의 실패

가을에 문전성시였던 '봉선옥'은 겨울이 깊어질수록 손님이 줄었다. 에어 바람인형만 정신없이 흔들리며 쓸쓸함을 더했다.

"오늘 예약 팀… 하나도 없네."

아내가 달력을 내려다보며 한숨을 내쉬었다.

"계절 탓이겠지."

나는 애써 웃었다.

그 달 적자는 '400만 원'.

어느 밤, 준호가 충혈된 눈으로 주방에서 나왔다.

"아버지… 주방 보조 또 그만뒀어요."

어제는 홀 보조가 그만두었고, 이어서 벌어진 일이다.

나는 앞치마를 두르고 주방으로 들어섰다. 매캐한 기름 냄새에 숨이 막혔다. 봄이 오면 나아지리라 믿었다. 하지만 매출은 더 줄어들었다.

어느 저녁, 남은 반찬을 비우던 준호가 젓가락을 내려놨다.

"아버지… 이젠 그만하죠. 이런 모습을 더 보여드리고 싶지 않아요. 저… 몸도 마음도 다 망가질 것 같아요."

나는 아무 말도 할 수 없었다. 아내가 조용히 말했다.

"우리, 다 망가질 것 같아요."

그 말이 심장 깊은 곳에 내려앉았다. 나는 조용히 고개를 끄덕였다.

비어 있거든, 사랑으로 채워라

폐업과 깨달음

'봉선옥' 문을 닫았다.

전등 스위치를 내리면 메뉴판 불빛이 하나씩 꺼진다. 나는 셔터 끈을 잡아당긴다. 철판이 내려오며 "드르르릉— " 길게 울린다. 바닥에 닿을 때, 얇은 금속의 떨림이 발끝으로 전해진다. 밖에서는 바람인형이 아직도 허공을 향해 손짓한다. 아내가 열쇠를 내민다.

"이걸 마지막으로 잠그죠."

철물의 '딸깍' 소리가 생각보다 작다. 우리는 잠시, 닫힌 문을 망연히 바라본다. 권리금은커녕, 위약금까지 물어야 했다.

"아파트… 팔아야 해요."

아내는 서류를 쥔 손으로 얼굴을 가리며 울었다.

반지하로 이사하던 날, 좁은 계단을 오르내리는 짐꾼들을 멍하니 바라봤다. 준호가 짐 옆에서 입술을 떨며 말했다.

"아버지… 죄송합니다. 저 때문에. 일자리 알아볼게요."

나는 말 대신, 아들의 손을 잡아주었다.

그날 밤, 아내는 소파에 앉아 창밖을 오래도록 바라보았다. 나는 조심스레 물었다.

"당신… 괜찮아요?"

그녀는 천천히 고개를 끄덕였지만, 입을 열지는 않았다. 가끔, 말보다 긴 침묵이 더 많은 걸 말해주기도 한다. 이윽고 그녀가 조용히 입을 열었다.

"내가 왜 더 말리지 못했을까? 준호를 돕는다는 생각에…"

말끝을 흐리는 그녀의 어깨가 작게 떨렸다. 나는 말 없이 그 옆에 앉았다.

"우리가 조금만 더 기다려줬다면… 준호도… 우리도…"

그녀는 끝내 말을 잇지 못했다. 아무도 탓하지 않았지만, 우리 셋 다 자신을 탓하고 있었다.

그 후, 가족은 흩어졌다. 아내는 언니 집으로 갔다. 준호도 연락이 뜸해졌다. 나는 학교 지킴이를 지원했다. 스스로 위로했다.

"운동 삼아 하는 거지, 뭐…"

어느 날, 노인복지관에서 강의를 들었다. 주제는 '부모의 역할은 어디까지?'

"부모는 문 앞까지 동행하고, 문 손잡이는 아이가 잡게 하십시오."

강사가 말했다. 그 말을 듣는 순간, 문득 깨달았다. 자식이 제 힘으로 설 때까지 기다려주는 것, 그게 진짜 부모의 도리였다는 걸. 혼자 걷는 밤길. 겨울 바람이 더 매서웠다.

새 길

혼자가 되고, 한동안 아무것도 할 수 없었다. 낮엔 동네 학교에서 지킴이 봉사를 하고, 밤엔 조용한 벽을 바라보며 시간을 흘려보냈다.

어느 날, 서랍 속에서 젊을 때 쓴 시집이 나왔다. 낡은 종이의 희미한 글씨를 읽으며, 가슴속에 뭔가가 꿈틀거리기 시작했다. 그날 밤, 시를 썼다. 새벽 다섯 시, 천장을 보며 혼자 만족했다. 아무도 읽지 않아도 괜찮았다. 그 순간만큼은, 내가 부끄럽지 않았다.

며칠 뒤, 동사무소 복지 담당에게서 전화가 왔다.

"이 선생님, 글 좀 쓰셨다면서요? 마을 신문 칼럼 부탁드려도 될까요?"

얼떨결에 대답했다.

"네. 해 보겠습니다."

첫 원고가 실린 날, 시장에 들렀는데 생선가게 주인이 신문을 흔들며 말했다.

"이 선생님! 이거 선생님이 쓴 글 맞죠? 읽다가 울었어요."

가슴이 '쿵' 하고 울렸다.

그날 밤, 반지하 방에서 혼자 촛불을 켰다. 내 생일도 아니었지만, 축하 노래를 불렀다. 촛불 앞에서 혼잣말을 했다.

"이제 시작하는 거다."

비어 있거든, 사랑으로 채워라

확연히 알았다. 이제 정말 하고 싶던 일을 할 수 있는 때라는 걸. 그때, 휴대전화가 진동했다. 화면엔 낯익은 이름이 떴다.

"아버지. 저예요."

준호였다. 아주 오랜만의 전화였다.

"아버지… 저, 취업했습니다. 무엇이라도 해 보자고 마음먹고 나니… 이상하게 조금씩 길이 보이더라고요."

숨이 막히듯, 말이 막혔다. 얼마나 시간이 흘렀는지도 모르겠다.

"… 잘했다, 준호야."

그 말을 하고 나니, 눈물이 왈칵 쏟아졌다. 이상하게, 그 순간 마음이… 이 세상 무엇보다 따뜻했다. 그리고 아쉬움이 밀려들었다. '혼자 일어서도록, 조금만 더 기다려주었더라면…'

나는 자리에서 일어나 창문을 열었다. 차가운 공기 사이로 새소리가 들려왔다. 참 오랜만에 듣는 '아침의 소리'였다. 손끝이 떨리는 걸 느꼈다. 그 떨림이, 추위 때문만은 아닌 듯했다. 그 순간 문득, 아내의 목소리가 떠올랐다.

"당신도, 한 해쯤은 쉬면서 당신 자신을 돌아봐요."

그 말이 이제야, 마음 깊이 스며들었다.

"나도 내 대답을 들을 시간이 필요했어."

나는 서랍을 열어, 오래된 사진 한 장을 꺼냈다. 그 안엔 웃고 있는 세 식구가 있었다. 작은 등산로에서 셋이 나란히 찍은, 오래전 봄날의 사진. 그 사진을 천천히 들여다보며 속삭였다.

"우리, 다시 만나자. 서로 너무 멀리 돌아왔지만, 아직 늦지 않았으면 좋겠다."

그날 밤, 나는 문자를 썼다. 아내에게, 그리고 준호에게. '우리 셋의 자리, 잘 지키고 있다.' 그리고 마지막에 이렇게 적었다. '준호야. 넌 늦지 않았다. 나도 기다릴 줄 아는 아버지가 되려고 한다.'

며칠 뒤, 아내에게서 짧은 답장이 왔다. '우리, 밥 한 끼 먹자.'

그 한 줄이 이상하게 눈시울을 붉혔다. 그리고 그날 밤, 준호와 아내가 반지하 앞에 찾아왔다. 말없이 인사를 나눈 뒤, 셋이 함께 앉아 김치찌개를 먹었다. 말은 적었지만, 식탁 위 따뜻한 김 사이로 평안한 숨결이 오갔다. 창밖에선 부슬비가 조용히 내리고 있었다. 빗방울이 처마 끝을 타고 고요히 떨어졌다. 그 소리가 이상하리만큼 따뜻하고, 오래된 음악처럼 들렸다. 아내는 젓가락을 내려놓고 조심스레 말했다.

"우리… 다시, 괜찮아질 수 있을까?"

나는 조용히 고개를 끄덕였다.

"응. 이제부터라도, 천천히 해가야지…"

그날의 찌개 국물 맛은 오래도록 입안에 남았다. 희미한 봄처럼, 사라지지 않고 은은하게 번졌다.

준호의 중소기업 취업

준호는 더 이상 '좋은 회사'만을 바라보지 않았다. 진즉에 대기업을 고집하지 않고 이 길을 갔더라면, 부모님도… 이력서를 다시 쓰며 자신에게 물었다. 내가 진짜 원하는 건 뭘까? 누구로 살아가고 싶은 걸까?

그렇게 찾아간 곳은 도심에서 두 시간쯤 떨어진 지방 산업단지였다. 회사 이름도 생소한 기계부품 제조업체. 냉난방이 잘 되지 않는 사무실, 삐걱거리는 철문, 허름한 식당. 하지만 거기엔, 성실하게 하루를 살아내는 사람들이 있었다.

면접관은 물었다.

"왜 우리 회사에 지원했나요?"

준호는 망설임 없이 답했다.

"제 힘으로 시작하고 싶었습니다."

며칠 뒤 합격 통보가 왔고, 준호는 곧 기숙사 방에 짐을 풀었다. 낯선 공간이었지만, 이상하게 두렵진 않았다.

첫 출근 날, 그는 작업복을 입고 기계음에 귀를 기울였다. 조장님은 낡은 커피포트를 건네며 말했다.

"일, 어렵진 않은데 꾸준히 해야 해. 중간에 도망가면 안 돼."

준호는 고개를 숙이며 대답했다.

"끝까지 해보겠습니다."

저녁이 되어 퇴근 버스를 타며 창밖을 보았다. 겨울 논밭 사이로 희미한 노을이 퍼지고 있었다. 준호는 그 풍경 속에 자신도 익숙하게 섞여 있는 것만 같았다. 그리고 마음속으로 되뇌었다. 이 길이 멀더라도, 이제는 내 두 발로 걷겠다.

어느 저녁, 공장 뒷마당에서 붉게 물든 하늘을 바라보다 문득 휴대폰을 꺼냈다. 망설임 끝에 아버지 번호를 눌렀다.

"아버지… 저예요. 준호요."

"그래, 준호야. 괜찮냐?"

"조만간… 주말에 한 번 내려가도 될까요? 어머니랑 아버지 얼굴 보고 싶어요. 두 분 사랑합니다."

짧았지만, 그 말이 오랫동안 귓속에 머물렀다.

말끝에서 어둠이 물러나는 소리가 났다.

세렝게티

고시원

(세렝게티의 초원)

무기력과 체념

"야, 세렝게티다. 벌써 해가 떴네."

"건기라 모든 동물이 다 남쪽으로 이동 중이야."

풀을 뜯던 누우 떼 사이, 보초 하나가 귀를 쫑긋 세웠다.

"가젤이 왜 저래? 뭔가 본 거 아냐?"

가젤 무리가 휙휙 도망가기 시작했다. 그리고 바로—

"사자다!" 평화롭던 초원의 질서가 단숨에 뒤집혔다.

불안에서 분노로

"위험 신호야! 전방으로 뛰어!"

누우 떼가 일제히 내달렸다. 하지만 그중 '눔'이라는 누우는 반 박자 늦었다.

"어?"

뒷덜미가 아찔하게 젖혀지고, 숨통이 조여 왔다.

"큭… 숨을 쉴 수가 없어…"

암사자가 덮친 것이다. 대부분은 이쯤에서 포기한다. 숨이 막히고, 몸이 굳고, 그렇게 끝난다. 사자의 한 끼 식사가 되는 것이다.

하지만 눔은 달랐다.

두려움과 각성

"놓으라고!"

버둥거리며 온몸을 휘둘렀다. 사자의 몸뚱이가 그의 등에서 떨어졌지만, 여전히 목덜미를 물고 있었다.

"헉… 저기 돌! 돌무더기!"

눔은 비틀거리며 사자를 끌고 돌무더기로 향해 사자를 패대기쳤다. 사자는 안다. 누우는 곧 숨이 끊길 것이다. 경험상, 조금만 더 조이면 끝이다. 그래

비어 있거든, 사랑으로 채워라

서 절대 놓지 않는다. 누움은 점점 시야가 흐려지고, 숨이 막혔다.

공포에서 생존 본능으로

그때, 문득 누움의 눈에 보인 사자의 배. 본능이 외쳤다. '여기가 급소다. 차라!'

앞발로 배를 걷어차고, 뒷발로 사정없이 밟았다. 사자가 비명을 질렀고, 결국 물고 있던 입을 놓았다.

"하… 살았다…"

본능적 판단과 해방

누움은 숨을 몰아쉬며 뿔을 곧추세웠다. 그리고 사자를 향해 돌진했다. 누우가 도망가는 사자를 쫓고 있었다. 누구도 예상 못 한 장면이었다.

자각과 성찰

흔히 세상에선 '강한 자가 이긴다'라고 말한다. 하지만 나는 안다. 절박한 자가 살아남는다. 그리고 때로는, 초식동물도 동물의 왕 사자를 이길 수 있다. 두려움을 이겨 낼 수 있다면!

(세렝게티 고시원)

무기력— 체념

나는 그저 한 마리 누우 같았다.

고시원 구석방에 틀어박혀 종일 문제집을 들여다보며 숨 쉬는 것조차 조심스러웠던 나날들. 몸은 책상에 붙어 있었지만, 마음은 늘 도망치고 있었다.

'나는 그냥 초식동물 같은 인간이야. 사자 같은 세상 앞에, 늘 고개 숙이고 숨죽이는.'

불안― 분노

"야, 너도 내놓을 거 있지?"

그날도 문이 벌컥 열렸다. 불량배들이 들어왔다. 이젠 익숙한 장면인데도, 심장이 먼저 반응했다. 쿵쿵 뛰었다. 아드레날린이 온몸을 때렸다.

'또야? 또 이래도 돼?'

문을 닫은 채 숨죽인 이 고시원 사람들. 고개를 숙이고, 이어폰을 낀 채 세상을 차단했다. 겁에 질린 우리는 초식동물 그 자체였다. 하지만 오늘은… 이상하게도, 참기 싫었다. 내 안에 뭔가가 부글거렸다.

'계속 당해도 돼? 왜 우리만 피해 나녀야 하지?'

분노가 나를 벌떡 일으켜 세웠다.

두려움― 각성

"그만 좀 하라고요."

내 말에 순간, 공기가 멈췄다. 불량배들의 눈빛이 날 꿰뚫었다. 몸은 떨리고, 머릿속은 하애졌지만― 이상하게 발은 움직였다.

"대장 누구야? 나랑 1:1로 붙자."

친구가 날 붙잡았다.

"야, 제발… 우리 그냥 넘어가자…"

그 말이 칼처럼 아팠다. 나도 그 말이 하고 싶었으니까. 하지만 이미 늦었다.

'미쳤어. 싸움 한 번도 안 해봤잖아. 이러다 죽을 수도 있어.'

그런데도 이상했다. 두려움보다 더 큰 무언가가 속에서 끓고 있었다. 마치 오래전부터 기다렸다는 듯이. 이대로 무너지고 싶지 않았다.

공포― 생존 본능

공터. 원을 둘러싼 불량배들. 나는 속으로 수십 번 되뇌었다.

'기회는 한 번. 명치, 명치야. 가격하고 바로 튀어!'

128

심장이 갈비뼈를 찢고 나올 듯 뛰었다. 나는 숨을 들이마셨다. 그것이 마지막일지도 모른다는 절박함으로.

"하아악!"

주먹이 나갔다. 단 한 번의 기회— 명치를 강타했다. 숨이 턱 막히는 소리, 바닥에 널브러지는 그의 몸. 순간, 나는 그대로 얼어붙었다. 아니, 모두가.

본능적 판단과 해방

"으악, 뛰자!"

그 순간 나는 살기 위해 내달렸다. 생각도 없었다. 몸이 먼저 반응했다.

'붙잡히면 진짜 끝장이야.'

내 안에 감춰져 있던 본능이, 순식간에 터져 나왔다. 몸이 먼저 달렸다. 그건 '살기 위한 돌파'였다.

그날, 나는 누였다. 사자의 배를 걷어찬, 두려움을 넘어 선 존재였다.

자각과 성찰

한동안 동네를 떠났다. 친구들이 말했다.

"야, 아직 걔들 돌아다녀. 들어오지 마."

도망치는 나 자신이 부끄러웠다. 하지만, 한편으론 자랑스러웠다. 그날 나는 두려움을 이겨냈고, 대장을 눕혔으니까.

사람들은 말한다. 세상은 강한 자의 것이라고. 하지만 나는 안다. 단 한 번이라도 울부짖어본 자, 맞서 본 자. 절박한 자가 끝까지 살아남는다. 두려움을 꺾은 순간, 초식동물은 더는 약자가 아니다. 그날, 나는 누였다. 사자의 배를 걷어찬, 두려움을 이겨낸 성난 누우. 절박한 순간을 지나온, 살아남은 존재였다.

슬퍼할 시간

3분

'삼일요양병원'. 그 병원에 대한 평판은 좋지 않았다. 병원비가 비싸고, 환자 관리가 허술하며, 장례만 치른다는 소문이 돌았다. 그 이면에는 사연이 있었다.

어느 날, 허기대라는 젊은이가 보호자로 어머니를 모시고 왔다. 노모는 중증 치매를 앓고 있었고, 그는 침대 옆에서 상시 간병을 하겠다고 했다. 대부분의 요양병원에서는 상시 보호자 간병을 제한한다. 요양비 산정에 갈등이 생기거나 감염 우려가 있기 때문이다. 하지만 그의 간절한 요청과 효심에 마음이 움직여 병원장은 저녁 시간대에 한해 특별히 허용했다.

그런데 그는 병원식을 자신이 직접 먹어보더니, 영양가도 없고 지나치게 짜다며 문제를 제기했다. 어머니가 변비로 고생하신다며 관장약 대신 자신이 위생장갑을 끼고 손으로 직접 해결하는 게 낫다고 주장했다. 약을 처방하면 성분을 하나하나 따지고 질문을 던졌다. 요양비 산정에도 끊임없이 이견이 생겼다. 결국 병원은 조심스럽게 퇴소를 권유했다.

"입맛에 맞는 다른 요양병원을 찾아보시는 것이 좋겠습니다."

그러자 허기대 씨는 병원 내에서 보고 들은 불만 사례를 SNS에 올렸다. 소문은 눈덩이처럼 불어나, 의료사고로 어르신이 사망했다는 이야기까지 퍼졌다. 환자들은 빠져나갔고, 새로 입원하려는 이도 끊겼다. 병원은 폐업 직전까지 몰렸다.

그 무렵, 삼일병원에 신입 간호사 심하나가 채용됐다. 그녀는 자신의 외할머니가 이 병원에서 말년을 보내셨다고 했다. 자주 면회를 왔었고 좋은 기억이 있었다고 덧붙였다.

그녀는 종합병원에서 근무했으며, 그곳에서 특히 마음이 쓰이는 노인 환자 한 분을 만났다고 했다. 그 노인 환자를 만나고 모든 것이 새로워졌다고 한다. 그분의 성함은 '허경자', 85세. 어릴 적 자신을 돌봐주신 외할머니를 닮

비어 있거든, 사랑으로 채워라

았다고 했다.

외할머니는 다섯 살까지 그녀를 키워주셨다. 외할머니는 육아에 지친 딸을 대신해 외손녀를 키워주셨다. 심하나에게 외할머니는 각별하게 기억되었다. 외할머니는 말했었다. "넌 웃을 때 진짜 예뻐. 그 미소를 간직하렴." 그녀는 외할머니를 닮은 허경자 할머니에게 마음이 더 갔다.

어릴 적, 그녀의 어머니는 사회복지사로 일했다. 심하나는 어머니가 일하던 노인복지센터에 함께 들르곤 했다. 어머니는 치매로 아무 말도 못 하는 노인의 손톱을 다듬으며, 매일 같은 이야기를 들려주었다.

"어르신, 오늘은 바깥에 비가 오네요. 전에 좋아하셨던 아카시아꽃 생각나시죠?"

어르신은 늘 말이 없었지만, 손가락이 살짝 움직이며 어머니 손을 꼭 쥐곤 했다. 하나는 그 장면을 보며 어린 마음에 생각했다. 말을 안 해도, 마음은 통하는구나. 어머니는 딸에게 말했다.

"사람 마음은 따뜻한 손끝에서 전해지는 거란다."

그래서일까. 하나는 어릴 때부터 '손인사'를 가족 인사로 삼았다. 외할머니가 그 인사를 가장 먼저 받아늘였고, 그다음은 복지센터의 어르신들이었다. 손을 꼭 잡아드렸다. 이제, 심하나는 어머니가 남긴 그 따뜻한 손끝을, 자신이 전하고 있다는 생각이 들었다.

그러나 심하나는 어릴 때부터 마음 표현이 서툴렀다. 외할머니가 돌아가시기 전, 하나는 근무 때문에 병문안을 거의 못 갔다. 그날 이후 심하나는 죄책감에서 벗어나지 못했다. 그녀는 그런 자신의 모습을 보며 종종 생각했다. 진짜 효도는, 의무감이 아니라, 할 수 있을 때 함께 살아내는 것 아닐까. 그 생각은 허기대 씨를 통해 다시 하게 되었다. 허기대는 나중에야 털어놓았다.

"어머니를 요양병원에 모셨을 때, 죄책감이 너무 컸습니다. 그래서 더 집착하게 됐어요. 밥 한 그릇, 약 하나… 매 순간 내가 더 잘 돌봐야 한다는 생각뿐이었죠."

그는 무거운 표정으로 말했다.

"그게 어머니를 위한 게 아니라, 제 죄책감을 지우기 위한 일이었단 걸…
이제야 알았습니다."

심하나는 조용히 고개를 끄덕였다. 그녀는 처음으로 허기대 씨의 행동을
이해할 수 있을 것 같았다. 사랑은, 완벽하려 애쓰는 게 아니라, 함께하는 순
간을 따뜻하게 채우는 것이었다.

심하나는 허성자 할머니를 보며, 따뜻했던 외할머니의 냄새와 품을 떠올
렸다. 간병인은 있었지만, 가족 중 누구도 찾아오지 않았다. 할머니는 조카
조민수 이야기를 하며 몹시 기다리는 듯했다. 그녀는 허경자 할머니를 더욱
마음 깊이 돌보게 되었다. 아니, 마음속에선 외할머니라 생각하고 있었다.

어버이날. 외할머니에게 하듯 꽃을 챙기고 선물을 준비했다. 노인 냄새를
지우기 위한 고급 화장품도 구입해드렸다. 출퇴근 때마다 들러 '볼인사'를 드
렸다. '볼인사'는 그녀와 외할머니의 인사법이었다. 이젠 허경자 할머니와도
자연스러워졌다. 마음이 깊어졌다.

어느 날, 허경자 할머니가 힘겹게 말했다.

"조카 좀 불러줄 수 있을까… 내 집에 가보고 싶구나."

조카는 찾아왔다. 깔끔한 차림새에 온화한 말투, 그는 제약회사 연구원이
라 했다.

"정말 감사드립니다. 제 부모님도 요양병원에 계셔서 여유가 없었습니다.
그동안 찾아뵙지 못해 죄송합니다."

"저는 아무 말도 안 했는데요. 왜 저에게 사과를…"

"이모에게 다 들었습니다. 제가 잘못 살았다는 걸 이제 알겠어요."

그 후로 그는 몇 번 더 병원을 찾았다. 간식을 사 오기도 하고, 조용히 병실
앞에서 이모와 심하나의 대화를 듣고 웃기도 했다. 복도 간이의자에 앉아 있

비어 있거든, 사랑으로 채워라

던 그가, 심하나가 마사지하던 모습을 보고 조용히 음료수를 내민 적도 있었다. 그런 소소한 장면들이 쌓이면서, 심하나에게도 그는 단순한 환자의 조카 이상의 무언가로 남기 시작했다.

할머니는 바람대로 조카와 함께 자택에서 이틀을 보내고, 사흘 만에 병원으로 돌아왔다. 그날, 폭설이 내렸다. 출근길이 막혔다. 지각한 심하나는 병실로 달려가 인사를 드리려 했다. 하지만 침대는 텅 비어 있었다. 할머니가 하늘나라로 떠나셨음을 직감했다. 다리에 힘이 풀려 바닥에 주저앉았다. 자신도 모르게 엉엉 울었다.

그 3분 동안, 그녀의 뇌리에 할머니와 나눈 마지막 '볼인사'가 떠올랐다. 환한 얼굴, 부드러운 볼의 온기, 떨리는 눈빛, 입꼬리의 미소. 3분. 짧디짧은 시간. 그러나 그녀는 느꼈다. 그 3분이, 누군가의 인생을 감싸 안을 수 있는 유일한 시간일 수 있다는 것을.

"여긴 병실이야, 정신 차려."

옆에 있던 선배 간호사가 나직하게 말했다. 화장실에서 화장을 고쳤다. 붉어진 눈을 감추려 거울 앞에 섰다. 눈가를 닦으며 그녀는 문득 생각했다.

"겨우 몇 분간의 따뜻함으로… 내가 착각하고 있는 건 아닐까?"

화장실을 나서며 생각이 많아졌다. 그 와중에 병상 앞에 머문 시간은 3분 남짓이었다. 고작 3분. 그런데 그 3분이, "사랑합니다"를 말하기엔 부족했고, "잘 가요"를 말하기엔 너무 아쉬웠다.

간호사실로 향하는 복도를 빠르게 걸으며 생각했다. 한 사람이 이 세상에서 80년을 살다 떠났는데, 진심으로 슬퍼할 시간은 고작 3분이라니. 커피 한 잔을 마셔도 3분은 더 걸릴 텐데.

그 순간, 병원이라는 공간의 의미가 가슴을 찔렀다. 자신이 외할머니를 면회하며 목격했던 수많은 이별도 이와 다르지 않았겠지. 그래서 다짐했다. 환자들을 진심으로 대하며 살아가겠다고.

삼일병원은 전체적으로 환자 중심으로 변했다. 그녀는 노인 환자들에게 함박미소와 볼인사를 건네기 시작했다. 진심에서 우러난 미소를 나누고, 노래를 들어드리고, 손발을 마사지해드렸다. 치매 어르신들을 위한 그림 일기장과 수면 유도 음원, 그리고 단골 환자들을 위한 향기 노트를 따로 관리하기 시작했다. 치매 환자도 정상인을 대하듯 깍듯이 했다. 그 모습을 지켜본 사무장이 말했다.

"SNS에 올려도 될까요?"

"환자분들 얼굴만 가려주시면 괜찮아요."

'볼을 맞대며 웃는 치매 어르신, 함박웃음 심하나.'

누군가의 떨리는 손을 꼭 잡고있는 장면들이 편집되어 올라왔다. 영상 마지막엔, '3분의 기적'이라는 자막이 흐르고 있었다. 숏츠 영상은 폭발적 반응을 일으켰다. "사랑이 묻어나는 천사의 미소다." "가족에게도 저렇게 웃지 못하는데." "이 시대의 나이팅게일이다." "20년 후엔 나도 저 병원 예약하고 싶다." "함박미소를 간호사에게 보다니…."

삼일병원은 다시 활기를 되찾았다. 자녀들은 부모를 좋은 병원에라도 모시고 싶다는, 늘 미안한 마음을 갖고 있었던 것이다. 며칠 뒤, 허기대 씨가 병원을 찾았다.

"제가 많이 잘못했습니다. 어머니를 잘 모시고 싶다는 마음이 지나쳤던 것 같습니다."

그는 깊이 고개 숙여 용서를 구했다. 그의 행동은 이해하기 힘들었어도, 그의 마음은 공감되었다.

며칠 후, 병원으로 훤칠한 청년이 찾아왔다. 허경자 할머니의 조카 조민수였다. 기억이 났고 반가웠다.

"내일이 이모 추도식입니다. 꼭 함께해 주셨으면 합니다. 제가 아파트에서 기다리겠습니다."

오래된 아파트엔 사방이 빼곡히 책장이었다.

"이모는 미술대학 교수로 은퇴하셨어요. 결혼도 안 하시고, 그림만 그리다 조용히 노후를 맞으셨죠. 이 봉투는 이모가 당신에게 남긴 선물입니다. 임종 전 사흘 동안 병원을 비우셨던 것, 기억하시죠? 그 시간에 변호사를 불러 유산을 정리하고 공증을 하고, 녹음을 남기셨어요. 오늘 함께 이모를 추도할 수 있어, 고인의 영혼이 기뻐하실 것 같습니다. 그리고 이건 이모가 꼭 전해달라고 한 그림입니다."

그림엔 두 명의 천사가 볼인사를 나누고 있었다. 심하나와 허경자의 얼굴이 담긴, 미완의 스케치였다. 작게 쓰인 글귀가 있었다. '최고의 환대.'

허경자 할머니의 책상에 남겨진 스케치북, 오래된 붓을 보니, 할머니의 예술가적 삶이 현실적으로 다가왔다. 스케치북 한 장엔, 복지센터에 있을 법한 노인의 손이 그려져 있었고, 그 손엔 또 다른 손이 얹혀 있었다. 마치 할머니가 전 생애를 통해 붙잡고 싶어 했던 것이, 누군가의 손길이었던 듯했다. 조민수 청년이 조용히 말했다.

"개인적으로 부탁이 있습니다. 저는 아픈 사람들의 고통을 덜고, 웃음을 되찾아주고 싶어서 제약회사 연구원이 되었습니다. 그런데 당신은 이미 그 웃음을 아는 사람 같습니다. 당신의 미소를 연구해 볼 수 있다면….'

그리고 조용히 덧붙였다.

"그… 혹시… 제 데이트 신청을 받아주시겠어요?"

며칠 후, 심하나는 조민수와 벤치에서 다시 만났다. 조민수는 긴장을 감추지 못했다.

"그때 드린 말, 혹시 부담이셨을까요?"

심하나는 가볍게 웃었다.

"아뇨. 오히려 생각보다 오래 기억에 남더라고요."

"그럼 오늘… 당신의 3분을 저에게 내주시겠어요?"

"3분을… 열 번이든 백 번이든, 기꺼이 내드릴게요."

그녀와 조민수 청년의 웃음이 함께 어우러졌다. 벚꽃잎이 그들의 웃음 위로 휘날렸다.

그날 이후, 심하나는 병원 문을 열기 전, 늘 마음속으로 시간을 셌다. 슬퍼할 시간 3분, 사랑을 건넬 시간 3분, 웃음을 나눌 시간 3분. 짧은 듯 길고, 긴듯 짧은 그 순간들이 누군가의 하루를, 누군가의 만남을, 누군가의 마지막을 따뜻하게 만들 수 있다는 걸 믿게 되었다.

그녀는 오늘도 함박미소와 볼인사로 병실 문을 연다. 3분이든, 30초든. 그 따뜻한 순간이 최고의 환대가 되기를 바라며….

병실 문을 닫고 돌아서는 길, 심하나는 슬며시 거울을 보며 미소를 지었다. 이 미소가 오늘 또 누군가에게 힘이 되기를 바라며, 스스로에게 중얼거렸다.

"나의 마지막 3분, 누군가에겐 작별의 시간이 될 수 있어요. 그래서, 함박미소와 볼인사를."

비어 있거든, 사랑으로 채워라

개구리섬

'와도'의 기적

인구소멸이 시작되었다.

"여보, 여기 어때요? 이름도 참 예쁘잖아요. 와도(개구리섬)요."

"그래. 섬 치고는 습지도 넓고… 근데 개구리가 참 많나 보네."

"개구리가 많아서 '와도'라는데요. 와와와, 와도. 재밌지 않아요?"

"하하, 진짜 그렇네."

"여보, 우리 이 섬에 정착합시다."

"좋아요, 그렇게 합시다."

"그래, 그렇게 해요."

"근데 여보, 이 섬에는 학생 수가 적어 방과 후 학원이 없다네요."

"그럼 내가 수학하고 한자 가르칠게."

"그럼 난 전공인 영어를 맡을게요!"

"선생님, 이거 다시 설명해 주세요!"

"선생님, 저녁 먹고 해요."

"여보, 벌써 교회가 야간엔 학원 같아졌네요."

"그래요. 보람 있네요. 이 전통, 오래 갔으면 좋겠네요."

이 목사와 춘자 씨는 저녁까지 제공하며 다음 세대에게 공을 들였다. 저녁마다 분식 냄새가 복도에 퍼졌고, 아이들 노트에는 물때표와 단어장이 함께 적혀 있었다.

"여보… 마을에 어르신들만 남았어요."

"그러게요. 젊은 사람들은 다 떠나고… 우리도 뭔가 해야 하지 않을까요?"

"그래요. 인구 소멸을 막으려면 뭔가 움직여야죠."

중학교를 졸업하면 이 섬을 떠나 돌아오지 않는 게 마치 올챙이들의 생태 같다.

"여보, 마을 어른들과 대책회의가 필요해요."

"좋아요. 자치위원회에 연락하죠."

비어 있거든, 사랑으로 채워라

인구 소멸을 막기 위해 꿈틀거리다

환경 보전을 위해 개발을 자제하자는 주장과, '개발이 곧 보전'이라고 보는 쪽이 부딪혔다. 태양열과 풍력 에너지를 유치하자는 의견도 있었다. 회의장 창밖으로 바람개비가 천천히 돌았다. 한쪽은 패널 사진을 들고, 한쪽은 갯벌 지도를 폈다. 갈등은 팽팽히 갈렸다.

마을회관 지도 위에 빨간 선이 갯벌을 가른다. 군청 직원이 말한다.

"방파제 600미터 늘리고, 갯벌 위에 태양판을 깔겠습니다."

한 어른이 지팡이를 친다.

"그 자리가 새끼 물고기 숨는 데요. 막으면 물길이 죽어요."

상인회 쪽에서 맞선다.

"손님 늘려야 삽니다. 큰 배 들어오게 깊이도 더 파야죠."

젊은이가 TV에 바다 영상을 띄운다. 얕은 풀 사이로 은빛 떼가 스친다.

다른 목소리. "손님도 필요하지만, 물길이 먼저입니다. 태양판은 지붕에 올립시다."

그때 바다 센서가 울린다.

"서쪽 길 잠깐만 막혀도 물이 금세 흐려집니다."

군청 직원이 묻는다.

"그럼 무엇을 바꾸면 되겠습니까?"

"갯가에서 50미터는 손대지 말고, 지붕부터 해 봅시다. 자료는 매달 같이 봐요."

군청 직원이 빨간 선을 지운다. 개구리 울음이 번진다.

주로 항구 쪽은 개발을, 내륙은 보전을 주장하며 자존심 대결이 되었다. 결국 개발파 대표와 보전파 대표가 만나 어렵게 타협했다. '인구 소멸을 막는 개발'에 노력하자는 절충안을 의결했다. 그날의 지도가 바뀌자, 항구와 내륙의 고집도 한 걸음씩 물러섰다─ 이제는 '사람이 살 방법'과 '바다가 숨 쉴 방법'을 함께 고르는 일만 남았다.

A. 생태 환경과 어장. 섬은 외해와 만 사이에 놓여 물길 순환이 좋았다. 해초 숲이 살아 있어 어린 물고기가 숨을 곳이 많았고, 양식 환경이 좋았다. 깨끗한 양식 환경을 유지한다. "깨끗한 갯벌과 바다를 유지해요. 인식이 달라져요." 마이크 잡은 민호가 갯벌 사진을 들이밀며 말했다.

B. 랜드마크(landmark) 조성. 춘자 씨가 단호히 말했다. 개구리 모양의 배 '와선'과 개구리 모형의 매표소. 개구리 연못, 둘레길을 만들사. 섬을 개구리 트렌드(trend)화 하자.

C. 건강을 파는 섬. "약초와 싱싱한 해산물 등 건강식품을 특성화하자." "바닷바람 맞고 자란 약초, 미역 등 해조류, 청정 갯벌에서 자란 고기 등등."

섬을 상징하는 랜드마크와 둘레길이 정비되자 방문객이 늘었다. '개구리 박물관'과 '생태 연못'은 아이들이 가장 먼저 찾는 장소가 됐다. 주말이면 체험팀이 줄을 섰고, 지역 해설사가 동선을 안내했다.

"여보, 이 섬에 아직 사람이 살고 있다는 걸 알려야 해요."

"그래요. 개구리가 많은 생태 환경을 잘 살려야죠."

마을 어촌계 모임에서도 '귀어하기 좋은 섬'을 구호로 만들자는 데 뜻을 모았다. 체류형 교육 프로그램을 만들었지만, 일부는 생활 인프라의 불편함에 그만 돌아갔다. 병원 접근성, 자녀 교육, 육지 연계─ 숙제가 분명했다.

"엄마, 여기선 친구가 없어요."

"그래… 미안하다."

"엄마, 나 도시로 돌아가고 싶어."

비어 있거든, 사랑으로 채워라

"… 그래, 그럴 수 있지."

하진도 그렇게 도시로 떠나갔다. 그렇게 떠나 결혼까지 했던 하진이 어느 날 와도에 나타났다.

"엄마, 나 왔어요. 좀 쉬고 싶어서요. 아이도 데리고 왔어요."

하진은 도시의 바쁜 생활에서 번아웃을 겪고, 육아에 지쳐 있었다.

"그래… 잘 왔다. 여기서 쉬어라."

하진은 부두의 소금 냄새를 맡으며 한동안 앉아 있었다. 조용히 쉬고, 조금씩 도우며 지내보기로 했다.

"엄마, 손글씨 현수막 걸었어요. 봄놀이 행사 열려고요. 참가자는… 한 명이지만요."

"그래, 좋아. 걷자."

"야야, 넘어질라."

"허허, 발이 참 빠르네. 축구선수 감이야."

"우리 영철이 어릴 때랑 똑같구먼."

중학교 신입생이 없어 폐교 위기였을 때, 할머니 셋이 신입생으로 등록했다.

"내 평생 교복은 처음이네."

"교장 선생님보다 나이 많은 신입생 셋이라니, 학교가 뒤집어지겠구먼."

"교장 선생님. 오늘 커피 말고 유자차 줘요."

"시험 한 번 더 보면 반장 자리 빼앗을지도 몰라요."

"좋은 기억 안고 갑니다."

"또 오실 거죠?"

"… 아마도요."

"엄마, 걔네 또 올까?"

"… 모르지."

"그럼, 그때까지 내가 기다릴게요."

그렇게 와도의 주민은 늘 듯, 늘지 않았다. 운동장엔 깃발이 잠자코 섰고, 교정은 한가로웠다.

하진과 민호의 일상 합류

"어촌계장님, 저는 말로도 열심히 배울 수 있다고 생각해요."

"바다는 말로만 배울 수 있는 데가 아니오."

"너무 엄격하셔서… 어렵네요."

그리고 혼잣말로 덧붙였다. "이 바다, 내가 품을 수 있을까?"

하진은 폐교 교실 한 칸을 예술·학습실로 바꾸기 시작했다. 밝은색으로 벽을 칠하고, 아이들 그림을 걸고, 동네 사람들이 드나들게 했다. 온라인에 올린 '개구리의 전설', '섬에서 배우는 수학' 같은 영상이 인기를 끌었다.

"선생님, 올해는 제가 도형 단원 맡을게요."

"작년에 가르쳐줬잖아, 또 틀렸어?"

"에이, 이번엔 제대로 가르쳐 줄게!"

방학마다 대학생들이 와서 후배들을 도왔고, 노인학교도 열렸다.

"요 버튼 누르면 영상통화 돼요."

"아이고, 얼굴이 다 나와? 내 주름 좀 펴줘 봐."

"자, 숨 고르고~ '고향의 봄' 부를게요. 다 같이 시작~!"

누군가는 여기 와서 살기 시작했고, 누군가는 다시 돌아올 누군가를 기다렸다.

"오늘 귀어촌학교 첫 수업이라면서요?"

"응. 새댁 하나, 총각 둘, 부부 셋. 벌써 여섯이나 모였다지 뭐냐."

"자, 촬영 준비. 오늘 풍경… 오래 남길 거야."

"'와도로 돌아온 사람들.' 이거… 제목 괜찮죠?"

비어 있거든, 사랑으로 채워라

"좋다! 경진대회에 내보내 보자."

"전국 귀어촌 사례 경진대회 입상했대요!"

"와! 민호야, 잘했다!"

"민호야, 이제 네 이름도 명단에 올릴 때가 됐구먼."

"명예 주민 5호: 박민호 – 귀어 청년 · 영상 기록자 · 바다의 아들."

기상 급변과 대응

한여름, 예보에 없던 돌발 고파도가 몰아쳤다. 스마트 부표 경보가 새벽을 깨웠다. '파고 급상승'. 민호는 헤드램프를 쓰고 부두로 달렸다. 하진은 방수 케이스를 들고 뒤를 따랐다.

"링크 잡혔어. 남쪽 라인이 먼저 흔들려!"

검은 수면이 들쑥날쑥했고, 흰 포말이 번졌다. 민호가 줄을 잡고 뛰어내리자, 청년들이 뒤를 받쳤다. 드론이 이착륙했고, 실시간 영상이 회관 TV에 떴다.

"저기! 통발 떠내려간다!"

한 시간 뒤, 물결이 누그러졌다. 부표는 버텼고, 양식장은 살았다.

"사람도, 바다도, 같이 살았네." 어촌계장이 눈시울을 훔쳤다.

그 사건 이후, 마을은 해안 저지대 노래주머니 상시 비축, 비상 발전기 점검표를 매뉴얼화했다. 지속 가능한 개발의 필요성에 모두가 공감했다. 공청회에 계류 중이던 안건은 '생태보전구역 지정'과 '소규모 태양광(지붕형) 시범'으로 수정되어 통과됐다.

사람들이 돌아오다

민호가 어촌계장 일을 맡은 뒤, 섬엔 새로운 얼굴들이 늘었다. 도시에서 광고 일을 하다 번아웃으로 내려온 태훈, 해양생물학을 전공한 수진, 바다 드론을 연구하던 혁진.

"회장님, 저희 '개구리 드론' 만들어 볼까요? 안내 겸 쓰레기 탐지 기능으로."

"좋네. 코스 따라다니며 설명해 주는 기능도 넣자."

밤이면 청년들은 개굴카페에 모여 아이디어를 쏟아냈다. 민호는 김을 넣은 구운 주먹밥을 돌렸다.

"여기선 먹거리가 다 건강식이야."

"여기선, 사람을 챙겨주는 게 더 큰 능력이에요." 수진이 웃었다.

프로젝트는 차곡차곡 퍼졌다. 바다 생태 데이터 수집, 해양 쓰레기 탐지, 어르신 건강 알림 시스템까지 확대됐다. 마을 입구 표지판은 누군가 닦아 두어 언제나 선명했다. 오후가 기울 무렵, 누군가는 물속에서 센서를 점검했고, 누군가는 관광 안내 영상을 편집했다. 섬의 미래는 그렇게 바다 위에서 천천히 자랐다.

그날, 민호는 하진과 작은 카페에 들렀다. 와도의 첫 커피숍, '개굴카페'. 메뉴판에는 '바다 바닐라'와 '개구리 크림소다'가 적혀 있었다.

"이렇게 손님이 많을 줄 몰랐어요."

"한국관광공사가 '가보고 싶은 섬' 상위로 선정했다네."

"캠핑족, 체험학습 팀, 예술학교 방문객… 다들 후기 보고 왔대."

저녁, 마을 회관에서는 '와도 귀어촌 축제'가 열렸다. 하객과 주민이 함께 음식을 나눴다.

"민호야, 발표 순서가 바뀌었대. 우리 조금 일찍 무대에 올라야 한대."

"그래? 하진 씨, 영상 재생 순서 다시 확인해 줘."

서울, 코엑스 국제회의장. '2025 귀어촌 도시-농어촌 상생 포럼'.

커다란 화면 위에 《와도로 돌아온 사람들》이라는 제목이 떠오르자 객석의 시선이 집중됐다. 영상에는 와도의 어장 운영, 정착 인프라, 교육, 그리고 사람들의 표정이 담겨 있었다. 하진이 말했다.

"사람들이 떠나는 섬에서, 우리는 남아볼 방법을 찾았습니다. 생활과 생업

　　　　　　　　　　비어 있거든, 사랑으로 채워라

이 동시에 가능하도록요."

민호가 이었다.

"지금도 그 섬에는 함께 일하고 배우는 사람들이 있습니다. 돌아와 살겠다는 이유가 충분해진 거죠."

박수가 이어졌고, 발표가 끝나자 외신 기자들이 다가왔다.

"여기가 그 '개구리'로 유명한 섬인가요?"

"네,"

민호가 웃었다.

"실제로 개구리도 많고, 돌아오는 사람도 많습니다."

며칠 뒤, 개굴카페. 국제 포럼 초청장이 도착했다.

"하진 씨, 일본에서 초청장이 왔대요. 해양 문화 교류 포럼."

"정말요? 그럼 와도의 이야기를 바다 건너에도 전해 봐요."

관계(민호와 하진)

그날 저녁, 하진은 마당의 나무 식탁에 앉았다. 민호는 굴전과 낙지무침, 따뜻한 미역국을 내왔다.

"이거 다 혼자 준비한 거야?"

"조금 일찍 끝내고 왔지. 하진 씨는 밥 잘 먹는 사람이니까."

하진이 웃었다.

"사람 마음을 살살 간질이게 하네."

"그럼… 오늘부턴 '민호'라고 부르기로 했잖아."

"맞다, 민호."

잠시 정적이 흘렀다.

"하진."

"응?"

"내가 이 섬에 남은 건… 이곳에서 '살 수 있다'고 믿게 됐기 때문이야. 일도 되고, 하진이가 있으니까."

하진은 천천히 고개를 끄덕였다.

"나도 그래. 여기선 함께 다시 시작할 수 있을 거 같아."

결혼과 선언

"신랑 박민호, 신부 이하진, 입장합니다!"

정자 앞마당. 어르신들이 심은 해바라기와 채송화 사이로 흰 천이 깔렸다. 민호는 하진의 손을 잡고, 다른 손엔 마을 환영 패널을 들고 걸어 들어왔다. '와도에 오신 걸 환영합니다.'

"저 신랑, 눈물 흘리는 거 아녀?"

"수줍긴 하구먼."

아이들의 축가가 흘렀다.

"여기에서 함께 살아요~ 우리 동네에서요~ 와도에 핀 사랑꽃~ 우리가 지켜줄게요~"

주례는 김춘자 할머니였다. 흰 고무신, 흰 저고리를 곱게 입고 말했다.

"신부의 어머니로서, 그리고 이 섬의 첫 정착 교사로서 말한다. 서로를 돌보고, 함께 와도를 일구길." 민호가 고개를 숙였다.

"네, 어머니. 그렇게 살겠습니다."

하진도 미소 지었다. "이 섬에서, 우리 삶을 완성할게요."

사람들은 박수를 쳤고, 회관 스피커에서 음악이 흘렀다. 민호가 손봐 둔 장치였다.

"오늘, 새로운 주민이 생겼습니다. 이 섬에서 다시 시작하는 이들에게 축복을!"

밤, 피로연에서 누군가 말했다.

"이제, 진짜 봄이 온 것 같아."

"그래. 희망이 있으니까, 사람들이 돌아오네."

　　　　　　　비어 있거든, 사랑으로 채워라

민호가 어촌계장으로 선출된 뒤, 회관 게시판에는 매달 정착 리포트가 붙었다. 하진은 예술학교 아이들과 벽화를 그리고, '개굴카페'에선 낯선 여행자들이 커피를 마셨다. 밤이면 아이들은 부표의 불빛을 바라보고, 청년들은 다음 실험을 준비했다. 누군가는 그 변화가 좋아 섬에 도착했고, 누군가는 그 변화를 기억하며 돌아왔다.

와도는 오늘도 와글와글 개구리가 울고, 개구리선이 개구리항을 바쁘게 드나든다. 바닷바람이 잦아들자, 부표의 불빛이 하나둘 제자리를 찾았다. 회관 마당을 지나 습지로 스며든 고요 속에서 개구리들이 울었다. 와도는 오늘도, 누군가의 귀환을 위해 불빛을 밝게 켠다.

공간이

사람을
바꾼다

공간이

무너진 집, 무너진 마음

잘나가던 소설가 정미숙에게 불행은 한꺼번에 들이닥쳤다. 남편의 불륜이 드러났고, 상대 여인의 남편이 '상간자 위자료 소송'을 제기했고, 법원의 화해 권고 결정이 확정되면서 사건은 종결되었다. 남편은 사업을 말아먹어 가진 게 없었다. 공동명의였던 아파트는 그의 채무 변제로 넘어갔고, 남편은 끝내 불륜녀를 따라 도시를 떠났다.

'죄는 당신이 지었는데 왜 내가 쫓겨나야 하지?' 상처와 억울함이 컸다.

정미숙은 남의 집에 얹혀 지내며 밤마다 베갯잇을 적셨다.

어느 날 친구 수지에서 전화가 왔다.

"방금 취소 들어온 '항공+숙박 바우처'가 하나 남았어. 네 이름으로 다시 발권해 줄게. 제주 다녀와. 늦을수록 네가 더 늦이 될 거야."

"지금은… 도망치는 것 같아서 싫어."

"도망이라도 가. 숨부터 쉬어."

미숙은 더 이상 울 힘도 없어 그 제안을 붙잡았다. 늦게서야 결심했지만, 결국 제주로 향했다.

숲에서 본 그림, 그림 속의 집

사려니숲길. 이끼 긴 바닥에 햇살이 고양이의 발처럼 가볍게 내려앉았다. 삼나무 사이로 작은 갤러리가 있었고, 벽에 걸린 풍경화 한 점이 미숙의 발을 멈추게 했다. 푸른 숲의 품에 안긴 오래된 고택. 가운데는 잔디길, 그리고 파고라와 장독대가 햇빛을 받아 반짝였다.

"저기… 그림 속의 저 집, 정말로 있나요?"

안내원이 웃었다.

"그림이요? 근처예요. 산책길 끝나고 우회로로 나가면 바로 보일 거예요."

정말로, 숲을 빠져나오자 그림과 닮은 집이 있었다. 낮은 돌담, 잘 다듬은 소나무 한 그루, 풍경 소리. 대문 앞에서 망설이는 미숙에게 숲길 안내원이 뒤따라와 집주인의 말을 전해줬다.

"보셔도 된대요. 매물로 내놨대요."

대문을 밀자 다른 세상이 열리는 듯했다. 작은 연못의 수면이 은색을 깔고, 잔디길은 장독대까지 매끈하게 이어졌다. 사랑채 마루에 앉자 나무 냄새가 숨처럼 들어왔다. 그때 젊은 중개사 이기조가 폴더를 들고 달려왔다.

"작가님, 집이 사람을 고릅니다. 이 집이 작가님을 고르네요."

"전 지금 가진 게 별로 없어요."

"공간을 바꾸면 사람이 바뀝니다. 제 소신이에요. 이 집에서 어떤 일을 기대하세요?"

미숙은 뜻밖의 대답을 자기 입에서 듣는다.

"늦기 전에 성실한 사람을 만나 가정을 꾸리고 싶어요. 아이도… 갖고 싶고요."

그 말이 마루에 내려앉자 바람의 결이 달라졌다. 아름답다는 감탄보다 더 본질적인 욕망이 마당 어딘가에서 솟아올랐다. 나만 불행하다는 생각에 대한 보상심리가 반사적으로 대답하게 했다. 그러나 그녀를 더욱 깊은 나락으로 끌어갈 수 있다는 두려움이 망설이게 했다.

밤새 숙소에서 계산기를 두드렸다. '미래의 나'와 '지금의 나'가 실랑이를 벌였다. 새벽에 연체 알림 문자 한 통이 또 왔다. 도망이냐, 변화냐― 답을 써야 할 때였다.

중개사는 지역 신협의 대출 상품을 보여줬다. 인세 정산 내역과 방송 출연 계약서를 담보로 한 '창작자 전용 브리지 론'이었다. 대출 승인이 떨어졌다. 그녀는 떨리는 손으로 서명했다. 그리고 다음 날, 그녀는 충동처럼 펜을 들었다.

"계약합시다."

원고독촉 마감이 심장을 조여오는 날이 있을지라도… 결단했다.

고치는 시간, 고쳐지는 사람

공사는 생각보다 오래 걸렸다. 남은 돈을 죄다 쏟아부었고, 마감 비용은 앞으로 벌어들일 원고료를 담보로 했다. 오전에는 장판을 들추고, 오후에는 문살을 닦고, 밤에는 원고를 붙들었다. 집을 손보는 일과 문장을 다듬는 일은 닮아 있었다. 삐걱거리는 데를 찾아 튼튼한 살을 덧대고, 먼지를 털어 숨길을 내고, 빛이 드나드는 방향을 바꿔 주는 것.

현장 팀에는 늘 붙어 다니는 젊은이가 둘 있었다. 목수 유찬과 보조 세리. 둘 사이의 공기는 따뜻했다. 연장을 건네고 받아드는 손길이 따뜻했고, 점심 시간이면 나란히 벤치에 앉아 김밥을 나눠 먹었다.

"작가님, 결혼을 집에서 반대해요."

세리가 웃어 보였지만 눈동자가 흔들렸다.

"서른 전에 안정적인 직장이 먼저래요."

유찬은 못 주머니를 쥐어짜듯 말했다.

세리의 어머니는 '빚 있는 집안에 딸 못 준다'고 전화를 끊었다고 했다.

공사가 막바지에 이르렀을 무렵, 방송국에서 대담 요청이 왔다. 제목은 '상실 이후의 서사'였다. 미숙은 인터뷰 말미에 그 집 이야기를 했다.

"사람이 집을 고치는 줄 알았는데, 집이 사람을 고치더군요."

그날 함께 참여했던 패널 중 한 명의 중년 남자가 있었다. 나중에야 알았다. 김 교수였다. 그는 무엇인가 말할 듯했지만 미숙이 급히 좌석을 수습해 그냥 헤어지게 되었다.

며칠 뒤, 집이 드디어 제 모습을 드러냈다. 사랑채 마루에 앉으면 연못과 장독대와 소나무가 한 폭의 그림으로 들어왔다. 그날, 세리와 유찬이 찾아와 인사를 했다.

"저희… 결혼하려고요. 하지만 부모님이 반대하셔서 어찌해야 할지…."

미숙은 자신의 과거와 마주한 듯 가슴이 저렸다.

154

"우리 집 마당에서 하자."

"네?"

"양가 어르신을 다 모시고. 두 사람이 지은 집이 어떤지 보여줘야 하니까."

결혼식은 소박했지만 성대했다. 돌담 위에 초를 걸고, 소나무 아래 천을 내걸었다. 동네 악사가 멜로디언을 불고, 이웃들이 만든 떡과 국수 냄새가 퍼졌다. 신랑 신부는 오래된 풍경 소리에 맞춰 입장했다. 미숙은 주례 대신 축사를 했다.

"사랑은 집 짓기와 같습니다. 서두르면 기둥이 휘고, 미루면 터가 썩어요. 그러나 오늘 두 사람은 서로의 든든한 기둥이 되었네요."

세리의 어머니는 서서히 고개를 끄덕였다. 반대는 서서히 풀렸다. 집은 사람을 받아들이는 법을 알고 있었다.

폭우와 울음, 다시 시작하는 소리

며칠 뒤, 만삭의 친구 수지가 전화했다.

"복닥거리는 도시를 좀 벗어나고 싶어. 네 집에서 며칠 쉬면 안 될까?"

"와. 집이 쉼을 줄 거야."

친구가 오는 날, 하늘이 금방이라도 부녀질 듯 어두워졌다. 비구름이 산을 들이받는 소리가 났고, 바람이 나무를 흔들었다. 친구가 도착한 지 한 시간쯤 지났을까, 배를 부여잡고 얼굴이 하얘졌다.

"미숙아… 시작된 것 같아."

도로는 폭우로 막혔다. 미숙은 보건소에 전화하며 손이 떨렸다. 동네 간호사와 조산사가 우비를 뒤집어쓰고 달려왔다. 마루의 돗자리를 걷고, 온수와 깨끗한 천을 준비했다.

"아이는 급하네요. 여기서 받읍시다."

천둥이 땅속을 두들기는 동안, 집 안은 이상할 만큼 잔잔했다. 조산사의 호흡 지시에 맞춰 친구는 파도처럼 숨을 몰아쉬었다. 미숙은 이마의 땀을 닦아 주며 귓가에 속삭였다.

"여기 괜찮아. 여기, 우리 집이야."

긴 고통의 파장을 하나하나 넘고 마지막 힘을 주었을 때, 울음이 쏟아졌다. 작은 울음이 마치 풍경을 흔들 듯 집 안을 가득 메웠다. 밖의 폭우와 안의 울음이 잠깐 같은 리듬으로 겹쳤다. 집은 새 생명을 처음 맞이하게 되었다.

며칠 후, 전화가 왔다.

"작가님! 교수님 한 분을 소개해 드리고 싶어요."

중개사 이기조였다. 국문과 교수라고 했다. 방송에서 미숙이와 함께 패널로 참여했고, 책을 사서 읽었단다. 그리고… 작가를 만나보고 싶다고 했단다.

"축하합니다. 그리고… 오늘 이 집을 보고, … 책을 더 이해하게 되었네요."

미숙은 젖은 모발을 쓸어 올리며, 그의 두 눈이 호기심 대신 온전한 경외로 젖어 있음을 보았다. 마음의 창문이 소리 없이 닫히고, 다시 열렸다.

집이 고치는 것들

며칠 뒤, 중개사 이기조가 다시 안부 전화를 해왔다.

"요즘 고르지 못한 일기에 무사하셨어요? 혹시… 큰일은 없었고요?"

"결혼도, 아이도… 집을 살 때 말했던 기대와는 다르지만, 다 이루어졌네요."

미숙이 웃었다.

"역시요. 제가 뭐랬습니까. 환경을 바꾸면 인생이 바뀐다니까요."

그날 늦은 오후, 중개사는 다시 집에 들렀다. 교수와 함께. 마루에 놓인 꽃차의 향이 서늘하게 퍼졌다.

"실은 책을 읽고서도, 또 패널로서도 공감 많이 했어요. 여유 있게 대화할 수 있는 기회를 기다렸습니다."

"감사합니다."

"내일 점심, 같이 드실래요? 무리한 부탁이면… 천천히."

156   비어 있거든, 사랑으로 채워라

미숙은 천천히, 그러나 확실히 고개를 끄덕였다. 그가 떠난 뒤에도 한동안 마루에 앉아 있었다. 바람이 마음속을 시원하게 들고 났다.

며칠 뒤, 세리와 유찬은 신혼 답례를 들고 찾아와 마당에 작은 텃밭을 일구었다. 친구 수지는 아기를 안고 마루 끝에 앉았다. 아이는 빛을 쫓듯 눈동자를 굴리다가 소나무를 한참 바라보았다. 미숙은 그 모습을 노트에 옮겨 적었다.

'집은 사람을 낫게 한다. 사람은 서로를 낫게 한다.'

김 교수와의 만남은 서두르지 않았고, 그래서 더 깊었다. 서두르지 않기로, 상처를 숨기지 않기로, 서로의 일상을 서로의 약으로 삼기로— 말없이 합의했다. 동네 서점 낭독회에서, 숲길에서, 그리고 마루에서 이야기를 나누며 조금씩 마음을 나눠 가졌다.

어느 날 그가 조심스럽게 말했다.

"우리… 숲을 함께 걸을 수 있을까요? 이곳에서는 치유와 회복이 있어요."

사려니숲길의 길목에서 그가 천천히 말을 이었다.

"젊은 나이에 폐섬유화증을 앓았어요. 집안의 내력이었죠. 병보다도 억울하다는 생각이 치명적이었죠. 어디론가 떠나지 않고는 익울함을 내려놓을 수가 없었어요. 제주 둘레길을 찾았다가 사려니숲길을 마주하게 되었지요. 날마다 트레킹을 했지요. 청산이 말하더군요. 말없이 살라고."

"그래서 건강은 좋아지셨나요?"

"진행이 더뎌졌어요. 호전된 거지요."

그는 미숙의 집 처마를 올려다보며 덧붙였다.

"우리 조상들도 좋은 공간에 애써 집을 지으려 했지요."

김 교수의 집도 젊은 중개사 이기조가 소개했었다. 김 교수는 건강이 회복되었고 직장생활도 순하게 풀렸었다. 둘이 한동안 나란히 걸으며 나눈 이야기들이다. 이제 김 교수와 미숙은 매일 함께 사려니숲길을 걸으며 피톤치드의 상쾌함을 나눴다.

소나무의 새순이 몇 번 돋았다. 이제 둘은 숲과 바위처럼 자연스러워졌다. 잠시 멈춰 선 김 교수가 먼저 청혼을 했다.

"저와 결혼합시다."

미숙도 고개를 끄덕였다. 그날 밤, 미숙은 집을 한 번 돌아보았다. 장독대와 연못과 소나무가 한 폭의 그림 안에 들었다.

"여기라면…."

결혼식은 또다시 마딩에서 열렸다. 사회는 두 사람을 연결해준 이기조의 몫이었다. 본인의 강력한 희망이었다. 세리와 유찬이 화동이 되었다. 마을 사람들과 독자 몇몇이 멀리서도 찾아왔다. 풍경이 마음을 열게 하고, 집은 또 한 번 모두의 마음속에 평화로 자리 잡았다. 그리고 결혼은 모두의 축복이었다.

간담회에서 김 교수가 말했다.

"우리는 상실 뒤에도 살게 됩니다. 남은 것은 공간과 시간, 그리고 사람입니다. 그 셋이 겹치는 곳에서 삶은 다시 시작돼요."

밤이 내려앉자 젖은 흙 냄새가 달았다. 미숙은 마루 기둥에 등을 기대고 앉아 조용히 기도처럼 속삭였다.

"환경을 바꾸라. 내가 바뀐다."

그 말은 이제 구호가 아니라 경험이 되었다. 집을 바꾸자 글이 바뀌었고, 글이 바뀌자 사람이 바뀌었다. 그리고 사람을 바꾸는 일은, 결국 삶을 바꾸는 일이었다. 잠시 뒤, 김 교수가 부엌에서 나와 블루베리 타르트를 들고 와 앉았다.

"우리… 아이를 꿈꾸어 볼까요?"

미숙은 고개를 들어 밤하늘을 보았다. 별들이 장독대 뚜껑에 얌전히 내려앉아 있었다.

"엄마가 되는 것은 축복이라 생각해왔어요."

비어 있거든, 사랑으로 채워라

그는 미숙의 손을 잡았다. 손등 위로 바람이 흘렀다. 어쩐지 이번 생의 행복은 쌍으로 오는 것만 같아서, 미숙은 세상의 누군가에게 조금 미안해졌다. 그래서 그 미안함을 갚기로 했다. 마당의 대문을 낮추어, 길가는 사람 누구든 잠시 앉아 쉴 수 있도록 했다. '쉼은 나눌수록 커진다는 걸, 이 집이 먼저 가르쳐주었다.' 책의 마지막 줄을 기록했다. 내가 받은 행복은 머무르게 하지 않고, 흘러가게 하리라.

미숙은 최근의 일을 한 줄 더 기록했다. '나는 대문을 한 칸 더 낮췄다. 그리고 파고라 아래 벤치를 두었다. 앉아 쉬었다 가라는 뜻을 담아.'

석양엔

새들도
둥지로 난다

어둠이 오래 머무는 밤

어둠이 느리게 내려앉은 저녁, 백발의 여인이 비틀거리며 골목 어귀를 지나고 있었다. 같은 길을 걷던 숙희가 발걸음을 멈췄다.

"어르신, 단추가 하나 어긋났네요. 이렇게 채우시면 더 고우세요."

여인은 눈을 깜박이며 웃었다.

"내가 또 그랬나? 우리 딸도 항상 고쳐줘요. 지금, 그 딸 마중 나가는 길이랍니다."

숙희는 문득 가슴이 저려왔다. 엄마의 치매도 그렇게, 단추 하나 어긋나는 일에서 시작됐었다.

"딸이 퇴근하면 곧장 집으로 오지 않을까요?"

"딸은 골목길을 잘 찾지 못해요. 어제도 동네를 돌다가 늦게 왔어요. 그래서 마중 나가야 합니다."

"저런… 혹시 맛있는 것을 사 오느라 늦어지는 게 아닐까요?"

"우리 딸은 내가 만들어 주는 것을 제일 맛있어하지요."

둘은 멋쩍어하면서도 함께 유쾌하게 웃었다. 초기 치매를 앓고 있다는 걸 딸도 어머니도 알기에, 서로 맞장구를 친 것이다.

"빨리 맛있는 저녁을 차려줘야 하는데…"

노인은 비틀거리며 자신의 집으로 발걸음을 돌렸다. 젊은 여인 숙희의 손엔 어머니가 좋아하시는 군만두가 들려 있었다. 어머니의 치매는 심할 땐 아파트 번호키를 기억 못 해 문을 못 열기도 했다. 앞서거니 뒤서거니, 둘은 함께 집으로 들어섰다. 아버지가 기다리고 계셨다.

숙희는 주말에 아버지에게 전화를 드렸었다. 어머니의 치매가 걱정되어서였다. 은퇴하신 아버지는 요양보호사 자격증을 따서 어머니를 돌보는 '가족 요양'을 하고 계신다.

"아버지, 이게 최선일까요?"

"40년을 함께 살아왔다. 너희 엄마, 사람답게 지켜주고 싶다."

비어 있거든, 사랑으로 채워라

그녀는 부모님 두 분이 어떻게 하면 더 행복한 노후를 보내실 수 있을지 고민 중이다. 아버지를 더 도와드리고 싶은 마음은 간절하지만, 현실이 녹록 지 않다.

기억이 지는 곳

다음 날, 숙희 요양사는 자신이 근무하는 '둥지 노인요양원'에 출근했다. 밤 근무자들이 퇴근하고, 주간 담당 요양사들이 어르신들을 조심스럽게 거 실로 모신다. 국민체조를 틀어놓고, 함께 몸을 풀며 하루를 시작한다. 분위기 는 씩씩하지만, 요양사들만 활기차게 움직인다. 그때 광양 할머니가 다가와 숙희 씨의 손을 끈다.

"광양 읍내 알아? 거기서 나 태어났어. 방앗간 집 셋째 딸이지. 광양에서 제일 부자였어."

2층 거실 창으로 아침 햇살이 스며들 무렵, 광양 할머니가 여느 때처럼 입 을 열었다. 숙희 요양사는 환하게 웃으며 대답했다.

"오늘도 이야기해 주실 거죠, 어르신?"

"그럼. 우리 아버지는 날 얼마나 귀하게 키웠는데. 총각들이 줄을 섰다니 까. 우리 양반은 고등학교 선생이었어. 사람이 참 반듯했지."

숙희 요양사는 손수건에 물을 묻혀 할머니의 손등을 닦는다. 주름진 피부 가 천천히 젖는다.

"그때 사진 있으세요? 진짜 보고 싶어요."

할머니는 허공을 바라보다 허허 웃는다.

"다 어디 갔을까? 지금도 내가 곱게 꾸미면 줄을 설걸?"

숙희 요양사는 미소를 지었다. 어제도 들은 말, 그제도 들은 말. 하지만 오 늘 이 시간, 할머니는 진지하게 살아가고 있다고 그녀는 믿었다.

다음 날, 숙희 요양사는 빨래를 개며 왕언니에게 묻는다.

"숙대 할머니가 안 보이시네요."

"석양 증후군이 심하셔. 해 질 무렵에 혼란, 불안, 환각 등의 증상이 있고 공격성도 있어. 주의해서 살펴야 해. 집에서도 할아버지와 갈등이 심했다고 하더라."

"가정폭력이 대부분 부부에게서 발생한다던데… 보호자도 얼마나 힘들면…"

"그래서 자녀들도 어머니를 시설에 모시는 걸 찬성했대. 할머니는 집에 가야 한다고 안달이지만 가족들은 원치 않아. 이곳에 계시길 바라지.

심할 때는 문 열어 달라고 난동도 부리시니 잘 살펴."

왕언니가 말을 이었다.

"그리고 빨래 개는 일은 어르신들께 부탁해야 치매에도 도움이 돼."

그때, 함께 빨래를 개던 할머니 한 분이 "산 너머 남촌에는~" 하고 노래를 부르자 몇몇 할머니가 덩실덩실 춤을 추신다. 숙희 요양사도 일어나 춤을 따라 한다. 모두가 한바탕 유쾌한 웃음바다가 된다. 그때 장흥 할아버지 방에서 우당탕 소리가 들려온다. 숙희 요양사와 왕언니가 급히 달려갔다.

"왜 밀어요? 왜?"

"나를 감시하고 해치려고 기웃거리잖아! 나, 숙대 나온 여자야. 이곳에 있을 사람이 아니야. 이 방 창문을 열면 우리 집 가는 골목길이야. 해 지기 전에 나가야 해. 애들이 기다려!"

사태가 겨우 진정되자, 왕언니가 귀띔해준다.

"장흥 할아버지는 80년 광주 민주화운동을 하셨대. 그때 잡혀가 고문당하고 많이 맞았다고 해. 증상이 심하면 망상을 봐. 누가 자기를 감시하고 해치려 한다고 믿으셔."

이제 어르신들 목욕시켜 드릴 시간이다. 숙희 요양사는 듣기만 해도 긴장되는 자신을 본다. 적은 인력으로 안전까지 신경 써야 하니, 여간 힘든 게 아니다. 목욕 시간이 끝나고 거실에서 작은 소란이 일었다.

"여보, 이제 들어가 자요. 나 피곤해요."

비어 있거든, 사랑으로 채워라

광양 할머니가 마주 앉은 숙대 할머니의 손을 잡아 끈다.

"난 당신 남편 아니야! 당신 치매야? 이러지 마!"

"아이고, 이 양반 또 이러시네… 내가 얼마나 기다렸는데…"

숙희 요양사가 다가가 두 분을 떼어놓자, 광양 할머니의 눈빛이 차가워졌다.

"당신은 누구야? 왜 자꾸 우리 집 기웃거려?"

"저, 막내 요양사 숙희예요. 요양원에서 같이 지내잖아요."

"시끄러워! 내가 이 집 주인인데 왜 자꾸 남이 들락날락해!"

숙희 요양사는 안타까워 입을 다물었다. 할머니는 여전히 자신을 '교장의 아내', '광양의 아가씨'로 믿고 있다.

남편을 기다리는 곳

숙희 요양사는 왕언니와 함께 광양 할머니 방을 청소하며 물었다.

"왜 광양 할머니는 사별한 남편에게 그렇게 집착하실까요?"

"남편과 금실이 좋았대. 코로나로 돌아가셨거든. 임종도 못 보고 장례도 제한적이었어. 사망자 시신은 비닐로 밀봉하고, 입관 없이 당일 화장을 권하던 시절이었지."

"할아버지와 그렇게 사별하고 가슴이 아팠겠죠."

"그래서 그 끈을 놓지 못하는 거야. 너도 부모 잘 모시고, 부부간에 잘 지내야 해."

곧 점심시간이 되었다. 25명의 어르신이 자리를 찾아 앉는다. 요양사들이 안 보이시는 분들을 모시고 나온다. 식사가 제공되고, 개인별로 처방된 약들이 식탁에 놓인다. 스스로 식사 못 하시는 분들은 요양사들이 먹여드리고 약도 챙겨드린다. 어르신들은 식사 후 자유시간이지만, 요양사들은 바빠진다.

토요일 오후, 1층 면회실. 익숙한 광경이 펼쳐졌다.

"엄마, 나 알겠어요?"

광양 할머니 앞에 앉은 딸이 조심스레 묻는다. 그러나 할머니의 눈은 공허했다.

"누구더라…"

딸은 웃으며 복개떡을 할머니 손에 쥐어드렸다.

"엄마가 좋아하시던 복개떡이에요."

광양 할머니는 떡을 바라보다 옆 사람에게 말했다.

"우리 그이도 이런 거 좋아했는데… 아, 근데 그이는 왜 안 오지…"

딸은 미소를 잃지 않았지만, 눈가엔 금세 물기가 맺혔다.

"잘 부탁드릴게요."

그 말 한마디를 남기고 조용히 면회실을 나섰다. 숙희 요양사는 그 뒷모습을 아프게 바라보았다.

누구도 잊히지 않는 시간

"문 좀 열어줘요! 애들이 기다리고 있다니까!"

"할머니, 지금은 다 자는 시간이에요. 내일 아침에 나가요."

숙희 요양사는 피곤한 몸을 일으켜 할머니를 방으로 모셨다. 낮에는 온갖 뒷수발로 힘들고, 밤엔 깊은 잠도 잘 수 없었다. 왕언니는 낮은 보수와 사회적 대우에 이직을 생각 중이라고 했다.

"요양병원보다도 인건비 비율이 낮다던데… 이래선 오래 못 가요."

그날 밤중에도 문 앞 소동은 세 번이나 반복됐다. 방 안. 광양 할머니가 이불을 덮으며 말했다.

"나는 아직 저녁도 안 먹었는걸요. 남편이 퇴근하기를 기다려야 해요."

숙대 할머니가 이불을 툭 덮으며 대답했다.

"벌써 먹었잖아. 당신도 얼른 자."

숙희 요양사는 생각했다. 같은 방 안인데, 두 할머니는 서로 다른 시간대

비어 있거든, 사랑으로 채워라

를 살고 있는 듯하다. 서로 다른 시간 속에 살지만, 각자의 삶을 진지하게 살아가고 있다고.

그녀는 기록지 위에 쓰던 펜을 멈췄다. 이곳은 누구를 위한 공간일까? 마지막 쉼터? 고려장? 사업장? 환승역? 잠시 침묵이 흐르고, 숙희 요양사는 천천히 고개를 저었다. 정답은 없다.

'다만, 누군가 꼭 해야 할 일을 대리하고 있을 뿐이다. 내일 아침, 누군가는 다시 광양의 아가씨로, 또 누군가는 숙대 졸업생으로 깨어날 것이다. 그리고 나는 그들의 하루를 함께 손잡고 걸어야 한다. 요즘, 이곳 어르신들은 모두 내 가족처럼 느껴진다. 젊었을 때 이분들이 짊어졌던 삶의 무게를 이제는 우리가 짊어지고 있는 것이다. 월급받고 하는 일이라고만 생각하면 도저히 감당할 수 없다. 인생 노트의 결말을 써가고 계신 어르신들이 이렇게 말할 수 있길 바랄 뿐이다.— 이곳에서 행복하고 존엄한 인간으로 살았다.'

숙희의 기록

숙희의 할머니도 치매를 앓으셨다. 그 때는 시설이 없어서 가정에서 돌봄을 했다. 할머니는 포근한 방 같은 존재였지만 그 방이 혼란으로 채워졌다. 어머니는 한겨울에도 매일 이불빨래를 하셨다. 할미니도 문제였지만, 수발하는 어머니의 삶은 통째로 지워지고 있었다.

목욕탕에서 쓰러진 할머니를 안고 울던 순간의 어머니! 그 때 느꼈다. 늙어서 사는 삶이 중요하구나. 초고령사회가 된다는데. 누구라도 존중받고 마무리할 수 있다면. 가족들도 맘 편하게 환자를 맡길 수 있는 곳, 나중에 꼭 그런 요양원을 만들고 싶었다. 그래서 이 일을 생업으로 택했다. 시작은 그랬었다.

오늘은 숙희의 쉬는 날이다. 어머니는 주간 보호센터에 나가 계시고, 아버지는 혼자 계시는 날이다.

"네 엄마가 행방불명이 되어서 파출소에 신고해 놓았다!"

아버지는 거의 얼이 빠진 듯 말했다.

"금방 파출소에도, 치매 안심 센터에도 다녀왔다. 어휴… 지치는구나."

'쿵'

무언가 제어장치가 풀린 듯한 느낌이 가슴을 타고 내려감을 그녀는 느낀다.

'이 병의 정체는 뭘까? 왜? 갓난아이가 되는 걸까? 왜 기억을 지우는 걸까?'

문밖에서 무서운 것이 노크하는 소리를 들은 듯 싶었다.

"지난번엔 네가 어려서 살았던 옛집에서 찾았는데… 그 집에도 연락했다."

"도시 전체가 한 사람을 돕는군요."

숙희가 말했다. 그리고 문득, 생각했다.

그렇게 모두 어디로 가는 걸까? 어머니의 새 둥지는 어디에 있을까?

눈을 들어보니, 석양의 햇빛이 붉다. 우거진 고목 위로 새 떼가 날아든다.

'그들은 떠나갈지라도. 사랑은 남아있는 곳'

둥지로 새 떼가 날아온다.

비어 있거든, 사랑으로 채워라

어떤

식물원

초대장

회의 도중, 윤하는 말없이 메모만 했다. 목소리를 내고 싶었지만, 자꾸만 목이 잠겼다. 퇴근길 지하철 손잡이를 붙잡고 멍하니 있던 어느 날, 앞자리 아이가 인형을 떨어뜨렸는데도 몸이 굳어 움직이지 못했다. 손이, 마음이 너무나 무거웠다.

윤하는 그날도 출근 중이었다. 계절이 바뀐 줄도 모를 만큼 반복되는 일상. 버스 안엔 창밖을 멍하니 바라보는 사람들, 이어폰 너머로 세상과 거리를 두는 사람들로 가득했다. 그녀도 그중 하나였다. 지친 표정, 굳은 어깨, 아무 말도 하지 않는 입술. 그날 아침, 출근길에 섭어든 공원 입구에서 바람이 스치듯 윤하의 어깨를 지나갔다. 순간, 무언가 가볍게 그녀의 손등에 닿았다. 그것은 낯선 잎사귀였다. 검푸른 바다빛의, 가장자리가 구름처럼 희미한 잎사귀 하나. 중앙엔 손글씨 같은 문장이 새겨져 있었다.

'우리 함께 살아갈 수 있어.'

그녀는 피식 웃었다. 무슨 광고지인가 하고 뒷면을 살폈지만 아무것도 없었다. 다만 향기― 바다와 숲이 뒤섞인 듯한 냄새가 났다. 이상했다. 하지만 이상하게 따뜻했다.

그날 저녁, 윤하는 평소와 달리 지하철 대신 공원 안쪽 오솔길을 따라 걷기 시작했다. 몸은 피곤했지만, 이유를 알 수 없는 끌림이 있었다. 그리고 그 길 끝에서, '그곳'을 보게 되었다.

이상한 식물원

식물원이라고 하기엔 이상한 곳이었다. 정문도, 표지판도, 매표소도 없었다. 그저 울타리 없이 펼쳐진 숲. 그런데 그 숲은 분명히 '다른 무엇'이었다.

나무들은 바람도 없는데 가지를 흔들고 있었다. 마치 서로 인사라도 하듯이. 어떤 나무는 줄기를 비틀어 리듬을 만들고, 어떤 나무는 잎사귀를 흔들어 노래를 불렀다. 처음엔 바람소리인 줄 알았지만, 윤하는 그 안에 '말'이 담겨

비어 있거든, 사랑으로 채워라

있다는 걸 느꼈다.

"왔구나."

"기다리고 있었어."

"괜찮아, 늦지 않았어."

그 순간, 윤하는 무너졌다. 출근과 야근 사이에 깨어진 시간, 아무도 듣지 않던 말들, 포기한 웃음들, 혼자 삼킨 울음들이 떠올랐다. 그녀는 조용히 주저앉아 울었다. 소리 없이, 깊게. 그날, 나무들이 그녀의 울음을 꼭 안아주었다.

함께하는 식물원

그곳은 단순히 '보는' 곳이 아니었다. 식물원은 '함께하는' 곳이었다. 춤을 추는 나무 옆에선 사람들도 어깨를 흔들었고, 노래하는 나무 아래선 누구도 음이 틀리는 걸 걱정하지 않았다. 껍질을 벗고 다시 자라는 나무 앞에선, 상처 입은 사람들이 조용히 자신의 이야기를 꺼내놓았다.

식물들은 별빛을 기억하는 법을 가르쳤고, 상처를 내려놓는 법도 가르쳤다. 그리고 무엇보다 '함께 사는 법'을 보여주었다. 윤하 말고도 많은 이들이 있었다. 퇴직 후 갈 곳 없던 노인, 이혼 후 아이를 볼 수 없게 된 엄마, 말을 잃은 아이, 번아웃으로 모든 걸 놓고 싶었던 청년. 그들은 서로 이름을 묻지 않았다. 대신 질문했다.

"오늘은 어느 나무랑 함께할래?"

"이 노래, 같이 들어볼래?"

"괜찮아. 여기선 아무 말 안 해도 돼."

나무들의 이야기

춤을 추는 나무들, 노래하는 나무들, 모양을 바꾸는 나무들, 걸어 다니는 나무들, 껍질을 벗고 다시 자라는 나무들이 있었다. 춤추는 나무들은 바람 없이도 몸을 흔들며 사람들의 몸을 깨웠다. 굳었던 마음에 다시 리듬이 흘렀다. 노래하는 나무들은 소리 없는 노래로 사람들의 마음을 울렸다.

어떤 아이가 콧노래를 흥얼대자, 잊고 있던 웃음이 퍼졌다. 모양을 바꾸는 나무들은 그림자처럼 감싸주었다. 누구는 그 품에서 울었고, 누구는 그 품에서 잠들었다. 걸어 다니는 나무들은 아무 말 없이 곁에 다가갔다. 잃어버린 길 위에 조용히 서 있어 주었다. 껍질을 벗고 다시 자라는 나무들은 자신의 상처를 보여주었다. 그 모습에 사람들은 중얼거렸다.

"나도 다시 자라날 수 있겠구나."

기억하는 나무

식물원 한가운데, 아주 오래된 나무 하나가 있었다. 사람들은 그 나무를 '기억의 나무'라고 불렀다. 그 나무는 말을 하지 않았지만, 다가온 사람의 기억을 조용히 받아들였다.

윤하는 어느 날 그 나무 앞에 섰다. 가만히 손을 얹자, 오래전 고등학생이던 자신이 떠올랐다. 웃고 있던 얼굴. 그러나 그 직후, 어머니의 장례식에서 혼자 울던 장면이 따라왔다. 눈물이 멈추지 않았다. 나무는 아무 말 없이 바람을 일으켰다. 그 바람 속에서 윤하는 속삭였다.

"그때로 돌아갈 순 없어도… 그때의 나를 보듬어 준 느낌이야. 그리고 또 미래의 나에게도 약속하고 싶어졌어. 나, 오늘 웃음을 나누며 살 거야."

검은 안개

그러던 어느 날, 식물원에 '검은 안개'가 들이닥쳤다. 처음엔 기분 나쁜 냄새로 시작됐다.

"이거… 전에 살던 세상이랑 비슷해…."

누군가 중얼거렸다. 그날따라 숲 가장자리에 주황색 스프레이 표식이 찍혀 있었다. 누군가 이곳을 '면적'으로 보려는 듯했다. 안개는 탐욕이었다. 자연을 조각내고, 통제하고, 잊고자 했던 인간의 오래된 그림자. 그 그림자가

　　　　　　　비어 있거든, 사랑으로 채워라

식물원을 덮쳤다.

일부 방문객의 냉소가 있었다. 숲을 개발한다는 명분 아래 측량 말뚝 박기를 했다. 성과제 보고서가 숲의 이름을 번호로 바꾸려 했다. 나무들은 맞섰다. 가지를 휘두르고, 노래로 흔들고, 몸을 변형하며 사람들을 보호했다. 그러나 그것만으로는 부족했다. 몇몇은 서로를 의심했고, 어떤 이는 숲을 떠나려 했다. 식물원은 조용히 울고 있었다. 그때, 식물원에 있던 한 아이가 외쳤다.

"같이 춤추자! 우리도 바람이 될 수 있어!"

사람들이 서로 손을 잡았다. 어깨를 흔들고, 발을 구르고, 마음을 내보냈다. 검은 안개 속에서, 그 작은 움직임들이 바람이 되었다. 그 순간, 안개는 조용히 스러졌다. 나무들은 그날 말했다.

"우리는 함께일 때 가장 강하다."

다시, 일상으로

그날 이후, 식물원은 더 많은 사람을 기다렸다. 이번엔 푸른 잎사귀 대신, 바람 한 줄기, 꽃 한 송이, 물방울 하나가 누군가의 마음에 말을 걸었다.

윤하는 다시 출근길에 올랐다. 예전처럼 복잡한 지하철 안, 고개를 숙인 사람들 사이에서 그녀는 조용히 서 있었다. 그런데 이상하게도, 그녀는 눈을 들었다. 누군가의 어깨 위에 조그만 먼지가 내려앉는 것을 보았고, 앞자리 아이가 졸다가 떨어뜨린 인형을 주워 주었다.

회사에 도착해 어제까지 쌓인 업무를 확인하고, 회의에 들어갔다. 상사는 목소리를 높였고, 동료는 자신의 공만 내세웠다. 윤하는 숨을 깊이 들이마셨다. 그리고 조용히 말했다.

"우리, 이 일… 같이 해 볼 수는 없을까요?"

처음엔 정적이었다. 하지만 한 사람이 고개를 끄덕였다. 그 작은 움직임이, 그녀의 마음 안에서 식물원의 바람처럼 번졌다.

작은 식물원

며칠 후, 윤하는 점심시간에 회사 옥상으로 올라갔다. 오래된 화분 몇 개가 자리를 차지하고 있었다. 그녀는 조심스레 작은 화분 하나를 꺼내 들었다. 이름 모를 들풀, 마른 잎 사이에서 아주 작게 살아 있는 녹색 줄기 하나가 있었다. 윤하는 그 앞에서 손바닥을 내밀었다. 마치 식물원에서처럼.

"괜찮아. 여기서 다시 자라보자."

그리고 그녀는 커피를 사러 내려가는 길에, 늘 혼자 앉아 있는 인턴에게 조심스레 말을 걸었다.

"혹시 시간 되면 옥상에 같이 올라가 볼래요?"

인턴은 놀란 듯 그녀를 쳐다보다, 어색하게 웃었다.

"… 네, 좋아요."

그날 옥상엔 바람이 불었다. 식물원에서처럼. 바람이 부는 옥상에서, 인턴은 조심스럽게 묻는다.

"이 식물, 원래 있던 건가요?"

윤하가 고개를 끄덕인다.

"응, 아마도… 오래전부터 있던 걸지도 모르겠네. 나도 오늘 처음 본 거니까."

잠시 바람이 지나간다. 인턴이 조심스럽게 말을 건넨다.

"저도… 요즘 너무 숨이 막혀서요."

윤하는 웃는다. 부드럽고 따뜻하게.

"그럴 때는, 그냥 옆에 있어 주는 것도 좋아요. 우리, 이 화분이랑 같이 있어 줄래요?"

인턴은 말없이 고개를 끄덕였다.

에필로그

사람들은 가끔 식물원 이야기를 믿지 않는다. 춤추는 나무, 노래하는 잎사귀, 걸어 다니는 나무가 어딨냐고 묻는다. 하지만 진짜 문제는, 세모 나무, 네

비어 있거든, 사랑으로 채워라

모 나무, 동그라미 나무가 없다는 게 아니라, 보려 하지 않는 데 있는지도 모른다. 나무들은 지금도 기다리고 있다. 삶에 지친 사람, 울음을 삼키는 사람, 그리고― 작게나마 세상을 바꾸고 싶은 사람들을.

윤하는 이제 매일 아침, 가방 속 잎사귀를 바라보며 생각한다.

"나는 누군가에게 오늘, 초대장이 될 수 있을까?"

그러니, 언젠가 바람 따라 푸른빛 나뭇잎 하나가 당신의 창가에 내려앉거든, 제발, 그냥 스쳐 지나가지 말고 살며시 펼쳐 읽어 봐. 그건 단순한 초대장이 아니야. 어쩌면, 자연이 마지막으로 내미는 손이자― 당신이 세상에 내밀 수 있는 작은 시작일지도 몰라. 그리고 그 잎사귀엔 이렇게 적혀 있을 거야. '우리, 함께 살아갈 수 있어.'

'파란누스'라는 나무는 하나의 뿌리에서 4만 그루의 나무가 자라나서 나이가 8만 살이래. 누가 '나'일까? 현재의 '나'만 나일까? 혹시 '인형을 떨어뜨린 아이'가, 늘 '혼자 앉아 있는 인턴'이, 같은 뿌리에서 올라온 다른 모습의 '나'는 아닐까?

우리는 누구나, 각자의 식물원을 품고 산다. 나만, 그 문을 여는 법을 잊었을 뿐이다. 그 문은 바람에 흔들리는 타인의 어깨일 수도, 가만히 손 내미는 낯선 인사일 수도 있다.

태극오리

먼동이와
노을이 1

먼동(수컷 가창오리)이는 얼굴에 태극형 무늬가 있고, 노을(암컷)이는 부리에 흰점과 옆구리에 흰띠 흔적이 있다. 가창오리는 수만 마리가 군무라 불리는 대규모 집단비행을 하는데 한국은 그들의 세계적인 월동지이다.

군무의 새벽

바이칼 호. 숲의 숨결이 찬 물결 위로 피어오르고, 아침 해는 침엽수림의 끝자락에 황금빛을 흩뿌린다. 336개의 강이 모여든 이 맑은 호수는 오래전부터 '대륙의 눈'이라 불려왔다. 물결 아래엔 은비늘 물고기들이 헤엄치고, 그 위엔 수만 마리의 태극오리가 평화롭게 물살을 가르며 떠돈다.

어느 새벽, 하늘을 찌를 듯 불덩이 같은 태양이 솟아오르자, 오리들이 일제히 날개를 펼쳤다. 공중엔 거대한 선율이 흐른다. 수만의 '태극 오리'들이 한 호흡으로 선을 바꾸며 춤을 춘다. 태양이 지휘하고, 바람이 박자를 맞추는 그 장엄한 군무는 아침과 저녁마다 펼쳐지는 자연의 오케스트라다.

먼동이와 노을이의 첫 날개

"꼭… 떠나야 해요?"

먼동이는 작게 중얼거렸다. 다른 알들은 깨어나지 못한 채, 혼자 태어난 병약한 생명이 먼동이었다. 그의 눈에는 호수도, 바람도 너무 크고 무서웠다. 멀리, 물안개 속에 희미하게 비친 저 수평선 너머가 어디인지 그는 알지 못했다. 단지, 그곳으로 가야 한다는 것만이 정해져 있었다. 그 물음에 족장오리 '꿈둥이'가 조용히 입을 열었다.

"이 땅도 겨울이 오면 숨을 고르지. 우리가 떠나는 건, 그 쉼을 나누어 주기 위해서란다."

그 말은 바람처럼 들려와 먼동이의 귀를 스쳤지만, 마음 깊은 곳엔 아직 닿지 않았다. 떠남은 여전히 두려웠고, 그에게 날개는 미지의 무게였다. 곁에 한 마리 오리가 조용히 다가왔다. 금빛 깃털에 물비늘을 튕기며 장난스레

비어 있거든, 사랑으로 채워라

말을 건넨다.

"힘들면 내 꽁무니에 붙어 있어. 난 길을 잃어도, 너만큼은 놓치지 않을 거야."

'노을'이. 햇살처럼 가볍고, 말끝마다 바람이 스며 있는 친구. 먼동이는 입꼬리를 조심스레 올렸다. 그러자 어딘가 따뜻한 것이 가슴에 퍼졌다. 누군가 옆에 있다는 것. 그건 단순한 위로가 아니라, 날개의 이유가 될 수 있는 일이었다. 먼동이는 조용히 하늘을 올려다봤다. 그곳엔 아직 닿을 수 없지만, 노을이의 날개는 이미 살짝 떠 있었다.

"날 수 있을까…"

그의 속삭임은 바람에 실려 흩어졌고, 그 바람은 다음 순간 그의 깃을 조용히 흔들었다.

바람 속의 깨달음

하늘 위 이틀째. 바람이 방향을 바꾸자, 하늘이 뒤집힌 듯 흔들렸다. 구름은 흐릿한 칼날처럼 스쳐 지나가고, 무리는 큰 파도처럼 일렁였다. 먼동이는 뒤처졌다. 날갯짓이 갈피를 잃고, 심장은 마구 뛰었다. 바람을 밀어내려는 몸부림이 오히려 그를 아래로 끌어내렸다. 그 순간, 흰 쌍의 날개기 그의 곁으로 다가왔다. 어미 오리 '나르샤'. 그녀의 날갯짓은 조용했고, 균형 잡힌 선율 같았다.

"먼동아,"

그녀가 낮은 숨으로 말했다.

"힘을 빼렴. 바람을 이기려 하지 말고… 잠시 맡겨 봐."

그 말은 이상하게도, 다정하면서도 낯설었다. 그는 조심스레 날개 끝의 힘을 풀었다. 저항이 멈추자, 그의 몸은 바람에 스며들기 시작했다. 파도처럼 출렁이던 공기 속에서, 균형이 생겼다. 그는 그제야 알았다. 하늘은 정복하는 곳이 아니라, 자신을 맡기는 곳이라는 걸. 바람을 밀어낼수록 멀어지고,

품에 안길수록 길이 열린다는 것. 비행은 싸움이 아니었다. 믿음이었다. 무리와 흐름, 바람과 시간⋯ 그 안에 자신을 맡긴다는 용기.

먼동이는 조용히 눈을 감았다. 자기 몸 아래를 스치는 구름, 바람의 결, 나르샤의 날개가 하나의 리듬이 되어 움직였다. 그 순간, 그는 처음으로 진짜 하늘을 느꼈다. 노을이의 목소리가 멀리서 들려왔다.

"야― 꽁무니 지켜!"

그 말에 먼동이는 웃었다. 이번에는 진짜로.

밤의 희생

밤, 호수 위는 어둠에 잠겨 있었다. 별조차 숨을 죽인 듯 고요했고, 물결도 잔잔히 숨을 쉬었다. 노을이가 속삭였다.

"저 숲 너머, 살짝만 날아가 볼래?"

먼동이는 망설였다. 불안이 마음을 누르고, 어둠이 날개 끝을 서늘하게 스쳤다. 하지만 그 손짓엔 설명할 수 없는 무언가가 있었다. 그래서 그는 고개를 끄덕였다.

숲은 생각보다 가까웠다. 어둠이 더 짙어질 때, 날카로운 울음이 하늘을 가르고, 퍼덕이는 날개의 소리가 부서졌다. 그 순간, 검은 그림자 하나가 번개처럼 다가왔다. 수리부엉이였다. 먼동이가 얼어붙는 사이, 어미 나르샤가 몸을 날려 그 사이에 섰다. 그녀의 날개는 불꽃처럼 펼쳐졌고, 발톱은 검은 어둠과 맞섰다. 핏빛이 어둠을 가르고, 가벼운 깃털들이 바람 속으로 흩어졌다.

먼동이는 그제야 알았다. 사랑은 말보다 빠르게, 몸으로 다가와 때론 다시 날 수 없을 만큼의 고통도 담아낸다는 것을. 그날 밤, 하늘 아래 가장 무거운 침묵이 먼동이의 마음을 감쌌다. 어둠 속에서, 그는 처음으로 희생과 사랑이 서로를 감싸 안고 있음을 배웠다.

비어 있거든, 사랑으로 채워라

빛의 함정

며칠 뒤, 먼동이와 무리는 도시의 하늘을 날았다. 아래로 펼쳐진 풍경은 밤에도 눈부셨다. 수천 개의 불빛이 별처럼 반짝였지만, 그것은 별빛이 아니었다.

"저 빛들은… 진짜가 아니야." 꿈둥이가 낮게 말했다. "어둠은 쉼이고, 별은 길잡이인데… 인간들은 밤을 지워 버렸어."

멀리서, 유리 건물들이 숲처럼 빼곡했다. 그 빛에 홀린 새들이 그 아래 유리벽에 수없이 바람에 날리는 꽃잎처럼 떨어졌다.

"저 불빛은 길이 아니라, 미로야." 꿈둥이가 목소리를 떨며 말했다. "무지와 욕망이 만든 덫이지."

노을이는 멈춰 서서, 깨진 유리 아래 작은 새 한 마리를 바라봤다. 그 눈빛은 흔들렸고, 그 상처 입은 생명은 마지막 작은 호흡인 듯 거칠게 할딱였다. 먼동이는 그 순간 처음으로 인간 세상에 분노를 느꼈다. 빛이 아니라, 그저 착각일 뿐이라는 사실에. 무리의 방향이 바뀌었다. 진짜 하늘은 저 위에 있었다. 쉼은 빛이 아니라, 어둠과 별 사이에 있었다. 그리고 그들의 날개는 다시 하늘을 향했다.

갈림길에서

천수만의 갯벌 위, 바람은 고요하게 숨을 쉬었다. 도요새들이 몸을 웅크리고 숨을 고르며, 흑두루미는 잠시 날갯짓을 멈췄다. 젊은 오리들이 웅성거렸다.

"여기 머무르는 게 더 안전하지 않을까요?"

잘난 체하며 나서길 좋아하는 '긴 주둥이'가 선동하듯 말했다. 침묵이 흘렀다. 꿈둥이가 천천히 입을 열었다.

"우리는 둥지에 머무는 존재가 아니란다. 날개를 가진 존재지. 편안함보다 중요한 건, 비행 속에서 살아 있음을 느끼는 거야."

먼동이의 목소리가 조용히 울렸다.

"그럼 나는, 날고 싶어요. 날고 싶어서 태어난 걸요."

그 말에, 하나둘 무리는 방향을 틀었다. 오른쪽으로, 바람과 함께.

"쉼은 멈춤에 있지 않았다. 쉼은 날개를 펼친 채 비행 속에서 누리는 자유였다."

바람결에 실려 온 먼동이의 속삭임이 천수만의 넓은 하늘을 가득 채웠다.

고천암, 그리고 다시

대륙의 남쪽 끝, 해남의 고천암. 갈대 숲은 바람에 노래했고, 먼 바위 위에는 오래된 시조새의 자취가 조용히 숨쉬었다. 수면 위로 새벽빛이 부드럽게 번졌다. 먼동이는 노을이의 옆모습을 바라보며 낮은 목소리로 말했다.

"노을아… 너를 볼 때면, 늘 밤하늘이 떠올라."

노을이는 금빛 눈동자를 반짝이며 미소 지었다.

"그럼 나도 오늘부터, 매일 너의 밤하늘이 되어줄게." "너도 나의 새벽이 되어 줘."

두 그림자가 갈대 위로 길게 늘어졌다. 바람보다 먼저, 성숙한 태극오리 한 쌍이 떠올랐다.

"이제야 진짜 우리의 여정이 시작된 거야."

둘은 함께 날아올랐다. 수천 마리 가창오리 무리 속에서 두 마리 새의 그림자가 자유롭게 춤췄다.

날개의 의미

태극오리의 비행은 단순한 이동이 아니다. 그것은 생명에 대한 믿음이며, 쉼과 흐름의 조화이며, 희망에 대한 응답이다. 먼동이의 머리 위로 선명한 태극 무늬가 피어났다. 그의 깃털은 하늘빛처럼 빛났고, 노을이는 금빛 깃에 바람의 매무새가 머물렀다.

비어 있거든, 사랑으로 채워라

오늘도 또 다른 먼동이와 노을이가 하늘을 난다. 그들의 비행은 말이 없지만, 하늘은 그 의미를 알고 있었다. 지구 위 모든 생명을 위한 기도이자 사랑의 노래를, 그리고 하늘로 향한 사랑이라는 것을.

태극오리

먼동이와
노을이 2

- 다시 바이칼호로

먼동이는 뺨의 태극무늬가 더욱 선명해졌고, 노을이는 흰 옆구리 띠가 뚜렷해져 이제 성숙한 티가 났다. 깃털은 윤기가 흐르고 몸은 날렵한 매력적인 성체가 되었다.

해남, 겨울의 시작 – 함께 난다는 것

겨울의 해남. 차가운 바람이 갈대숲 사이를 헤집고 지나갔다. 먼동이는 얼어붙은 호숫가 위를 날아오르며 중얼거렸다.

"춥다… 바람도 길을 잃은 것 같아."

그의 날갯짓은 무거웠다. 두 번째 비행이지만, 하늘은 여전히 낯설고 멀게 느껴졌다. 갈대들이 속삭이는 듯한 소리에 멈칫할 때, 옆에서 노을이의 목소리가 들려왔다.

"너도 춥지?"

"응… 그런데 더 무서운 건… 여기서 멈추는 거야."

노을이는 갈대 위를 가로지르며 날았다. 그녀의 날갯짓은 부드럽지만 단단했다. 먼동이는 그녀를 바라보다가 고개를 떨구었다.

"진짜 괜찮을까, 우리…"

그러자 노을이는 가볍게 웃으며 말했다.

"우린 함께 날고 있잖아. 그러면 괜찮아."

그 말에 먼동이는 다시 날개를 폈다. 차가운 바람은 여전했지만, 그의 가슴엔 작은 온기가 피어올랐다. 그날, 해남의 하늘 아래 두 오리는 천천히 그리고 함께 날기 시작했다. 그리고 그때, 먼동이는 알았다. 날갯짓이 서툴러도, '함께'라면 날 수 있다는 것을.

금강 하구, 진흙 속의 자화상 – 빠졌어도 괜찮아

금강 하구. 드넓은 진흙밭 위를 스치던 바람은 멈춰 서고, 그 속에 발이 빠졌다. 먼동이는 진흙 속에 허우적거리며 중얼거렸다.

비어 있거든, 사랑으로 채워라

"왜 난 이 모양일까… 다 흙투성이야…"

날개도, 몸도, 생각까지 질척였다. 진흙은 과거처럼 그의 몸을 붙들고 놓아주지 않았다. 그때, 하늘 위에서 노을이의 목소리가 들려왔다. "그럴 수도 있지. 누구든 빠질 수 있어."

"그럼… 어쩌란 말이야? 계속 빠져 있어야 해?"

노을이는 하늘에서 아래를 향해 크게 외쳤다.

"그냥 돌아 서! 돌아나오면 돼. 진흙은 너의 전부가 아니야."

그 말에 먼동이는 깊게 숨을 들이쉬고, 진흙 속에서 몸을 돌려 빠져나왔다. 날갯짓은 여전히 무거웠지만, 그의 눈엔 빛이 스며들었다.

"진흙은… 내 과거가 아니라, 내가 빠져나와 나아갈 수 있는 길이야."

그날, 먼동이는 진흙 속에 잠긴 자화상을 바라보다, 거기서 벗어나는 법을 배웠다. 그리고 그는 알았다. 빠질 수 있어도, 빠져나올 수 있다는 것을.

한강 상공, 미혹하는 것들 - 빛난다고 다 좋은 건 아니야

한강 상공, 도시의 불빛이 강처럼 흐르고 있었다. 따뜻해 보였고, 눈부셨다. 먼동이는 그 위를 맴돌며 속삭였다.

"이렇게 화려할 수가… 우리 여기서 그냥 살까?"

노을이는 그 자리에 멈춰 날개를 접었다가, 조용히 말했다.

"여긴 목적지가 아니야. 좋아 보인다고 좋은 곳은 아니잖아."

먼동이는 불빛 아래를 내려다보았다. 고요해 보이지만, 그 아래는 소음과 복잡함, 유혹이 있었다.

"하지만 여긴 진짜 좋아 보여서…"

"그래, 좋아 보일 수 있어. 하지만 우리가 찾는 건, 길의 끝이지 멈춤이 아니야."

노을이의 말에 먼동이는 조용히 고개를 끄덕였다. 그리고 그녀와 함께 다시 날갯짓을 시작했다. 불빛은 멀어졌고, 대신 그의 앞엔 길이 열렸다. 그리고 그는 깨달았다. 좋아 보이는 것이, 반드시 좋은 것은 아니라는 것을.

백두대간 상공, 자기 성찰 – 그림자와 나는 함께 간다

하늘 아래 펼쳐진 백두대간. 산맥은 거대한 벽처럼 서 있었다. 숨은 가쁘고, 날개는 지쳐갔다. 먼동이는 자신의 그림자를 보았다. 그림자 속엔 외로움, 질투, 실패, 두려움이 묻어 있었다.

"노을아… 넌 내 이런 모습 안 봤으면 좋겠어."

노을이는 날갯짓을 멈추지 않고 말했다.

"봤어. 하지만 난 그런 너도 좋아."

"왜? 난 모자라고, 부끄럽고…"

"나도 그래. 나도 내 안에 그런 그림자 있어. 하지만 그 그림자 때문에 우리가 진짜인 거야."

먼동이는 조용히 고개를 떨구었다. 그리고 천천히 날개를 다시 펼쳤다. 그림자는 여전히 그의 아래 있었지만, 그는 그것과 함께 날았다. 그리고 먼동이는 배웠다. 그림자는 숨기는 게 아니라, 함께 안고 가는 것이라는 걸.

두만강 상공, 짐의 해방 – 짐을 내려놓아야 날 수 있다

두만강 위 하늘. 바람은 거세고, 하늘은 높지만, 먼동이의 날개는 점점 무거워졌다.

"나… 더는 못 가겠어. 등에 짐이 너무 무거워…"

그의 등에는 어릴 적 상처, 지나간 말들, 후회의 그림자들이 내려앉아 있었다. 날갯짓은 자꾸 꺾였고, 눈물은 바람에 실려 흘렀다.

"나를 날지 못하게 하는 짐이 나를 눌러…"

조용히 옆을 날던 노을이가 말했다.

"그 짐… 붙잡지 마. 그건 네가 떠나 보낼 과거야."

"하지만 그건 나였는걸…"

비어 있거든, 사랑으로 채워라

"아니, 그건 네가 지나온 길이야. 이제 손 흔들어줘. 고마웠다고."

먼동이는 눈을 감았다. 그리고 크게 한 번, 깊게 날갯짓을 했다. 그 순간, 등 뒤 그림자들이 허공으로 흩날렸다.

"이상하다… 마음이 가벼워졌어."

"그래. 네가 너를 놓아줬으니까."

먼동이는 하늘을 향해 힘차게 솟구쳤다. 그제서야 그는 알았다. 짐을 내려놓아야, 진짜 날 수 있다는 것을.

몽골 초원, 동행자의 힘 – 함께일 때 바람도 덜 세다

광활한 몽골 초원. 회오리바람이 몰아쳤다. 하늘은 높지만, 공기는 얇았고, 먼동이의 날갯짓은 갈피를 잃어갔다. 그때 노을이가 그의 옆을 지켰다. 날개를 펴고, 흔들리는 그에게 바람막이 되어 주었다.

"혼자였으면… 난 여기까지 못 왔을 거야."

"혼자면 무서워. 하지만 너랑 함께 날면… 바람도 덜 세게 느껴져."

두 오리는 나란히 날았다. 바람은 여전히 불고 있었지만, 두 마리 오리는 흔들리지 않았다. 노을이가 웃었다.

"같이 북쪽으로 가자. 아직 끝이 아니니까."

먼동이는 고개를 끄덕였다. 그리고 그는 깨달았다. 동행은 바람을 없애주지 않지만, 덜 두렵게 해준다는 것을.

바이칼 인근, 끝없는 빙하 상공 – 내 안에 길이 있었다

바이칼 인근, 끝없는 빙하 위. 하늘은 잿빛이었고, 바람은 얼음처럼 차가웠다. 그리고 먼동이는 혼자였다.

"노을아… 어디 있어… 나, 길을 잃었어…"

불안과 외로움이 가슴에 쌓이고, 하늘은 멀어졌다. 그 순간, 마음 깊은 곳에서 익숙한 목소리가 들려왔다. "네 안엔 별이 있어. 네가 길이야."

먼동이는 눈을 감았다. 어릴 적 어미오리 나르샤가 불러주던 노래가 떠올랐다. 노래는 별이 되어 어둠을 찢고, 그 길을 비추었다. 멀리서, 수천 마리 오리들이 날갯짓을 하고 있었다. 먼동이는 다시 날았다.

"나, 혼자가 아니었어. 그리고… 내 안에 길이 있었어."

그날, 그는 알았다. 진짜 길은 외부가 아니라, 마음 안에 있다는 것을.

바이칼 주변의 늪지 – 멈추고 싶을 때, 더 날아야 할 때

푸른 물결, 잔잔한 바람. 바이칼 인근의 늪지대는 평화로웠다. 바람은 따뜻했고, 풀은 무성했으며, 새소리는 포근했다. 먼동이는 잠시 하늘을 맴돌다 혼잣말처럼 중얼거렸다.

"여기서 멈춰도 되지 않을까… 너무 아늑해…"

길었던 비행, 얼어붙은 하늘, 수많은 고비를 지나온 그의 몸은 지쳐 있었다. 그때, 바람처럼 익숙한 목소리가 들려왔다.

"안 돼. 아직 도착하지 않았어."

어미오리 나르샤를 닮은, 노을이의 목소리였다.

"너는 날 때마다 성숙해지는 존재야. 멈추는 게 아니라, 나아가는 게 너야."

먼동이는 천천히 눈을 떴다. 늪은 아름다웠지만, 그의 날개는 하늘을 향해 있었다. 눈보라 속에서도, 그는 날았다. 방향은 북쪽, 하늘 끝이었다. 그 순간, 먼동이는 알았다. 진짜 쉼은 도착한 그날의 하늘에 있다는 것을.

바이칼, 그곳에 그들이 있었다 – 사는 일은, 나는 일

바이칼 호수. 얼음 위로 햇살이 쏟아지고 있었다. 먼동이와 노을이는 마침내 그곳에 도착했다.

"와… 바이칼이야." 노을이는 숨을 몰아쉬며 소리쳤다. "우리가 해냈어."

"그래… 우린 땅끝에서 대륙을 건넜어."

함께 날고, 함께 울고, 함께 견뎠던 시간들이 얼음 위에 스며들었다. 그때,

비어 있거든, 사랑으로 채워라

어딘가에서 따뜻한 목소리가 들려왔다.

"수고했다, 순례자들이여."

족장이었다. 늙고 지혜로운 눈빛으로 그들을 바라보았다. 먼동이는 고개를 들고 호수를 바라보았다. 그리고 깨달았다. '바이칼'과 '고천암'을 잇는 이 길은 끝이 아니라 시작이었다. 이제 그는 알았다. 하늘 높이 나는 일이, 바로 살아가는 일임을….

그들은 다시 다 함께 떠올랐다. 태극오리들의 '군무'가 시작되었다. 수만의 '태극 오리'들이 한 호흡으로 선을 바꾸며 춤을 춘다. 별들이 길을 내고, 바람이 흥을 돋운다. 장엄한 군무는 아침과 저녁마다 펼쳐지는 대자연의 축제다. '그들은 또 다시 날아오를 것이다. 먼 길을 떠나기 위하여'

동백꽃은

시들지
않는다

위령탑 위패실 앞이었다.

"할아버지 성함이 여기 있어요."

은서는 위령탑 안쪽 위패실에서 조심스레 손가락을 들어 한 이름을 가리켰다. 긴 세월, 진실을 밝히기 위한 외침은 멈춘 적 없었다. 2022년, 전남 구례 봉성산 자락에 여순사건 추모공원과 위령탑이 세워졌다. 그러나 희생자 가운데, 위패실에 이름을 올린 이는 겨우 262명. 모든 희생자의 이름을 다 올리기엔 더 많은 세월이 필요했다.

'전호식(1923~1948)'. 낯설면서도 어딘가 낯익은 이름 앞에서, 아버지는 말없이 고개를 숙였다.

"은서야, 이분은 네 할아버지야."

"돌아가셨어요?"

"응… 총에 맞아 억울하게 돌아가셨어."

아버지의 목소리는 먼지를 털듯 낮고 거칠었다. 입술 끝에 맺힌 침묵은 오래 묵은 회한 같았다. 무연고자의 자식이었다. 전종필은 자라면서 아버지의 이름을 한 번도 들어본 적이 없었다. 할머니는 늘 입을 닫았다.

"그 인간 이름, 다시는 꺼내지 마라."

마을 사람들도 눈을 피했다. '군사반란 가담자', '좌익 빨갱이' 자식. 그 말들은 그림자처럼 들러붙어 종필의 자라날 땅을 가로막았다. 아버지는 제사상에도, 가족사진에도 없었다. 어느 날, 동네 친구와 제삿날이 같다는 사실이 이상하게 느껴졌다. 같은 마을에서, 같은 날. 그 의문은 곧 풀렸지만, 그 끝은 달라지지 않았다.

"아버지, 당신이… 부끄러웠어요. 그게 제 기억의 전부였습니다."

그는 육군사관학교에 합격했지만, 신원조회에서 '불순한 배경'이란 낙인이 찍혔다. 합격통지서는 눈물로 젖은 손에 찢겨 나갔다. 공무원 시험에서도, 면접에서도 번번이 막혔다. 이름 석 자 앞에서, 그의 꿈은 늘 무너졌다.

어느 날은 성품이 좋다며 연락을 이어오던 맞선 상대가 며칠 뒤 돌연 연

비어 있거든, 사랑으로 채워라

락을 끊었다. 소문은 돌았다.

"빨갱이 집안과 혼사 못한다."

편지를 받았다. 2021년, 제2기 진실·화해를 위한 과거사 정리위원회에서 한 통의 편지가 도착했다.

'귀하의 부친은 당시 민간인으로 확인되었으며, 내란 행위와 무관한 희생자임을 알려드립니다.'

그날, 종필은 마음속 깊이 붉게 칠해졌던 무언가가 서서히 벗겨지는 듯한 기분을 느꼈다.

"민간인… 이라고?"

손이 떨렸다. 무죄였다는 사실은 억울함보다 슬픔을 데려왔다. 잃어버린 청춘, 잘못된 기억, 누명을 쓴 아버지. 그 모든 것이 허물처럼 스러졌다. 종필은 편지를 아내와 딸에게 건넸다. 그리고 말없이 위령탑으로 향했다. 그 정상부에는, 피지 못한 동백꽃 하나가 시들지 않는 봉우리로 조용히 피어 있었다.

첫 가족사진을 보았다. 편지를 받은 날 밤, 종필은 서랍 깊숙이 접어둔 오래된 흑백 사진을 꺼냈다. 가운데는 웃고 있는 어머니, 옆엔 아직 젖먹이였던 자신이 있었다. 그리고 그 뒤, 손끝만큼 잘려 나간 누군가의 어깨.

"여기에… 계셨던 거죠?"

다음 날, 은서에게 말했다.

"우리, 가족사진 한 장만 남겨둘까?"

위령탑 앞에서 셋은 나란히 섰다. 새로 접은 동백꽃을 손에 쥔 채. 위령탑 앞에서 사죄드렸다. 그는 땅 아래에서도 무연고자였다. 봉분도 없이, 풀숲과 나무뿌리 아래 백골로 남겨진 채 70여 년을 버티고 있었다. 차별은 흙 속에서도 멈추지 않았다.

DNA 감식 끝에 유해가 확인되었고, 마침내 봉안당에 안치되었다.

"아버지… 처음으로, 편히 불러봅니다."

종필의 목소리는 탑을 스치는 바람 속에 흩어졌다. 은서는 조심스레 무릎을 꿇더니, 색종이로 접은 하트를 위령탑 앞에 놓았다.

"할아버지, 이제… 편히 쉬세요."

그날, 나무들도 침묵 속에서 고개를 숙인 듯했다.

어머니의 유언을 들었다. 어머니는 말년에 병상에 누운 채로, 이름 대신 번호로 살아온 한 생을 조용히 회고했다.

"그 사람… 나쁜 사람은 아니었어. 그날도 너랑 눈 마주치고 나갔거든… 돌아오겠다고 했는데…"

그 말은 한밤의 번개처럼 종필의 기억을 갈랐다. 아버지를 향한 분노와 원망, 부끄러움은 사실 자신을 보호하기 위한 껍질이었는지도 몰랐다.

"그 인간이라고만 불러왔던… 그 사람이, 당신이었군요. 제 아버지."

아무에게도 하지 못했던 고백이, 마침내 아버지를 향했다.

추모식이 있었다.

'1948년 10월 19일 그날 그런 일이 있었다.'

2022년 여수·순천 사건 74주기 추모식에서 종필은 단상 위에 섰다. 뒷주머니에는 아버지의 무죄 판결 통지서가 접혀 있었다.

"이제야 진실이 밝혀졌습니다. 그러나 아버지는 돌아오지 않았고, 제 청춘도 되돌아오지 않았습니다. 우리는 기억해야 합니다. 침묵이 얼마나 잔인한 죄였는지를."

그날, 많은 이들이 울었다. 종필은 처음으로 고개를 들고, 가슴을 펴고, 천천히 걸어 나왔다. 은서가 그의 손을 꼭 잡고 있었다. 그 손에는 세월을 견딘 온기와 눈물이 함께 묻어 있었다. 그리고, 평화의 길로 나아갔다. 며칠 뒤, 종필은 위령탑 오솔길에 작은 돌들을 한 알씩 놓기 시작했다. 일흔넷. 억울하게 스러진 그 해의 숫자만큼. 그는 그것을 '화해와 공존'으로 가는 추모의 징검다리라 불렀다. 아이들이 그 돌에 그림을 그리기 시작했다. 하늘, 바다, 웃

　　　　　비어 있거든, 사랑으로 채워라

는 얼굴, 비둘기. 누군가 말했다.

"그게 치유입니다. 우리가 아는 대로, 우리가 사랑하는 대로 그려주는 것."

아직도 누군가의 아버지는 어느 숲속 어딘가 방치된 채 남아 있다. 진실은 드러났지만, 아픔은 아직 다 치유되지 않았다. 그러나 기억은 다음 세대로 이어지고, 우리는 그 기억 위에 작은 평화의 길을 놓는다. 그 길 위를 누군가 걸어갈 때, 비로소 치유는 시작된다.

이름을 부르는 사람들의 외침은 계속된다. 며칠 뒤, 종필은 여순사건 유가족회의 주최로 작은 간담회에 참석했다. 기억을 되찾은 자들, 아직 되찾지 못한 자들, 그리고 이름 없이 묻힌 자들의 후손들이 둥글게 앉아 있었다. 어떤 이는 아버지의 사진 한 장 없이, 어떤 이는 '도피자'라는 오명에서 가족을 지켜낸 이야기로 말을 이었다. 그리고 어떤 이들은 아직 아무 말도 할 수 없었다. 말보다 침묵이 더 정직한 이들도 있었다.

"우리 아버지도… 그날 그곳에 계셨어요."

마주 앉은 중년 여성이 조심스레 입을 열었다.

"같이 일하던 이웃들과 함께 있었어요. 돌아오지 못했죠. 이름조차 찾지 못했어요. 그래서… 오늘은 그냥, 그분들 이름 대신 제 이름을 부르러 왔어요."

종필은 천천히 고개를 끄덕였다. 그들의 이야기는 달랐지만, 말끝의 떨림은 같았다.

"그 이름들… 우리가 다시 불러줘야 하는 거죠."

그가 말했다. 누군가가 가슴에 품고 있던 종이 쪼가리를 꺼냈다. 검게 번진 연필 글씨. '김현석, 정필남, 전우식…' 그들은 돌아오지 못한 이름을 한 사람씩 불렀다.

"전호식."

종필이 마지막으로 아버지의 이름을 불렀을 때, 자기도 모르게 가슴이 뜨겁게 젖었다. 눈물이 한 사람씩의 눈가에 고였다. 그러나 울음은 울음으로만 끝나지 않았다. 그날, 그들은 처음으로 '고립된 아픔'이 아닌 '함께 부르는 기억'을 경험했다. 한 노인은 종필의 어깨를 가만히 토닥였다.

"우리는… 서로를 위해 살아남은 사람들일지도 모르지."

하늘로 편지를 보냈다. 다음 날, 추모공원 한켠에서는 작은 불꽃이 피어올랐다. 바람결에 연기는 하늘을 향해 흘렀다. 종필은 마지막 남은 종이조각을 태웠다. 종필이 처음으로 쓴 아버지에 대한 편지였다. 그 편지의 끝줄에는 자신이 평생 말하지 못했던 한 마디가 적혀 있었다. '아버지, 미안해요.'

그는 손을 모았다. 은서도 따라 고개를 숙였다. 불빛이 은서의 눈동자에 작게 반짝였다.

"아빠, 동백꽃은 왜 시들지 않아요?"

"그건… 누군가 계속 불러주니까. 기억해주니까."

숲속의 발굴단에 참여했다. 은서와 종필은 '여순 유해 발굴단'에 자원했다. 숲 속을 파헤치는 손끝이 떨렸고, 누군가의 무명 백골이 드러날 때마다 침묵은 더 무거워졌다.

"이름도 없이 죽는다는 게… 이렇게 무섭구나."

그날, 은서는 작고 낡은 단추 하나를 손바닥에 올려두었다.

"이건, 누군가의 옷이었겠죠?"

종필이 고개를 끄덕였다.

"그리고… 누군가의 인생이었을 거야."

발굴단은 한 무명인의 유해를 발견했고, 위령탑 한켠에 '알 수 없는 이름'이라 새겼다. 그러나 은서는 작은 편지를 써 넣었다.

'이름 없는 당신, 그래도 기억합니다. 역사는 당신의 편입니다.'

비어 있거든, 사랑으로 채워라

들국화는

누가
입히나?

바람이 분다

"당신, 오늘도 하우스 가야지?"

"응. 해 뜨기 전에 물 줘야 돼."

보성과 영선은 땅을 빌려 꽃을 키웠다. 국화꽃을 키우는 화훼 농가였다. 가진 건 많지 않았지만 웃음은 넘쳤다. 그러나 첫아이가 세상도 못 보고 떠난 날, 그 웃음은 사라졌다. 퇴원한 영선은 창밖만 바라봤다. 어느 날, 감잎이 바람에 흔들리는 걸 보며 말했다.

"여보, 바람… 보이지 않아도 있잖아. 사람 생명도 그래."

"뭐라고?"

"절대자가 하시는 것 같아. 우리 가정에 보내시기도… 데려가시기도."

그녀는 예배에 나가기 시작했다.

"거기까지 5킬로야. 어떻게 혼자 다녀?"

"괜찮아. 걸으면 돼."

보성이 짜증을 냈다.

"일도 많은데 예배까지 하겠다는 거야?"

"내 영혼의 쉼이 있는 곳은 거기야."

우울증을 극복한 것은 좋았지만, 예배당에 나가는 것을 두고 부부는 갈등했다. 결국, 영선은 가진 돈을 털어 동네에 예배당을 짓는 데 보탰다.

"형편이 이런데…"

"하나님이 하실 거야."

아이들은 태어나 자라고, 가난은 계속됐다. 보성은 지쳤고 반대했다. 그럴 때마다 영선은 말했다.

"꽃 좀 보세요. 새도요. 하나님이 입히고 먹이세요."

영선은 나보다 이웃을 먼저 챙겼다.

"이 옷, 저 아주머니 드려요." "쌀 좀 나눠요."

결국, 그녀는 병들었다.

비어 있거든, 사랑으로 채워라

"당신, 기침 심해. 병원 가자."

"좀 쉬면 괜찮아질 거야."

그러나 영양실조, 결핵… 그녀는 젊은 나이에 세상을 떠났다.

"여보… 꽃을 보세요. 누가 예쁘게 입히는지?"

영선의 마지막 말은 속삭이듯 희미했지만, 보성의 가슴을 깊이 적셨다. 세 아이를 품에 안고, 보성은 중얼거렸다.

"여보… 나, 어떡하지…"

그때, 그녀의 목소리가 더 가까이 들려오는 듯했다.

꽃은 누가 입히는가?

비가 새는 지붕 아래, 김보성은 허리 굽은 냄비를 들고 가스불에 불을 붙였다. 새벽 다섯 시였다. 아이들은 아직 자고 있었고, 바깥은 어슴푸레한 안개로 덮여 있었다. 쌀은 거의 바닥이었다. 그는 찬장 깊숙한 곳에 남겨둔 마지막 한 줌을 꺼냈다.

"이걸로 한 끼가 될까…"

혼잣말 같았지만, 벽에 걸린 아내의 영정사진이 들었을 것이다. 그날따라 그녀는 사진 속에서도 조용히 웃고 있었다.

아내가 떠난 지 세 해, 장사는 그날이 그날이었다. 트럭에 생필품을 싣고 외진 마을과 5일장을 돌았다. 그러다 어느 이웃 사람에게 털어놓은 적이 있었다.

"애들이요… 밥통째 들고 퍼먹어요. 쌀값도 만만치 않은데."

그리고는 잠시 웃었다. 입가에 고단한 미소가 스쳤다.

"그래도… 산 입에 거미줄이야? 먹이시고 입히시는 분이 계시겠죠?"

그 말을 하며 그는 아직 본인의 진심인지 아닌지도 몰랐다. 믿음이란, 가끔 너무 비현실적이라는 생각이 들었다.

막내는 열 살이었다. 등굣길에서 달려오던 오토바이에 치였고, 왼다리를 잃었다. 아이는 병원 침대에서 아버지를 바라보며 말했다.

"다리는 잃었지만, 아빠가 있어서 괜찮아."

그 말이 김보성을 무너뜨렸다. '괜찮다'는 말 안에 아이가 감당해야 할 모든 아픔이 들어 있었다. 어느 밤, 그는 세 아들을 불렀다. 불빛도 희미한 방에서, 말보다 침묵이 많았다.

"사람도 신도 우릴 버리는 것 같구나. 앞이 안 보여. 그냥… 같이 죽자."

첫째가 조용히 말했다.

"그럼 산으로 올라가요…"

산 중턱쯤 올랐을 무렵, 막내는 아버지의 등을 조용히 두드렸다.

"아빠… 아직도 같이 죽을 거예요?"

보성은 대답하지 못한 채 고개를 떨궜다. 등 뒤에서 들려오는 아이의 미약한 울음이 발걸음을 머뭇거리게 했다. 그들은 산을 올랐다. 오르막은 가팔랐고, 막내는 등 뒤에서 울먹였다. 아버지의 발걸음이 무거웠다. 한 걸음 내딛을 때마다 가슴이 미어졌다.

'이 길밖에 없을까?'

아버지는 등 뒤에서 조용히 흐느끼는 막내의 울음소리를 들었다. 산바람이 차갑게 불었고, 어느 순간 막내아들의 손이 아버지의 손을 꽉 잡았다. 정상에 오르자, "우리… 다 같이 살아요. 네?" 하고 말했다. 보성 씨는 품 안에서 김밥 두 줄을 꺼냈다. 삶의 결심은 그렇게― 찾아왔다.

도시로 이사한 뒤, 아이들은 사춘기를 겪었다.

첫째는 학교를 자주 빠졌다. 입을 다문 채, 주먹으로 세상을 설명하려 했다. 아버지를 대신하여 동생들을 지킨다는 책임감이 강했다. 그래서 동생들과 갈등을 빚을 때도 있었다. 그래도 가계부는 그의 몫이었다.

둘째는 말없이 공부했고, 집안일은 그가 대부분 해냈다. 성실하게 엄마의 빈 공간을 채워 나갔다. 밥과 반찬을 챙기고 세탁기를 돌렸다.

비어 있거든, 사랑으로 채워라

막내는 커다란 체구와 목발을 무기처럼 휘둘렀다. 친구들에게 책가방을 들게 했다. 학원 가려는 애들을 붙들고 함께 축구를 하게 했다. 친구들 위에 서야만 견딜 수 있던 것이다. 학교폭력자치위원회가 열렸다. 막내는 학교 옥상으로 올라가 "뛰어내리겠다!"고 반발했다. 그날, 막내는 옥상 난간에 선 채, 바람을 맞고 서 있었다.

"왜 날 이렇게 만든 거야…"

혼잣말은 하늘을 향했지만, 울음은 자기 자신에게 쏟아졌다.

"넌 왜 그러냐?" 어느 날 둘째가 막내에게 물었다.

"내가 안 그러면… 애들이 날 보고 웃어. 목발 때문에. 불쌍해서. 그런 것도 싫어."

그 말 앞에서 둘째는 입을 다물었다. 이웃들은 그 가족을 '문제 있는 집'이라 부르며 외면했다. 아이들은 외로웠고, 편견에 시달렸다.

매년 새해가 되면 온 가족이 산에 올랐다. 막내는 목발을 딛고 한라산에도, 지리산에도 올랐다. 그 사진이 '장한 청소년'으로 언론에 실리기도 했다. 그럼에도 막내는 외로웠다. 정상에 올라서도, 친구는 곁에 없었다. 누구도 그를 진심으로 이해하려 하지 않았다.

세월은 흘러도

세 아들은 각자의 길을 갔다. 첫째는 엔지니어가 되었고, 둘째는 군인이 되었으며, 막내는 공무원이 되었다. 막내는 때때로 창밖을 보는 습관이 생겼다. 바람이 불면 꽃이 흔들렸다.

"누가 꽃들을 아름답게 입히는지 알아요?"

마주하는 이에게 묻곤 했다. 막내는 이내 쑥스러워하며 고개를 돌렸다.

"아버지가 자주 하시던 말이에요."

어느 가을 오후, 김보성은 교회 마당에 앉아 꽃들을 바라보았다. 꽃은 아무도 보지 않아도 피어 있었다.

"그땐… 정말 끝인 줄 알았어요." 그가 말했다.

"그런데 말이죠, 지나고 보니… 항상 도우셨더라고요."

그의 눈빛은 평온했다. 누구도 알지 못하는 비바람 속을 지나온 사람만이 가질 수 있는 얼굴이었다. 꽃들을 아름답게 입히시는 이가, 사람인들 돌보지 않겠어요? 확신으로 가득했다. 나아갈 수 없고, 물러설 수도 없는 그때. 의지할 이 없고, 외로움에 지칠 그때. 곁에서 힘을 주시던 이를 그는 회상했다. 그때, 막내가 정장을 차려 입고 들어섰다. 봉투를 내밀며 말했다.

"제가 전국 수필경시대회에서 입상했어요. 아버지와 우리 집의 지나간 이야기를 썼어요. 아버시! 옷 한 벌 사 입으세요."

보성 씨는 아들을 껴안으며 세 아들과 산에 오르던 때를 떠올렸다. 그의 마음속에서 오래 묻혀 있던 뜨거운 눈물이 터져 나왔다. 세상 어디에도 없을 것 같았던 따뜻함이, 지금 여기 있었다.

누군가의 꽃이 되어…

예배를 마치고 집으로 향하던 보성 씨는 갑작스러운 뇌출혈로 쓰러졌다. 병원에서 뇌사 판정을 받자, 가족들은 깊은 슬픔 속에 그의 마지막 뜻을 떠올렸다.

"사람은 누군가에게 빛과 소금이 되어야 한다고 했지."

고통 속에서도 보성 씨가 남긴 희망을 살리기 위해, 가족들은 장기 기증을 결심했다. 그의 폐는 한 젊은이의 숨을 다시 열어주었고, 그의 삶은 이어졌다. 그의 시신 없는 장례식은 곧 끝났다. 막내는 조용히 아버지의 영정 앞에 섰다. 사진 속 아버지는 행복했던 날의 그 미소를 머금고 있었다. 막내는 잠시 입을 다물고, 창밖을 바라보았다. 창에는 바람이 스쳐 지나갔다. 막내아들의 눈빛에선 아버지의 사랑이 강하게 빛났다.

"꽃을 입히고, 새를 먹이신 분이 아버지와 함께하신 거예요."

그 말은 고백이었고, 또 기도 같았다. 눈물과 감사가 가족의 가슴을 적셨다. 그토록 힘들었던 시간들이, 한 줄기 빛으로 바뀌었다. 삶은 그렇게, 끝나지 않는 꽃처럼 피어났다. 첫째 아들이 울먹이며 말했다.

"나도 두 분처럼 믿음으로 살고 싶어…"

둘째가 아버지의 영정사진을 소중하게 챙겼다.

늙은

늑대가
울었다

젊은 시절 장노인은 몽골고원을 자주 여행했었다. 어느 날 밤, 장노인은 '오르(몽골침대)'에 기댄 채 잠들었다. 그는 꿈을 꿨다. 둘라안(따뜻한) 오올(산)이었다. 달 밝은 밤. 그는 바위 위에 선 늙은 늑대였다. 산 아래에선 인간들이 몰려오고, 말발굽, 총성, 개 짖는 소리가 어둠을 찢었다. 젊은 늑대들은 겁에 질려 뛰쳐나와 총에 맞았지만, 늙은 늑대는 굳게 입을 다문 채 굴 깊숙이 숨었다. 그리고 사냥꾼들이 다 떠난 뒤, 그는 조용히 바위 위로 올라가 울었다.

"다 죽고 나 혼자 남은 건 아닐까⋯"

그때, 동쪽 봉우리 너머에서 낯익은 울음소리가 들려왔다.

"나도⋯ 살아 있어⋯"

아내였다. 늙은 늑대는 그 울음소리에 안도했다. 늘 그렇게 살아남았다.

첫 번째 겨울이었다

장노인은 집 안의 모든 시계를 멈추었다. 그는 시간을 잴 필요가 없다고 생각했다. 이제는 추가 시간이었다. 아내가 떠나고 첫 번째 겨울이 오던 날, 그는 시계를 장롱 깊숙이 넣었다. 거실 소파 한쪽에 기댄 채, 장노인은 조용히 창밖을 바라보았다. 늦은 눈이 어설프게 내려와, 마당의 마른 흙 위에 얼룩을 남기고 있었다.

누군가 이 집에 찾아온 마지막 흔적은⋯ 딸 셋이 모였었다. '이제 아버지를 요양원에 모셔야 하지 않겠냐'는 말을 꺼냈었다. 그날 이후, 다시 발걸음은 없었다. 장노인은 자신이 첫 번째 겨울을 맞은 '늙은 늑대'라고 느꼈다. 무리는 모두 떠났다. 젊은 수컷들—그의 사위들—은 살아남기 위해 각자의 세계로 떠났다. 딸들 역시 더는 그를 중심으로 움직이지 않았다. 심지어 셋째 딸마저, 그가 일으켜 세운 회사에서 더는 그의 방식에 관심을 두지 않았다. 오직 이 집, 그리고 아내가 떠난 자리만이 아직 그를 기억해주고 있었다.

저녁이 되자 그는 식탁에 앉았다. 자신의 앞에만 밥을 놓고, 아내 자리엔 작은 접시 하나를 올려두었다. 거기엔 소금 한 꼬집이 올려져 있었다. 그것

비어 있거든, 사랑으로 채워라

은 그의 묵념이자 기도였다.

"잘 먹었어… 당신은?"

혼잣말. 대답은 없었다. 그는 조용히 자리에서 일어나 소파로 돌아갔다. 창밖, 달빛이 마당을 비추고 있었다. 아내가 살아 있었을 때도, 딸들이 이 집을 북적이게 했을 때도 이 달은 똑같은 자리에 있었다. 그러나 이제 그는 느낀다. 이제 모든 것이 조용해질 때가 되었다는 것을. 그는 조용히 눈을 감았다.

세 마리의 새끼늑대

장노인은 딸이 셋 있었다. 크게 다투지도 않았고 무난한 가정이었다. 다만 각자의 방식으로 그에게 기대고, 각자의 시점에서 효도라는 이름의 거리 두기를 실천하고 있었다. 그는 그들을 미워하지 않았다. 오히려 안도했다. 제때 독립했고, 손이 가지 않게 되었다는 사실은 그 자체로 부모가 이룰 수 있는 최선의 결과이기도 했으니까.

큰딸이 말했다. "아빠는 이제 쉬셔야 해요."

큰딸은 강릉 인근에서 펜션 사업을 하고 있다. 초창기 땅 계약부터 인테리어까지 장노인이 나섰다. 보증을 섰고, 자재 회사를 소개했고, 회사의 기사들을 주말마다 내려보내 공사까지 거들었다. 처음엔 적자가 났다. 그때도 장노인은 손해를 감수하며 운영 자금을 보태줬다. 하지만 지금은 꽤 잘된다. 온라인 예약도 꽉 차 있고, 언젠가부터는 SNS 광고도 프로답게 했다.

딸은 그렇게 자신의 세계를 구축한 뒤, 조용히 장노인에게 무심해져 갔다. 명절이나 어버이날엔 잘 포장된 선물 상자 하나가 택배로 도착했다. 예쁜 손글씨로 카드도 들어 있었다.

'아빠, 사랑해요. 아빠는 이제 쉬셔야 해요. 건강 꼭 챙기시고요!'

딸에게 그는 그냥 노인, 쉬어야 할, 조용히 있어야 할 대상이었다.

둘째는 고지식했다. 대학 시절엔 항상 정의를 외쳤고, 졸업 후엔 기술 중심의 창업 스타트업에 뛰어들었다. 그녀는 인공지능 드론 회사 대표와 결혼했고, 장노인의 회사에서 납품하던 렌즈 모듈을 바탕으로 드론용 부품 사업을 시작했다. 물론 그 기술 역시 장노인의 특허 중 일부였다. 양도 계약도 없었고, 저작권 비용도 지불되지 않았지만, 장노인은 아무 말도 하지 않았다. 오히려 초창기 몇 개월간은 원가 이하로 부품을 제공했다. 그러다 어느 날, 장노인이 조심스레 말했다.

"요즘 개발했는데, 해상도와 무게 모두 최적화돼 있어. 드론용으로 써볼 수 있을 것 같아."

딸은 정중히 대답했다.

"아버지, 지금은 기술민으론 안 돼요. 투자자들 눈에는 시장성과 확장성, 브랜드가 더 중요해요."

그녀는 웃으며 말을 이었다.

"기술이 전부였던 시대는 끝났어요. 아버지 세대는 정말 위대했지만… 지금은 좀 달라요."

장노인은 아무 말도 하지 않았다. 그녀는 아버지를 존경했지만, 그 존경은 더 이상 현실의 존중이 아니었다. 그에게 자문을 구하는 일은 점점 줄어들었다.

셋째는 끝까지 장노인의 회사를 물려받고 싶어했다. 다른 자매들이 사양할 때, 그녀만이 말했다.

"이건 아빠가 만든 회사잖아. 내가 아니면 누가 지켜요?"

장노인은 그 말에 흔들렸다. 그래서 그녀에게 경영권을 넘겼다. 경력도 부족했고, 이해도도 낮았지만, '가족 경영'이라는 명분으로 그녀는 대표 자리에 앉았다. 결과는 참담했다. 부품 가격 계산 하나 제대로 하지 못했고, 거래처와 납품 일정도 자주 엉켰다. 심지어 신기술 특허 등록도 늦어졌다. 결국 회사는 부도 직전까지 갔다. 그때, 장노인은 다시 나타났다. 병든 아내를 간병하던 손을 멈추고 그는 다시 책상 앞에 앉았다. 그는 무너진 회사를 다시 세웠다. 그러곤 딸에게 마지막으로 말했다.

비어 있거든, 사랑으로 채워라

"이제는 네가 알아서 해라. 다시는 돌아오지 않을 거다."

그 후로, 딸은 더 이상 그에게 묻지 않았다.

따로, 또 같이

세 딸은 모두 독립했고, 성공했고, 그리고 동시에 장노인을 필요로 하지 않게 되었다. 그들은 효자손처럼 멀리서 그를 위했다. 돈을 보내고, 도우미를 붙여주고, 거처를 논의했다. 하지만 정작 장노인이 바랐던 건 가끔의 전화, 한 잔의 차, "아버지, 요즘 뭐 해요?"라는 현실적인 질문 정도였다. 그마저도 없었다.

늙은 손과 도면

장노인의 손은 예전 같지 않았다. 십여 년 전만 해도 0.01mm 단위의 오차도 눈으로 잡아냈고, 현미경 앞에서 3시간씩 앉아 있어도 손 하나 떨지 않았다. 하지만 지금은 볼펜 하나 잡을 때도 손가락이 약간씩 흔들렸다. 도면을 그릴 때, 선이 비틀린다. 그래도 그는 계속 그렸다. 요즘 사람들은 3D CAD를 쓰고, 시뮬레이션으로 해상도도 미리 뽑지만, 장노인은 여전히 손으로 그린다.

"머릿속에 있는 걸 종이에 옮겨야 확신이 생겨."

그는 그렇게 말했다.

요즘 들어 자꾸 생각나는 부품이 있었다. 광시야-초소형-자율각도 조절 렌즈 모듈 — 장노인이 수십 년 전부터 아이디어만 가지고 있던, 아직 누구도 완성하지 못한 기술. 그는 그것을 '늑대의 눈'이라 불렀다. 멀리 보고, 넓게 보고, 방향을 바꿔도 초점이 흐트러지지 않는 눈. 드론, 자율주행차, 위성 탐지기… 어디든 쓸 수 있는 기술이었다. 그 기술을 완성하면 자신의 생애를 한 문장으로 요약할 수 있을 것 같았다.

"모든 것을 어디서든 정확히 본다."

그날 오후, 장노인은 오래된 도면지 한 장을 펴고 앉았다. 삼각자 위에 손을 얹었지만, 손가락이 떨렸다. 그는 스스로를 다잡으며 천천히 첫 선을 그었다. 종이에 '사각 틀'이 하나 생겼다. 그 안에 렌즈의 구조와 모터의 배치를 떠올렸다. 그는 도면지 아래에 다음과 같이 썼다.

'럭셔리-7 프로젝트 – 늙은 늑대의 마지막 눈.'

밤늦게까지 불을 켜둔 작업실 안. 설계 노트와 낡은 연필 사이로, 아직 미완의 도면이 펼쳐져 있었다. 그 도면 위에서, 노인의 손은 천천히, 그러나 확고하게 움직이고 있었다.

늑대의 법칙

젊은 시절의 그는 정면승부를 두려워하지 않는, 그리고 위기일수록 더욱 냉정하고 도전적인 전략가였다. 그는 80년대 말, 일본의 정밀 광학 기업과 정면으로 부딪혔다. 수입 부품 의존도가 90%를 넘던 시절, 그는 스스로 초소형 카메라 렌즈를 만들겠다고 선언했다. 사람들은 미쳤다고 했다. 일본 기술은 40년 앞서 있었고, 자본도, 인프라도 부족했던 한국에선 무모한 도전이었다.

하지만 장노인은 만들었다. 검은 셔츠에 연탄가루 묻히며 직접 공장을 돌고, 밤새 설계 도면을 고치며, 마침내 첫 국산 렌즈 모듈을 완성했다. 그는 그 시절을 이렇게 회상했다. 기술은 도망치는 자의 것이 아니다. 끝까지 물어뜯는 자의 것이지. 그가 만든 렌즈는 한일합작 자동차에 처음 탑재되었고, 이후 몇몇 국산 모델에도 들어갔다. 그때부터 장노인은 업계에서 '늑대'라 불렸다. 조용히 움직이지만, 한 번 물면 절대 놓지 않는 기술자.

중국의 파상공세

2000년대 초, 중국 기업들이 몰려왔다. 값싼 인건비, 대량생산, '짝퉁'이라 비웃기엔 기술 격차도 빠르게 좁혀지고 있었다. 국내 거래처는 중국산 부품으로 교체를 시작했다. 장노인의 회사도 수주가 반 토막 났다. 그때 많은 동료들이 중국 OEM으로 돌리자고 했다. 하지만 그는 말했다. "기술을 손에서

비어 있거든, 사랑으로 채워라

놓는 순간, 늑대는 개가 된다." 그는 연구실에 불을 다시 켰다. 그해 겨울, 국내 최초의 적외선 필터 일체형 렌즈를 개발했고, 이듬해, 다시 수출선을 열었다.

경쟁은 이기는 것이 아니라 끝까지 살아남는 것이었다. 밤이 깊어지면 장노인은 작업실에서 노트를 펼치곤 했다. 그리고 과거의 전투를 하나씩 꺼내 적었다.

성탄 전야

오늘은 늑대의 법칙을 떠올린다.

첫째, 물려도 짖지 말 것. 둘째, 싸움을 피하지 말 것. 셋째, 이겨도 자랑하지 말 것. 그리고 물러날 땐 조용히, 그러나 완벽하게 떠날 것.

장노인은 요즘 들어 기술이 아닌, 품위에 대해 생각했다. 그는 승자였고, 싸움을 피하지 않았지만, 이제는 마지막 울음을 준비해야 할 때였다. 그는 자신이 이 세상을 떠난 뒤에도 누군가가 그의 도면을 보며, 이 문장을 이해하길 바랐다.

'늙은 늑대는 조용히 물러나지만, 그가 남긴 길은 절대 잊지 않는다.'

메울 수 없는 아내의 자리

장노인이 아내를 처음 만난 건 스물다섯이었다. 군 제대 후 야간 대학을 다니며 기술서적을 들고 다니던, 어깨 좁고 눈빛만 반짝이던 시절이었다. 그녀는 당시 공장 경리로 일하던 여성이었다. 대표보다 먼저 출근하고, 누구보다 깔끔한 필체로 장부를 쓰던 사람. 장노인은 말이 없는 편이었지만, 그녀 앞에서는 괜히 말이 많아졌다.

"이거, 나중에 광학 센서에 쓸 수 있는 구조야. 요즘 일본 놈들 자료 보면서 연구 중인데…."

그녀는 조용히 고개를 끄덕이며 말했다.

"잘하시네요. 그거 만들면 부자 되겠네요?"

그때 그녀는 그의 꿈을 비웃지 않았다. 그것이면 충분했다. 그녀는 늘 그의 첫 번째 독자이자, 유일한 관객이었다. 새로 만든 도면을 보여주면 그림이 예쁘다고 했고, 자신의 눈에선 보이지 않는 기술이라며 손뼉을 쳤다.

"나는 몰라도, 당신은 아는 거잖아. 그거면 되지."

장노인은 그 말이 자신의 인생에서 가장 큰 신뢰였다고 생각했다. 그러나 그녀는 10년 전부터 점점 사물의 이름을 잊어가기 시작했다. 처음엔 장난처럼 말했다.

"그거 이름이 뭐였더라? 나는 자꾸 헷갈려."

그러나 시간이 흐르면서, 그녀는 식사 후 수저를 씻는 법을 잊었고, 밤이면 집이 낯설다고 울었다. 장노인은 간병인을 붙이자는 딸들의 제안을 거절하고 스스로 돌보겠다고 했다.

"내 손으로. 사랑했던 사람은… 내 손으로 보내야 해."

그는 아내의 양치질을 도와주고, 식사를 떠먹여 주며, 침대 옆에서 도면을 그리듯 정성껏 간병했다. 어느 날 밤, 그녀는 그의 품 안에서 조용히 숨을 거뒀다. 별다른 고통도 없었다. 의사가 말하길, 아주 평온한 이별이었다.

하지만 장노인은 그날 이후 그 어떤 평온도 느낄 수 없었다. 그가 지금 앉아 있는 거실 한편, 그녀가 앉았던 자리엔 오래된 담요와 그녀의 수첩이 하나 남아 있었다. 수첩 마지막 페이지엔 삐뚤한 글씨로 한 문장이 적혀 있었다.

'광학은 눈을 위한 것이고, 당신은 내 눈이었어요.'

굴 속에서 웅크리다

아내가 세상을 떠난 후, 장노인은 집 안을 비우는 대신, 오히려 더 깊이 들어갔다. 그의 작은 작업실은 이제 굴처럼 변했다. 외부 세계와의 연결은 점점 끊어졌다. 딸들이 찾아오면 인사를 건네고, 잠시 눈빛을 주고받았다가, 곧 다시 자신의 공간으로 들어갔다. "괜찮다"는 말이 입에서 나왔지만, 그 마음은 누구보다 무거웠다. 주변 사람들은 걱정했다.

비어 있거든, 사랑으로 채워라

"아버님, 혼자 계시는 게 위험합니다." "도우미를 더 붙여야 해요." "병원에 가서 치료도 받으시고요."

하지만 장노인은 조용히 말했다.

"늙은 늑대는 숲속 깊은 굴에서 스스로 시간을 견뎌내는 법을 안다."

그날 밤, 눈이 내렸다. 고요한 하얀 눈 속에서 장노인은 문득 몸이 약해지는 걸 느꼈다.

"내일 아침도, 일어날 수 있을까…"

그는 창밖을 보며 속으로 중얼거렸다.

"그래도, 한 번만 더, 늑대처럼 울어 보자."

그는 천천히 자리에서 일어나 옛 도면 하나를 꺼내 들었다.

"마지막 눈, 럭셔리-7."

그리고는 어둠 속으로 깊게 빠져들었다.

깊은 꿈속에서 길을 찾다

꿈속인가? 달빛이 산 정상의 바위를 은은히 비추고 있었다. 하얀 눈이 소복이 쌓인 돌 위에, 장노인이 조심스레 올랐다. 밤바람이 차가웠지만, 그는 오래전부터 그리워하던 곳이었다. 젊은 시절 사냥터였고, 아내와 함께 걸었던 길이었다.

그는 몸을 웅크리고, 늑대처럼 조용히 울었다. 그 울음은 한 세기의 투쟁과 사랑, 기술과 가족, 그리고 고독의 무게였다. 멀리서 마을 개들이 컹컹 짖었지만, 그는 개의 울음과는 달리, 한 생의 끝자락에서 우는 늑대였다. 그의 딸들이 멀리서 지켜보고 있었다.

"아버지…"

"괜찮으신가요…"

하지만 그들은 말없이 기다렸다. 아버지의 울음에 답하듯, 밤하늘의 별들이 반짝였다. 장노인은 눈을 감았다. 그는 말했다.

"이제, 이 늙은 늑대도 평안을 찾으려 한다."

다음 날, 딸들은 아버지의 작업실에서 낡은 노트를 발견했다. 수십 년 동안 쌓인 도면과 메모, 그리고 마지막 페이지에는 이렇게 적혀 있었다.

'내 소유가 있다면 종이 한 장이라도 과학도들에게 돌아가도록. 늙은 늑대가 마지막으로 남기는 말. 기술은 이어지고, 사랑은 기억된다.'

장노인의 삶은 그렇게 마무리되었지만, 그가 남긴 기술과 사랑은 딸들과 그를 기억하는 모든 사람들의 마음에 남았다.

비어 있거든, 사랑으로 채워라

평일도 1

주 선생은 평일도를 빠져나와 당목항에 도착했다. 잔잔한 파도 위로 닻을 내린 어선들이 물결에 가만히 흔들렸다. 또 한 주의 섬 근무를 마치고 집으로 돌아가는 길이었다. 차 안엔 땀 냄새와 바닷바람이 묘하게 뒤섞여 있었다. 삼거리에서 광주 쪽으로 핸들을 꺾으려던 순간, 전화벨이 울렸다.

"삼촌… 저, 나왔어요. 혹시 데리러 와 주실 수 있어요?"

목소리가 희미하게 떨렸다. 목포 파출소였다. 파출소에서 휴대전화를 빌렸다고 했다. 이제 막 교도소를 나온 주일. 소년원, 보호관찰, 그 수많은 탈선과 귀환. 그에게 '어머니'나 '아버지'라는 말은 허공에 쓴 글자에 지나지 않았다. 하지만 그 아이가 "삼촌"이라고 부를 때만큼은 진심과 기대를 담았다. 주 선생이 오랜 세월 그 아이 곁에 머물러 온 이유였다. 그의 '삼촌'이라는 호칭에 실망을 주고 싶지 않았었다.

주 선생은 차창에 비친 얼굴을 물끄러미 바라보았다. 쉰 중반의 얼굴이, 그날따라 유난히 지쳐 보였다. 이제는 단호하게 말해야 하는 게 아닐까. 이제 네 몫의 인생을 살라고. 더 이상 갈 수 없다고. 그게 옳은 일 같았다. 그럼에도 손이 스르르 핸들에서 내려왔다. 그러나 끝내 차를 목포 쪽으로 돌리고 말았다. 절벽에서 내미는 손을 거절할 수는 없다는 듯이.

그날 밤, 다시 당목항의 허름한 모텔 방. 바닷바람이 틈새로 스며들어 커튼을 흔들었다. 형광등 불빛이, 주일의 고개 숙인 얼굴을 희미하게 비췄다.

"이제 너 혼자 설 나이다. 고아라고 해서 계속 주눅 들면 안 된다."

주일은 오래도록 아무 말이 없었다. 마음이 타들어갔다.

"… 알겠어요."

다음 날, 주 선생은 섬마을 이장들에게 전화를 돌렸다. 마침 편의점 직원 자리가 비어 있었다. 숙식이 가능했다. 차가 없는 주일을 위해 사장의 조카, 미정이 출근을 도와주기로 했다. 미정은 도시에서 대학을 마치고 꿈이 있어 섬에 돌아온 청년이었다. 처음엔 말도 잘 붙이지 않았다.

비어 있거든, 사랑으로 채워라

어느 날, 포장마차에서 소주잔을 비우며 고개를 떨궜다.

"나도 여기서 일어서려는 거야. 육지에서 더 쉬운 길 말고… 다른 방법으로."

그 말이 주일의 가슴에 오래 남았다. 청년이 섬에 남아 있다는 게, 그때는 이해가 잘되지 않았다.

주일은 처음 몇 달은 열심히 근무했다. 새벽마다 편의점 셔터를 올리면 낡은 먼지 냄새가 훅 치고 나왔다. 통장을 열어 숫자를 볼 때면 일하고 있다는 느낌이 들었다. 그러던 어느 밤, 주일에게 전화가 걸려왔다. 낯선 번호였다.

"야, 얼굴 좀 보자. 네가 그래도 의리 있잖아."

주일은 육지의 터미널로 나갔다. 주차장 한켠에 검은 SUV가 서 있었다. 선배들이 담배를 물고 문을 반쯤 연 채 그를 기다리고 있었다. 차 안에서 음악이 요란하게 쏟아졌다. 빛에 반짝이는 손목시계와 반지, 그리고 허공에 걸린 담배 연기. 그 모든 게 너무 익숙했다. 그의 지난날과 구별되지 않는 풍경.

"차만 훔치면 돼. 너 그때도 잘했잖아."

선배의 손이 그의 어깨를 눌렀다.

"네가 없으면 안 돼. 우리끼리는 다 알잖아."

주일은 웃으려 했으나 입소리가 굳었다. 목구멍에 납덩이 같은 것이 걸려 대답이 나오지 않았다.

'또 이 길인가. 이번에도 못 벗어나는 건가.'

술자리를 몰래 빠져나와 터미널 벤치에 앉았다. 담배를 피웠다. 손끝이 저릿하게 떨렸다. 형들에 대한 분노가 불같이 타올랐다. 주머니 속에서 미정의 번호를 꺼내 쥐었다.

"… 또 그쪽으로 기울면, 너는 아니야. 알지? 힘들면 연락해."

그 말이 귓가에서 되살아났다. 주일은 눈을 감고 말았다. 스스로 어디로 가고 싶은지 알고 있었다. 다른 길은, 누구라도 부끄럽게 생각하는 길이었다. 그는 주 선생에게 전화를 걸었다.

"삼촌… 저, 이번엔 진짜 어떻게 해야 할지 모르겠어요."

잠시 정적이 흘렀다. 바다 건너 불빛이 검은 물결 위에서 흔들렸다.

"다시 섬으로 들어오든지, 아예 떠나든지. 결단해라."

그날 밤, 주일은 다시 평일도 가는 배의 계단을 올랐다. 평일도의 저녁 바다는 잿빛 안개로 숨을 고르고 있었다. 등대 불빛이 어디에도 속하지 못한 자들을 부르는 것 같았다.

새벽마다 운동장을 달렸다. 숨이 목구멍 끝까지 차올랐다. 그러다 문득, 이 고동이 사신을 조금씩 바꾸고 있다는 걸 느꼈다. 보호관찰관의 면담과 함께 사회봉사명령을 실행하게 되었다.

어느 날, 사회봉사를 마치고 항구에 들어섰다. 매표소 앞에 초면의 남자가 서 있었다.

"섬에 들어가시나요?"

남자가 고개를 들었다. 눈이 잠시 반가움에 흔들렸다.

"네… 섬에서 차 좀 태워주시면."

"조일우입니다. 평일도는… 스무 해 만이네요."

배에 올랐다. 평일도에 도착 후 조일우는 오래된 초록 대문 앞에 차를 멈춰 세웠다.

"저 집이에요. 어머니가 사시던 곳. 스무 살에 와 봤는데… 차마 문을 못 열었어요. 그날부터 매번 이곳에 오길 두려워했어요."

주일도 식료품을 배달하던 집이었다. 그는 오래된 통장을 꺼내 내밀었다.

"언젠가는 어머니가 죄책감에서 벗어나시길 바라면서… 혹시 그분을 만나면 이걸 전해주세요. 비밀번호는 제 생일이에요."

주일은 일우가 그토록 그리워하는 '어머니'에 대한 아무런 기대가 없었다. 그런데, 언젠가 나도 일우처럼 누구를 기다리는 사람이 될까 두려워졌다. 헤어지기 전, 일우가 마지막으로 말했다.

비어 있거든, 사랑으로 채워라

"스카이다이빙을 하면 목적지에 착지할 확률이 20퍼센트도 안 되더군요. 그래도… 뛰어내리는 순간, 살아 있다는 걸 느껴요."

주일은 잠시 숨을 골랐다.

"20퍼센트면… 그래도 해 볼 만한 확률이네요."

그날 밤, 그는 다시 주 선생에게 전화를 걸었다.

"삼촌… 저, 이번엔 잘 해 볼게요. 진짜로, 평일도에서, 그리고… 매주 한 번만 와 주세요."

그가 와 줄 거라는 걸, 주일은 알고 있었다.

어느 날 저녁, 바닷가에서 구운 생선을 나눠 먹던 자리였다. 주일은 바다로 시선을 두고 있었다. 주 선생은 조용히 말을 꺼냈다.

"나하고 예전에 승용차로 전국 일주하던 기억나니?"

주일이 추억이 생각난 듯 고개를 들었다.

"그럼요, 삼촌. 7번 국도 타고 강원도 고성까지 갔다가, 서해안 타고 내려왔잖아요."

"그때는 너에게 거는 기대가 컸다. 대통령 생가, 시인의 집, 역사적 인물, 위인의 유적지, 너에게 감동이 될 만한 곳은 나 들렀다. 네가 진로를 찾도록. 너는 체육시설, 스포츠 파크, 축구 경기장에 관심이 있더구나. 그리고 오늘 너에게 하고 싶은 이야기를 해야겠어. 아내가 실험에 전념한다고 임신중절 수술을 했었다. 실험은 화학약품 사용이 많거든. 나는 고민했지만 허락했었고. 난 임신 중절 수술이 생명과 관련된 문제라는 인식이 약했어."

주일이 눈을 동그랗게 떴다.

"임신 14주 이내는 일반적으로 허락되잖아요?"

"14주엔 사람의 형태를 갖추기 때문일 거야. 훗날 태아를 제거하는 동영상을 보게 되었지. 난, 기절할 뻔했어. 그건 살인과 같다고 느껴졌어. 그리고 죄책감. 아내에게 아무 일 없던 것처럼 살라 했지만, 내 마음은 그날에 멈춰 있었다."

잠시 적막이 흘렀다.

"그래서 그때 잃은 한 생명을 키워내자고 생각했고, 고아원 봉사를 시작했어. 그 후로 너를 만나게 된 거야. 네가 '삼촌'이라고 부를 때마다… 다시 살려낸 것 같은 마음이 들었어."

주일은 아무 말 없이, 숟가락을 내려놓았다. 그의 마음속에서도 오래된 고통이, 조용히 고개를 들고 있었다.

"삼촌. 보상의식?"

"처음 동기는 그랬어. 나중엔 순수하게 네가 좋았고."

"그런 얘기를 이제야 하세요?"

"이제는 말해도 이해할 나이가 된 것 같아서."

그날 밤, 주일은 괜한 말을 했나 싶었다. 꿈속에서 그는 여전히 평일도의 새벽 바다를 달리고 있었다. 하지만 이번엔, 혼자가 아니었다.

미정은 주일이 돌아왔다는 소식을 듣고도 쉽게 웃지 않았다. 눈길조차 마주하지 않으려 했다. 모르는 사람보다 더 쌀쌀맞게 대한 듯싶었다. 출퇴근 카풀도 바쁘다고 마다해서, 사장님이 대신했다. 그랬던 미정이지만 주일이 찬양 연습에 열심하자, 꽁꽁 싸맸던 마음을 드디어 열었다. 어느 날, 찬양대 연습을 마치고 돌아오는 길에 말했다.

"나도 알아. 이번엔 함께 버텨 보자. 끝까지 섬에서."

새벽 바다는 여전히 깊은 어둠으로 출렁졌다. 그물 위에 널린 다시마에서, 바람에 실린 소금 냄새가 퍼졌다. 주 선생은 유자밭을 지나 느릿하게 '큰산'을 올랐다. 정상 표지석에 걸터앉아 앞바다를 내려다보았다. 다시마 양식장 너머로, 큰 배에 가득 실은 다시마를 작은 배에 나눠 싣고 있었다. 작은 배들은 여러 항구를 향해 흰 물살을 달고 달렸다. 작은 항구에서는 자갈밭으로 트럭이 다시마를 실어 날랐다. 트럭에 실린 젖은 다시마를 인부들이 자갈과

비어 있거든, 사랑으로 채워라

그물밭 위에 펼쳤다. 다시마 한 가닥도, 온 동네가 함께 만들어 가는 것이었다.

멀리서 아침 해가 떠올랐다. 주일은 숨을 들이마셨다. 가슴이 묵직하게 부풀었다. 언젠가 '주일 자신'도 누군가의 삼촌이 될 수 있을 것 같았다. 그 생각이, 처음으로 묵직하게 다가왔다. 평일도의 바다는 언제나 그 자리에서 누구나 품어 주었다. 그리고 이번에도, 그는 그 안에 서 있었다.

찜질방에서 삼촌에게 도와 달라고 전화할 때가 생각났다. 날마다 배고프고 비참했다. 수없이 반복했었다. 택배회사에서 번 돈을 형들에게 빼앗기던 아픈 기억도 있었다. 라면 한 그릇이 얼마나 그립던가? 찜질방의 하룻밤은 얼마나 평안하던가? 그러나 이젠 일어서리라. 모든 방황을 끝내리라. 하늘의 금빛 햇살이 눈부시다.

어느 날 저녁 퇴근길. 달빛이 물든 바닷가를 따라 천천히 걷던 길. 둘 사이엔 짧고 느린 침묵만이 걸음을 맞췄다.

"주일아." 미정이 먼저 입을 열었다.

"내가 여기로 돌아온 건, 그냥 고향이 좋아서가 아니었어."

주일은 걸음을 멈추고 그녀를 바라봤다. 미정은 바다를 향해 등을 돌리고 있었다.

"서울에서 나… 병원에 있었어. 정신과." 그녀는 담담하게 말했다.

"불면증, 공황장애, 죽고 싶다는 생각을 수도 없이 했고."

잠시 말을 멈췄다가, 다시 이어갔다.

"병원 침대에 누워서 천장만 보던 날들이 몇 달은 됐어."

주일은 아무 말 없이 서 있었다. 그녀의 어깨가 아주 조금, 떨리고 있었다.

"사람들이 말했어. '그런 병은 네가 약해서 그래.' 그래서 그냥 나왔어. 도망처럼. 근데… 그게 아니라, 나 다시 살아 보고 싶었거든."

미정이 고개를 들었다. 눈동자에 밤바다가 일렁였다.

"그러니까 널 쉽게 판단할 수 없었던 거야."

그 말에, 주일의 가슴 한켠이 이상하게 아려왔다. 자신도 오래도록 그런 시선을 견디며 살아왔기에.

"나, 사실은 너 보면 겁났어."

"왜요?"

"내가 잘 버틴 게 맞는지, 자꾸 묻게 되니까. 네가 이렇게까지 버티는 거 보면."

미정은 작게 웃었다. 주일도 웃었다. 그 웃음에 따뜻함이 깃들어 있었다.

"근데요. 버틴다는 건… 그냥 살아 있는 거죠." 주일이 말했다.

"맞아. 살아 있는 거." 미정이 고개를 끄덕였다.

달빛이 그들 머리 위로 조용히 내려앉았다. 파도는 여전히 귓가를 스쳤다. 그날 밤, 둘 사이엔 어떤 말보다 깊은 무엇이 흐르고 있었다.

"이 얘기를 내가 왜 했는지 모르겠네…" 미정이 머쓱해했다.

그해 여름, 주일은 마을 청년들과 새벽마다 운동장을 달렸다. 전국 생활축구대회를 향한 연습이었다. 바닷바람을 가르며 달리는 그 순간, 주일은 누구보다도 건실한 청년이었다. 주일이 공격수로 가세하자 팀은 더욱 탄탄해졌다. 지역 예선에서 뜻밖의 우승 소식이 전해졌다. 편의점 손님들조차 "그 선수가 맞냐"며 눈을 반짝였다. 미정은 음료수를 건네며 슬며시 웃었다.

"축구하는 모습을 보니까 이제 좀 사람 같아."

도 대표 선발전을 앞두고, 주 선생과 주일은 고깃집에서 만났다.

"청년들이 네 플레이를 보고 진짜 선수가 왔다고 흥분하더라. 네가 그렇게 잘 뛰었다며? 몸 안 다치게 조심해라."

그 말에 주일은 미소 지었다.

"삼촌, 제가 시설에 있을 때 청소년 전국 대표로 뛴 것 아시잖아요?"

"그래서, 너를 고깃집에서 만나 격려하는 것 아니냐?"

둘은 유쾌하게 소리 내어 한바탕 웃었다. 여기저기서 격려의 초청이 있었다. 전복 양식을 하는 수비수 형이 주일을 전복 양식장으로 불렀다.

　　　　　　　　비어 있거든, 사랑으로 채워라

"어떻게 가요?"

"소형 모터배로."

아침 바다에 햇살이 부서지며 물결을 따라 반짝였다. 바다 양식장은 잔잔했고, 수면 아래로 수만 마리의 전복이 자라고 있었다.

"무얼로 밥을 줘요?"

"길게 자란 다시마."

다시마가 물속으로 가라앉았다. 곧이어 케이지에 붙어 있던 전복들이 느릿느릿 움직였다. 전복들은 부드러운 발을 뻗어 다시마 조각을 더듬었다. 끈적한 혀처럼 보이는 발이 다시마를 감싸고 천천히 입으로 끌어당겼다. 기척도 없이 진행되는 식사. 다시마는 조금씩 씹히고 찢기며 사라져 갔다. 수조엔 다시마 향과 바닷물이 뒤섞인 냄새가 퍼졌다.

"이렇게 10개의 수조에 밥을 주어야 해."

형은 익숙한 발길로 다음 수조로 이동했다. 전복을 살찌우는 시간, 그들이 먹는 것을 보며 생명을 느꼈다.

"설날 새벽에도 전복에게 밥을 주어야 해."

누군가 자리를 지켜야 한다고 했다.

"형, 생명을 키우는 일은 사명감 없인 할 수 없겠네요."

"사람이나, 가축이나, 해조류나 먹고 자는 일은 똑같아."

바다 위 어장엔 생활할 수 있는 조그만 집이 있었다. 형은 잡아둔 장어와 전복을 썰어 한 상을 차려 주었다.

"형, 이렇게 진심으로 대해 주셔서 감사해요."

"이제 우린 가족 아니냐?"

전국생활축구대회 결승전. 전국대회는 출중한 팀들이 많았다. 팀은 최선을 다했지만 석패했다. '1:0'. 모두가 기적을 바랐지만 그렇게 우승을 놓치고 말았다. 하지만 선수들과 어깨동무를 하고 노래 부르는 주일. 그를 바라보는 관중 속 미정, 주 선생의 눈에 이슬이 맺혔다. 우리에겐 내년이 있다며 관중석을 바라보며 위로하던 주일이었다.

"이제, 실패해도 쓰러지지 않는 놈이 되었구나." 주 선생이 안심한 듯 말했다.

"우승한 것보다 더 멋지네요." 미정이 감동해서 말했다.

또 봄이 깊어갔다. 평일도 해변은 해당화가 지천이었다. 해변을 따라 파도가 밀려왔다 밀려갔다. 끝없는 해변을 주일과 미정이 걷고 있었다.

"누난, 언제가 제일 행복했어?"

"지금. 현재가 천연색이라면, 어릴 땐 회색빛이랄까? 닌, 시설에 있었다지만 난 가정에 있었어."

미정은 중학교 2학년 때, 집을 나왔다. 어느 밤, 거실에서 깨진 유리창 소리와 함께 아버지의 고성과 어머니의 울음. 아버지는 술에 취해 소리를 질렀다. 어머니는 이불을 뒤집어쓰고 소리 죽여 우셨다. 그 좁은 집 안에서, 미정은 점점 작아졌다. 아무리 공부를 잘해도, 아무리 착한 딸이어도, 그 누구도 달라지지 않았다. 더는 견딜 수 없었다.

그날 밤, 고요한 새벽 첫차를 타고 서울로 향했다. 처음 며칠은 찜질방과 지하철역을 전전했다. 그러다 만난 아이들이 있었다. 패딩 하나를 열댓 명이 돌려 입고, 편의점 삼각김밥을 반씩 나눠 먹는 아이들. 하나같이 가정에 상처가 있었다. 폭력을 피한 아이, 방치된 아이, 집이 싫다는 이유 하나로 나온 아이.

"너는 왜 나왔어?" 누군가 물었을 때, 미정은 대답하지 못했다.

"그냥, 너무 지쳐서. 살아 있는 게 숨 막혀서."

그래도 그들 사이에서 이상하게 위로를 받았다. 어떤 날은 이대로 무너져도 괜찮겠다는 유혹이 다가왔다. 편의점에서 물건을 훔치자며 웃으며 다가온 아이도 있었다. 가짜 신분증을 건네며 함께 일하자던 언니는 더 무서웠다.

비어 있거든, 사랑으로 채워라

(옥상의 새벽)

그날, 미정은 옥상에서 꼬박 밤을 새웠다. 옥상 난간에서 바라보는 서울은 화려한 불빛과, 사방에 넘쳐나는 아파트로 채워져 있었다. 좌절감으로 바라보다가 결심했다.

"나, 여기서 이렇게 끝나고 싶진 않아."

그 후, 거리 청소년을 위한 자활센터에 문을 두드렸다. 낯선 손길에 처음엔 의심도 했지만, 묵묵히 기다려 주는 선생님이 있었다. 미용과 제빵을 배우고, 검정고시를 준비했다.

(검정 고시 접수 창구)

시험 접수하는 날은 목표가 분명해지는 느낌이었다. 시험장에선 보람이 크게 느껴졌다. 결과는 좋았다. 몸에 익은 기술과 학력이 생겨나자, 마음속 상처는 조금씩 사라졌다. 그리고 대학까지 어렵게 마치고.

어느 날, 문득 고향이 생각났다. 어릴 적 학교 가는 길에 피던 해당화, 비 오는 날 이불을 털던 어머니의 뒷모습. 미정은 고개를 들었다. 다시 살아 보고 싶었다. 무언가를 버텨내는 게 아니라, 진짜 살아 있는 느낌으로 하루를 채우고 싶었다. 그래서 돌아온 것이다. 평일도로. 다시 시작하려고.

'평일도 명사십리'가 끝나가는 곳에, '소랑도'의 하얀 지붕의 집들이 있었다. 미정은 평일도 속의 작은 섬 소랑도의 바닷가로 내려가 소라와 해삼을 주웠다. 문득, 어릴 적 부모님과 '소랑도'에 왔던 기억이 떠올랐다.

"아빠, 엄마, 해삼 징그러워."

"그럼, 우리 소라 공주는 소라만 먹으렴."

그때의 대화가 생생히 들렸다. 그토록 없다고 믿었던 행복이, 사실은 잊고 있었다는 자각.

"행복은 조용해서 잊히고, 불행은 요란해서 오래 남는 거구나." 주일은 바다를 보며 말했다.

"요즘, 나도… 행복해요."

미정이 고개를 돌렸다.

"왜?"

"누군가랑 바다를 보고, 이렇게 하루를 나누는 게… 소중하니까."

미정이 그의 손을 잡았고, 따뜻한 온기가 전해졌다. 가슴 한복판에 잔물결이 번졌다. 그 순간, 두 사람은 섬 속의 섬 '소랑도'에서 출렁이는 행복을 마주했다.

비어 있거든, 사랑으로 채워라

평일도 2

그날, 택배 하나가 나의 인생 방향을 바꿨다. 주말 아침부터 편의점은 북적였다. 이곳은 외국인 근로자들의 만남의 광장이라 늘 분주했다. 미정이 누나가 계산대를 정리하며 말했다.

"일정리에 배달 있는데 오전에 다녀올래?"

마침 일우 형이 부탁했던 통장을 전해 줄 기회였다.

운전대를 잡고 해안도로를 달렸다. 파도가 방파제에 부딪쳐 부서졌고, 해송 숲은 바람에 깊게 흔들렸다. 작은 마을마다 수산물 가공 공장이 이어졌고, 작업복을 입은 노동자들이 담배 연기를 길게 뿜었다. 해수욕장을 지나 경치 좋은 해변에 하얀 집 한 채가 나타났다. 자동차 창문으로 소금기 섞인 바람이 스며들었다. 오늘만큼은 길이 내 편인 것 같았다.

문을 열자, 일우 형의 어머니가 바다에 나갈 채비를 하고 계셨다. 통장을 건네며 형의 소식을 전하자, 어머니는 한순간 굳어졌다가 이내 눈물을 쏟았다.

"일우는… 건강하던가요?" 떨리는 목소리였다.

"네. 형은 어머니가 죄책감에서 자유롭길 바랐어요." 내가 조심스레 말했다.

어머니는 더듬더듬 지난 이야기를 꺼냈다. "전 남편의 알코올 중독과… 가정 폭력을 견딜 수 없었지요. 서울로 갔다가 여기 아저씨를 만났고, 이렇게 살게 됐어요. 그래도… 한순간도 일우를 잊어본 적이 없어요."

나는 그날 처음으로 어머니와 아들의 마음이 얼마나 애절한지 피부로 느꼈다. 집을 나설 때, 뒤에서 내 이름을 부르던 바닷바람이 유난히 따뜻했다. 편의점으로 돌아오자 미정이 누나가 물었다.

"괜찮아?"

"일우 형 어머니… 내 어머니처럼 느껴졌어."

누나는 계산대 위 펜을 내려놓고 나를 똑바로 바라보았다.

"너도 어머니를 찾아보면 만날 수 있지 않을까?"

가벼운 말투가 아니었다. 낮고 단단한 목소리였다. 내 심장이 몇 번 뛰었다.

비어 있거든, 사랑으로 채워라

"지금까지 필요성을 못 느꼈는데…."

"네가 행복한 가정을 꾸리려면 먼저 좋은 가족이 되어야 해."

누나가 말했다.

"진정한 자립은 네가 행복한 가정을 꾸릴 때 이뤄지지 않을까? 그러면 네가 아직 못 느껴 본 깊은 행복을 더 자주 느낄 거야."

"그럴까?"

"가족관계증명서부터 떼어봐."

동사무소에서 떼어 든 종이엔 어머니의 이름이 또렷이 찍혀 있었다. 너무 쉽게 실마리가 잡힌 것 같아 삼촌인 주선생에게 전화를 걸었다.

"그분은 네가 처음 머물렀던 '햇볕영아원' 원장님이야. 너는 태어난 지 사흘 만에 영아원 문 앞에 놓여 있었지."

"그럼 방법이 없는 건가요?"

"경찰서에 네 DNA와 지문이 등록돼 있어. 가족이 널 찾으려 하면 연결될 거야. 아직 연락이 없다는 건… 사정이 있다는 뜻이겠지. 순천에 한 번 다녀오렴."

통화를 끊고도 휴대폰의 진동이 손바닥에서 오래 진동하는 것 같았다. 나는 누구의 아들이며, 어떤 가족이 될까. 스스로에게 처음 던진 질문이었다. 막상 원장 어머니에게 가려고 하니 두려움이 앞섰다. '혹시 내가 환영받지 못하면?' 하는 생각이 나를 위축시켰다. 청소년기의 오토바이 절도 사건, 어머니 돈에 몰래 손대었던 일들, 인사도 없이 떠난 마지막 결별 등이 영화처럼 스쳐갔다. 어머니에게 돌아가는 일이 너무 염치없는 짓 같았다. 그러나 삼촌의 묵직한 한마디 "순천에 다녀오렴." 그리고 미정이 누나의 열정적인 몸짓이 나를 움직였다.

순천으로 향했다. 어머니는 서울의 명문대를 졸업하고도 독신으로 30여 명의 아이들을 키워서 가정을 꾸려 내보내신 분이었다. 연락 한 번 못 드린 채 시간만 흘려보냈다. 마침 가던 날이 어머니의 생신이었다. 20여 쌍의 자녀가 모였다. 함께 자라온 형과 누나들. 반가운 얼굴들 사이로 케이크에 불이 붙었다. 달큰한 왁스 냄새가 퍼지고, "생일 축하합니다"의 첫 음이 떨며 올라갔다. 어머니가 나를 꽉 껴안았다.

"너만 소식을 알 수 없었는데… 드디어 만나네."

그 손등의 온기가 어깨뼈까지 천천히 스며들었다. 모두가 예전의 말썽꾸러기 주일을 떠올리며 등을 두드려 주었다. 나는 웃으며 고개를 숙였다. 그건 꾸지람이 아니라 환영의 리듬이었다.

동기들과 만났다. 영미 누나도 와 있었다. 나보다 한 살 위. 사춘기에 시설을 나가 미용 기술을 배웠고 미용실에서 일했다. 사랑하는 사람을 만났고, 고아인걸 고백했단다. 시어머니가 시설로 와 상견례를 했다며 웃었다. "내가 앞으로 친정어머니 노릇까지 하마." 시어머니의 그 한마디가 결혼의 문을 열었다. 사랑은 누군가의 결핍을 품어 주는 일이라는 말을 나는 처음으로 이해했다.

성길이 형은 어린 시절 한 방을 같이 썼다. 새벽 신문 배달과 우유 배달로 용돈을 벌던, 늘 베풀 줄 알던 형. 군 면제였지만 학사장교를 지원해 군 복무를 마쳤고, 지금은 공무원으로 성실히 살고 있다. 형수는 참해 보였다. "네가 와 줘서 제일 기쁘다." 형의 눈빛이 그랬다. 돌아올 때, 원장 어머니는 여러 번 내 등을 두드렸다. 그 리듬이 파도 소리와 겹쳐 들렸다. 더는 혼자가 아니었다.

며칠 뒤, 읍민 축제가 열렸다. 마을마다 천막이 펄럭이고, 어묵 국물 김이 고소하게 올랐다. 플라스틱 의자 다리를 끄는 소리, 아이들 풍선 터지는 소리, 스피커는 간헐적으로 '웅— ' 하고 피드백을 냈다. 오후엔 노래자랑과 초청 가수 공연. 우리는 마을 대표로 듀엣 무대에 서기로 했다. 무대 뒤에서 대기할 때, 미정이 누나가 내 손등을 가볍게 톡— 건드렸다. "잘하고 있어." 말은 없었지만 분명 그렇게 들렸다.

반주가 시작되자 심장이 첫 박자에 맞춰 쿵 하고 뛰었다. 서인국과 정은지의 〈All For You〉. 나는 숨을 고르고 마이크에 입김을 얹었다. 관객의 손전등

비어 있거든, 사랑으로 채워라

불빛이 파도처럼 번졌다. 후렴에 이르자, 마을 사람들이 한목소리로 따라 불렀다. 떼창의 울림이 가슴뼈를 통과해 등 뒤로 빠져나갔다. 노래가 끝나자 서로의 손을 꼭 잡았다. 인기상을 받았다는 사회자의 멘트가 뒤늦게 귀에 들어왔다.

태풍이 왔고, 바다를 뒤집어놨다.

"줄 끝 잡아! 결박 두 번 더 돌려!"

"잡았어요! …어, 미끄러져요!"

"밧줄 젖으면 미끄러워. 손등 세워 쥐어. 좋아, 이제 당겨!"

"부표 두 개는 떠내려갔고, 가두리 한 틀은 뒤집혔어요."

"이번 태풍에 피해가 크다."

"사료통도 다 빠졌네… 대출 이자를 어찌 내나."

"아저씨, 이건 먼저 건져요. 닻추 박아놔야 다른 틀이 안 밀려요."

"주일아, 위험하다. 파도 들어온다."

"괜찮습니다, 지금 박아야 해요. 셋, 둘, 하나— 눌러요!"

"컥… 됐다! 고정됐어."

"미정아, 손 괜찮냐?"

"괜찮아. 장갑 안에 물 찼을 뿐… 아, 저기 철망 찢겼다."

"철망은 임시로 타이밴드로 꿰매요. 오늘 밤만 버티면 내일 메쉬 교체해요."

"사진은 다 찍어놨냐? 보험 접수하려면 '전'과 '후' 있어야 한다."

"어머니, 휴대폰에 다 찍어놨어요. 위치 표기도 했고요."

"주일이가 다 챙기네. 우린 정신이 하나도 없다."

"아저씨, 가두리 각목은 그대로 쓰고, 코너만 새로 대시죠. 나사 못으로 고정하면 또 풀려요. 스텐 볼트로—"

"돈 든다."

"지금 한 번 제대로 안 하면 다음 태풍에 두 번 무너져요."

"주일, 저건 어떻게 할까? 부서진 부표 더미."

"표 번호 살아 있는 건 살리고, 깨진 건 모아서 수협 트럭에 실어요. 바다에 다시 못 나가게."

"야, 너 체력 장난 아니다. 새벽에 뛰더니 오늘은 바다일까지 뛰냐?"

"형, 공 치는 것보다 가두리 세우는 게 더 빡세요. 근데… 재밌어요. 살아 있는 일이라."

"미정아, 저기 다시마 줄 다 꼬였다."

"주일아, 네가 물에 들어가고 내가 위에서 풀게."

"들어갑니다— 춥다! 하나, 둘, 셋— 올려!"

"올라간다! 됐어, 매듭!"

"휴… 일단 큰 구역은 세웠다."

"애들아, 컵라면이라도 먹자. 손 덜덜 떤다."

"어머니, 저는 따뜻한 물 더 받아올게요. 손 데우셔야 해요."

"주일이."

"네, 어머니."

"우리 집이 오늘 너 없었으면 진짜 힘들뻔했다."

"맞다, 자식도 아닌데 자식 노릇 다 하네."

"아저씨, 아직 그런 말씀은 이르죠…"

"누나, 고생했어요."

"너도. 솔직히 말하면… 무서울 뻔했거든. 근데 네가 '지금 박아야 한다'고 외칠 때, 나도 같이 일어서겨졌어."

"다음 비 오면, 미리 사료통 묶는 루틴 만들죠. 체크리스트도."

"그래, 우리 매번 미루지 말고 준비하자."

"주일."

"네?"

"고맙다. 오늘 너… 우리 가족이었다."

비어 있거든, 사랑으로 채워라

"저… 이미 그 마음으로 했어요."

"그럼 됐다. 자, 가족아― 마지막 틀까지 세우고 집에 가자."

사장님의 약속

다음 날 퇴근길, 사장님이 나를 따로 불렀다.

"착실하게 5년만 일 잘하면 편의점 영업권을 물려주겠다."

미정이 누나가 무슨 말이 오갔는지 궁금해했다. 그 말을 전하자 미정이 누나가 소리를 질렀다.

"뭐라고? 로또네! 넌 로또에 당첨된 거야. 나 같으면 10년이라도 한다."

누나는 내 어깨를 세게 쳤다.

"좋은 결과가 있길 바란다."

화통하게 웃는 얼굴을 보는데, 자신이 상을 받은 것보다 더 기뻐하는 표정이었다.

"이대로는 안 되지요. 소랑도에서 회 한 접시 사겠습니다."

내가 말하자, 미정이 누나는 눈썹을 올렸다. 우리는 좋은 일이 있을 때면 소랑도로 갔다. 바다를 마주하고 젓가락을 든 채, 나는 마음속으로 내 자신에게 말했나.

나는 내게로 가까이 다가서는 사랑의 발자국 소리를 듣고 있다. 이제 누군가와 가족이 되리라는 기분 좋은 예감도 하고 있다. 우리는 파도 치는 해변에 함께 섰다. 평일도의 해변에 서면 언제나 파도는 푸르게 다가오고 소랑도의 격한 파도 소리는 나를 춤추게 한다. 파도는 매번 같은 속도로 오지 않았다. 그러나 오늘은 우리의 속도에 맞춰 왔다. 가슴 한복판에서 큰 파도가 번졌다. 우리는 '섬 속의 섬' 소랑도에서 출렁이는 행복을 마주했다.

차가운

진실

사랑과 길

한지연이 김도윤을 처음 본 건 대학 2학년 봄학기였다. 강의실 맨 뒷자리, 창가에 앉아 있던 남자. 흰 셔츠에 구겨진 청바지, 조용히 웃는 입매와 부드러운 눈빛이 눈에 들어왔다. 지연이 실습복을 입고 복도를 지날 때마다 그는 고개를 살짝 숙여 인사했다. 처음엔 낯설고 우스웠지만, 자꾸 시선이 갔다. 어느 날, 도윤이 먼저 말을 걸었다.

"실습복, 진짜 잘 어울려요. 영화 주인공 같아요."

"칭찬이에요, 놀림이에요?"

"백 퍼센트 칭찬이죠."

그날, 병원 근처 분식집에서 떡볶이를 나눠 먹으며 둘은 가까워졌다.

"치즈까지 넣다니, 과감하네요."

"맵고 달달한 게 최고예요."

그들은 금세 연인이 되었다. 시험이 끝난 날엔 공원에서 컵라면을 먹었고, 영화관에선 어색한 첫 키스를 나눴다. 도윤은 대학로의 숨은 맛집으로 그녀를 이끌었고, 둘은 장래의 꿈을 나누었다.

"우리 병원 차리면, 나는 내과, 너는 영상의학. 매일 점심 같이 먹자."

"회식비는 네가 내."

"이름은 '지연의원'. 네 이름 걸자."

"그럼 간판은 네가 달아."

"못은 내가 박을게. 꽉 붙잡고."

그러나 인턴 시절, 운명의 화살은 그들의 사랑을 비켜갔다. 응급실로 이송되어 온 환자가 눈앞에서 숨졌고, 부검 참관 중 법의학자가 중얼거렸다.

"이건 자살이 아닐 수도 있겠네요."

지연은 묘하게 뒷덜미가 서늘해졌다. 죽은 이는 침묵했지만, 그 몸은 분명히 '다르다'고 외치고 있었다. 지연은 처음으로 생각했다. 진실은 의학보다 깊은 곳에 있을 수도 있다고. 그 침묵을 듣고 싶다고. 그 순간, 지연은 결심했다.

비어 있거든, 사랑으로 채워라

"전공 바꿀 거야. 법의학으로."

"시체를 만지는 일이잖아. 밥은 어떻게 먹고?"

"누군가는 죽은 사람의 말을 들어주어야 하니까. 나, 그거 할 수 있을 것 같아."

이후, 두 사람은 조금씩 멀어졌다. 마지막 대화는 조용하고 담담했다.

"사랑하지만, 네 선택을 막을 순 없겠다."

도윤은 한참을 말없이 창밖을 바라봤다. 마치 아무 말도 하지 않으면 모든 게 멈출 수 있다는 듯이.

"… 나도, 네 선택을 이해해. 그러나 누군가가 진실을 대변해 주어야 할 때도 있거든."

그와는 웃으며 헤어졌지만, 돌아서는 순간 목 끝에 걸린 울음이 조용히 목울대를 타고 올라왔다. 도윤의 뒷모습은 멀어졌지만, 추억은 더 가까워졌다.

오래된 번호, 떨리는 손끝

지연은 이제 법의학과 교수였다. 죽음과 삶의 경계에서 학생들을 가르치며, 가끔 강의실 창가에 기대 그를 떠올리곤 했다. 어느 날, 한 의학생이 다가왔다.

"교수님, 김도윤 씨 아세요?"

"… 어떻게 그분을?"

"제 아빠예요."

가슴이 저려와 말이 이어지지 않았다.

"아빠가 교수님을 오래 기억했어요. 그리고 저, 엄마 몰래 법의학과 왔어요."

"왜?"

"사람이 말하지 않는 걸 듣고 싶어서요."

그날 밤, 지연은 '김도윤'이라는 이름으로 저장된 번호를 한참 망설이다 문자를 보냈다.

'딸, 미선이… 참 좋은 아이야.'

곧 답장이 왔다.

'지연아, 고마워. 미선이가 네 얘기 많이 해. 예전엔 미안했어. 어렸을 때라서.'

창밖엔 봄비가 내렸다. 이름도, 기억도, 그 시절도 여전히 살아 있었다. 그 진심은 이제 또 다른 생으로 자라고 있었다.

지연이 중학생이던 시절, 동네 친구가 사라지고 며칠 뒤 강에서 시신으로 발견된 사건이 있었다. 어른들은 아이의 죽음을 '사고'로 덮으려 했지만, 지연은 소문과 일상의 단서를 연결해 스스로 의문을 품었고, 아무도 묻지 않는 그 아이의 목소리를 들어주고 싶었다는 기억이 있었다.

"그때부터였는지도 몰라요. 아무 말도 못 하는 그 아이를 대신해서 말해 주고 싶었어요. 누군가는 그걸 해야 한다는 걸… 어린 나라도 알았거든요."

진실을 좇는 사람

법의학자 지연은 시신 앞에서 냉정을 잃지 않았다. 죽음 뒤 남겨진 이들의 무너진 마음을 세우는 일. 그러나 본인의 가족들은 그녀를 이해하지 못했다. 결혼 초, 조심스럽게 거부감을 표현하던 남편은 이제는 작심한 듯 말했다.

"같이 밥 먹기 힘들어. 당신에게 시체 냄새가 나는 것 같아. 당신은 살아 있는 사람 편은 아닌 것 같아."

결국, 이혼했다. 아들 종철도 입을 닫았다. 어릴 적, 엄마가 실험복을 입고 돌아올 때마다 그는 괜히 숨을 죽였다. 친구가 물으면 대답하지 않았고, 엄마 냄새가 밴 옷은 혼자 세탁기에 넣었다. 지연은 말없이 받아들였다.

어느 날, 20대 남성 김진우의 부검 의뢰가 들어왔다. 단순 추락사로 보였지만, 손등의 긁힌 자국, 등의 타박상, 간단한 경찰 보고서. 지연의 눈엔 모두가 메시지였다. 진우의 친구 김상태에게 지연은 조용히 말했다.

"죽은 사람은 말이 없지만, 몸은 말해요. 진우 몸이 도와달라고 하는군요."

진우의 연인 윤다은은 떨리는 손으로 녹음 파일을 꺼냈다. 녹음엔 긴박한 대화가 담겨 있었다.

"그만하자고! 내가 뭘 잘못했는데!"

"돈! 다 네 책임이야!"

상태는 동업자 진우에게 사업 실패의 책임을 떠넘기고 있었다. 지연은 시신을 재검토했고, '의식 상실'의 정황을 발견했다. 보고서엔 이렇게 적었다. '추락 전 외력에 의한 의식 상실 가능성 있음.' 검찰은 재수사에 들어갔고, 김상태는 체포되었다. 며칠 후, 종철이 물었다.

"엄마, 진우 씨 사건… 결국 잡혔어?"

"응. 진실을 말해 준 건 진우 몸이었어."

"… 엄마 하는 일, 조금 알 것 같아. 이제 엄마가 이해가 돼."

지연은 작게 미소 지었다.

죽음 속의 진심

젊은 여성이 투신한 사건이 있었다. 유서가 있었지만, 부모는 말했다.

"우리 아이는 그럴 애가 아니에요. 누군가에게 죽임당한 거예요."

부검 결과는 외상 없음. 자살로 충분해 보였지만, 유서는 조작된 현실을 반영한 거짓일 수도 있었다. 지연은 부모에게 조심스럽게 말했다.

"유서와 시신은 자살을 말하고 있어요. 그러나 따님의 죽음은 거짓말에서 비롯되긴 했어요."

며칠 후, 부모는 고개 숙여 감사 인사를 전했다.

"진실을 알게 되어 아이를 이해할 수 있었고, 보내 줄 수 있었어요."

수사 결과, 그녀는 속아서 유부남과 교제했으며, 그 사실을 알고 억울해서 생을 마감한 것이었다.

그날 밤, 지연은 창밖을 오래 바라보았다. 진실이 늘 정의는 아니지만, 때로는 살아 있는 이의 마음을 살리는 위로가 된다. 그걸로 충분하다.

다시 삶을 향해

종철은 어린 시절부터 엄마의 일을 이해하지 못했다. 그러다 어느 날, 뉴스에서 8세 아이의 부검 보고서를 보았다. 추락사로 처리된 사건. 그러나 손등의 미세 화상, 허벅지 멍, 오래된 골절 흔적. 보고서엔 적혀 있었다. '지속적 학대 정황, 외부 개입 가능성 있음.' 사건은 '방임에 의한 살인'으로 재분류되었고, 그 부모가 처벌받았다. 종철은 알았다. 그 보고서를 쓴 사람이 자신의 엄마라는 걸. 그날 밤, 그는 문자 한 통을 보냈다.

'엄마, 시간 돼? 밥 같이 먹자.'

몇 초 뒤, 전화가 왔다.

"무슨 일 있니?"

"그냥… 보고 싶었어."

식당에서 고기를 굽던 종철이 말했다.

"오늘은 냄새 걱정 안 해도 돼."

"이런 날도 오네."

그는 다시 물었다.

"진우 씨 사건, 결국 잡혔어?"

"응. 몸이 다 말해 줬어."

"… 엄마, 이해하게 되었어."

"고마워."

지연은 조용히 말했다.

"살아 있는 사람을 지키기 위해, 죽은 자의 말을 전하는 일. 그게 내가 할 일이야."

비어 있거든, 사랑으로 채워라

다시 만남

지연은 강단에 섰다.

"왜 법의학을 선택했나요?"

학생들에게 질문을 던졌다. 학생들의 대답 속에, 한 학생이 조용히 고개를 들었다.

"미선입니다."

가슴이 다시 뭉클해졌다. 며칠 후, 지연은 '김도윤'에게 문자를 보냈다.

'도윤아, 잘 지내니? 이제 너를 미워하지 않아.'

그리고 25년 만에, 카페에서 마주한 두 사람.

"오랜만이야."

"정말 오랜만이네."

도윤이 말했다.

"우리가 결혼했다면 어땠을까?"

"아마 싸우다 끝났겠지."

둘은 웃었다.

"네가 해낸 일, 존경해. 나도 그 길의 반쯤이라도 함께 걸었으면 좋았을 텐데."

"넌 영상의학 잘 되고 있어?"

"응. 네 이름도 많이 들어."

젊은 날, 홍대 곱창집, 지하철 끝칸, 실습복. 모든 기억이 물결처럼 지나갔다.

"지연아, 혹시…"

"아니야, 그냥 잘 지내."

"너도."

다시 말하지 않아도 괜찮았다. 충분히 이해했고, 받아들였기 때문이다. 그날 밤, 지연의 휴대폰이 진동했다. 미선이었다.

"교수님, 내일 수업 때 질문해도 될까요?"

지연은 미소 지었다.

죽음이 끝이 아니듯, 상처도 끝이 아니다. 진실은 사람을 살리고, 삶은 그 진실 위에 피어난다. 그 꽃은 오늘도, 법의학자의 손끝에서 조용히 피어나고 있다. 지연은 침묵 속에서도 항상 말해 왔다.

"나는 죽은 자의 권리를 대변한다. 살아 있는 사람은 말할 수 있다. 그러나 죽은 사람은 말할 수 없다. 나는 그 죽음의 메시지를 해석해 주는 사람이다."

머칠 후, 백화점 붕괴로 인한 내형 화재 사선이 발생했다. 수십 구의 시신이 타버려 얼굴도, 신원도 알아볼 수 없었다. 지연은 법의학자 팀과 함께, 하루 종일 DNA 감식과 치아 분석에 몰두했다.

"이건… 왼쪽 송곳니 보철이네요. 등록 기록이 있을지도 몰라요."

지문도 사라진 유해 앞에서, 그녀는 끝까지 포기하지 않았다. 밤샘 작업 끝에, 한 유해의 유전자가 실종자 명단의 한 아이와 일치했다. 아이의 엄마는 시신을 안고 주저앉았다.

"내 딸… 내 딸 맞죠? 마지막으로… 보고 싶었어요…"

지연은 고개를 숙이며 조용히 말했다.

"그 아이가, 끝까지 엄마를 찾게 해 달라고 말했어요."

지연은 시신 하나하나를 볼 때마다 '이름을 찾아주는 일'이라는 말을 되뇌었다. 이름을 찾는 건 신원을 밝히는 일이 아니라, 마지막 인사를 가능하게 해 주는 일이다. 뉴스에선 유전자 감식의 성과를 조명했지만, 지연은 다음 날 또 묵묵히 실험복을 입었다. 죽은 자의 메시지를 듣는 일이, 여전히 그녀의 하루였기 때문이다. 그날 밤, 미선에게서 메시지가 왔다.

'교수님, 저도 언젠가 누군가의 진실을 밝혀주고 싶어요.'

지연은 답장을 보냈다.

'그날은 곧 올 거야. 계속, 잘 걸어가렴.'

　　　　　　　　비어 있거든, 사랑으로 채워라

며칠 뒤, 지연은 미선과 함께 실습 현장에 나섰다. 타인의 죽음을 마주하는 자리에서, 미선은 처음으로 시신 앞에서 멈칫했다. 미선은 침대에 누워 있는 시신 앞에서, 눈을 감았다. 그 사람의 마지막 하루를 떠올리려는 듯이. 지연은 조용히 그녀의 어깨를 두드렸다.

"괜찮니?"

"죄송해요… 그냥, 마음이 아파서요."

지연은 고개를 끄덕였다.

"마음이 아픈 건 괜찮아. 그 감정이 있어야 진실을 놓치지 않게 돼."

"교수님은 어떻게 이렇게 담담하신가요?"

"처음엔 아니었지. 나도 울었고, 도망치고 싶었어. 하지만…"

지연은 조용히 손에 든 보고서를 내려다보았다.

"이렇게라도 누군가에게 마지막 목소리를 전할 수 있다면, 그것만으로 의미가 있어."

그날 실습을 마친 뒤, 미선은 일기장에 한 줄을 적었다. '나는 죽은 자의 마지막 진심을, 살아 있는 사람의 상처에 닿게 해 주는 사람이 되고 싶다.'

파크골프

이야기

스크린 아래, 건강하고 맑은 웃음이 흐른다.

"오빠들, 오늘도 한 판 어때요?"

문을 열고 들어서는 '솜사탕'과 '소라'는 여전히 화사했다. 땀이 흐르기 전인 오전 10시. '소나무'는 이미 '청산유수'와 '시냇물'에게 전화를 걸어 스크린 파크골프 연습을 약속했다. 내일이면 제5회 스크린 파크골프 대회 본선이 이곳에서 열린다. 소나무 1위, 시냇물 3위, 청산유수 4위, 솜사탕 7위, 소라 10위로 예선을 통과했다.

"오늘은 연습이니 쉬운 곳으로 갈까요?" 소나무가 제안했다.

"양양 파크골프장이 어때요?" 소라가 말했다.

"좋지요." 솜사탕이 씩 웃으며 티샷 위치로 걸어갔다.

스크린 속 1번 홀, 거리 70m, 파 3홀이다. 솜사탕이 힘차게 티샷한다. 공은 부드럽게 날아가 65m 지점에 안착했다. 이어 소라가 스윙한다. 공은 약간 왼쪽으로 틀어졌지만 66m에 가까이 붙는다. 마지막은 소나무였다. 그는 숨을 고르고 클럽을 들었다. 딱, 소리를 내며 떠난 공은 줄자처럼 곧은 궤적을 그리며 홀컵을 향해 구른다. 그리고 —

'쨍그렁'

스크린 속 홀컵이 울리고, 천장에서 "홀인원을 축하합니다"라는 음악이 흘러나왔다. 자동으로 반복 재생되는 영상이 소나무의 홀인원을 강조했다. 모두가 박수를 쳤고, 솜사탕은 장난스럽게 손을 흔들었다.

"점심은 오빠가 사는 거죠?"

"물론이지."

이어서 두 번째 샷이 이어졌다. 솜사탕이 '5m 버디 퍼팅'을 성공해 버디를 잡자, 스크린에 나비가 화려하게 떴다. 소라는 4m 샷을 놓치고 세 번째 '파 퍼팅'에 성공했고, 스크린은 '파 퍼팅 성공'을 알렸다.

18홀을 도는 데 한 시간 남짓. 냉방이 잘 된 실내는 바깥의 35도 무더위와는 다른 세계였다. 무엇보다도 서로의 샷을 지켜보며 웃고 격려하는 이 시간이 너무나 즐거웠다. 인간은 '놀이하는 존재', '호모 루덴스'. 이보다 더 명확한 설명이 또 있을까.

처음 퇴직하고선 갈 곳을 몰라 방황했다. 그러나 이젠 다르다. 매일 아침이 기다려진다. 필드가 되었든, 스크린이 되었든 주인공은 나니까. 점심은 동네 한식 뷔페. 오늘 홀인원의 주인공인 소나무가 결제했다. 소라는 후식으로 금호 카페에서 커피를 샀다. 오후에도 '승천보 필드'에서 두 게임쯤 더 돌기로 했다. 이젠 모두가 안다. 파크골프는 그저 운동이 아니라, 그들의 두 번째 인생이었다.

'승천보 필드 파크골프장'

오후, 솜사탕은 집을 나섰다. 이번엔 필드다. 승천보 필드에서의 바람은 산뜻하고, 뭉게구름이 느리게 흘러가고 있었다. 하늘은 청자빛으로 마냥 푸르렀다.

파크골프장은 이미 사람들로 붐비고 있었다. 100여 명이 줄을 서 있었다. 멀리서 소나무와 소라가 손을 흔든다. 여름 햇살 아래, 셋은 웃으며 1번 홀로 향했다. 잔디를 밟으며 9홀을 도는 데에는 약 5,000보가 필요했다. 햇볕은 따갑고, 얼굴은 금세 화끈해졌지만, 땀은 오히려 개운하다. 솜사탕은 '페이스 가드'를 챙겨 쓰며 중얼거렸다.

"그래도 이 맛에 오는 거지."

사람들이 줄 서 있는 곳에는 마음을 나누는 대화가 있었다. 함께 걷고, 치고, 기다리고, 또 웃는 시간들. 필드까지 왕복하는 차 안에서의 수다도 소중했다. 물론 미세먼지가 많은 날은 주춤했고, 장대비가 내릴 땐 발길이 꺾였다. 그래도 가능하면 들르고 싶었다. 이 필드는, 마치 작은 인생판 같으니까. 그리고 내일이면 '스크린 파크골프 본선 대회'다. 누가 우승을 하든, 상금 100만 원이 누구에게 돌아가든, 그건 중요하지 않다. 중요한 건 모두가 함께 걷고, 웃고, 논다는 사실이다.

어쩌면 이들은 이곳에서만큼은 '노년'이 아니라, 또 다른 청춘을 사는 사람들이다. 각자의 별명을 가지고, 각자의 스윙을 믿으며 오늘도 파크골프장을 향해 걷는다. 끝나지 않을 것 같은 여름 한낮의 햇살 속에서.

우승, 그리고 한턱

본선 날. 10명의 이름이 커다란 전광판에 떠올랐다. 그중에서도 단연 눈에 띈 건 소나무, 솜사탕, 소라, 시냇물이었다. 추첨으로 '목포' 코스가 선정되었다. 셋은 매 홀마다 박빙의 접전을 벌였고, 샷 하나하나에 긴장이 맴돌았다. 청산유수는 초반 세 번의 OB(아웃 오브 바운즈)로 큰 실수를 연달아 하며 조용히 뒤로 물러났다. "오늘은 내가 아니구먼…" 하고는 웃으며 다른 이들의 플레이를 지켜봤다. 마지막 18번 홀, 팽팽한 상황이었다. 소나무가 침착하게 퍼팅을 성공시키며 최종 점수에서 2타 차로 솜사탕을 제쳤다. 소라는 근소한 차이로 3위를 기록했다.

"우승자는, 소나무 프로님!"

스크린 위로 꽃가루 영상이 흩날리고, 음악이 울려 퍼졌다. 참가자들과 관중들이 함께 박수를 보냈다. 소나무는 모자를 벗어 들고 고개를 숙였다. 겸손했지만 뿌듯했다.

행운상 추첨이 있었다. 시냇물이 골프클럽을 받았다. 모두가 기대했고, 환호했다. 이날의 잔치는 기쁨으로 막을 내렸다. 점심은 당연히 소나무가 샀다. 솜사탕이 커피를 사면서도 고마워했다.

"오늘은 하늘이 도왔지만, 다음에 봅시다."라며 청산유수가 놀렸다.

그날, 금호 카페 마무리하는 자리에서 누군가 말했다.

"우리 인생에서 이런 대회도, 이런 날도 남아 있었네."

모두가 웃으며, 한마음으로 고개를 끄덕였다.

비어 있거든, 사랑으로 채워라

솜사탕 - 오후 3시의 춤

솜사탕은 오전 11시에 실버댄스 수업을 마쳤다. 은색 레깅스 위에 걸친 밝은 연보라 조끼엔 아직도 작은 땀 자국이 남아 있었다. 무대 위에서 마지막 왈츠의 선율이 끝날 즈음, 그녀는 객석을 잠깐 바라보았다. 처음 이 동작을 배울 때 손이 떨려서 팔을 올리지 못했던 기억이 스쳤다.

"솜사탕님, 오늘은 골프장 가세요?" 춤 친구가 묻자 그녀는 조용히 미소 지었다.

"네. 오후 티타임 잡았어요. 소나무랑 소라랑."

그녀는 간단히 점심을 먹고, 작은 바람에도 살랑이는 스카프를 둘렀다. 승천보 필드는 이맘때가 가장 좋았다. 영산강 물비린내와 바람, 잔디 밟는 감촉, 친구들 웃음소리가 뭉쳐, 마치 춤추고 있다는 느낌을 받았다.

사실 그녀는 파크골프를 시작한 지 1년 남짓밖에 되지 않았다. 그녀는 혼자였다. 남편은 오래전 사별했고, 아이들은 다들 바쁘다. 집에서 할 일도, 하고 싶은 일도 없었다. 공무원으로 35년을 근무하고 정년을 맞이하고 보니, 더 이상 재취업하고 싶은 마음이 없었다. 퇴직 후 첫해, 멍하니 창밖을 보며 보낸 날이 많았다. 세상이 자기와 아무런 상관없는 것처럼 느껴졌다. 그러다 '노인건강타운'에서 우연히 '소라'를 만났다. 같이 실버댄스를 하던 1년 후배.

"언니, 오후엔 파크골프 가요. 진짜 재미있어요. 진짜로."

반신반의하며 따라나섰던 날, 첫 티샷은 엉망이었지만 마음이 개운했다.

"솜사탕이란 별명 어때요?" 소나무가 그렇게 불렀고, 그대로 통했다. 그때부터 솜사탕은 '움직이는 노년'을 살기 시작했다. 우승은 놓쳤지만, 상관없었다. 공이 하늘을 날 때마다 심장이 뛰고, 친구들과 눈이 마주칠 때마다 웃음이 터졌다. 솜사탕은 '나이 든다는 것'을 예전보다 훨씬 더 다정하게 말할 수 있게 되었다. "살아 있다는 건, 아직도 놀 수 있다는 거예요." 그녀는 종종 그렇게 말했다.

오늘도 오후 3시, 잔디 위에서 그녀는 춤추듯 클럽을 들었다. 햇살은 강했지만, 그보다 강한 건 그녀의 눈빛이었다.

소라 - 돌봄과 자유 사이에서

소라는 오늘도 빨래를 개며 아침을 시작했다. 남편의 셔츠, 딸의 체육복, 그리고 손주가 입을 작은 티셔츠까지, 여전히 빨래는 많았다. 하지만 정작, 그녀가 입을 옷은 많지 않았다. 이제 두 달 후면, 손주를 맡게 된다. 맞벌이하는 딸 부부가 믿고 맡긴다지만, 소라에겐 그것이 '은퇴 후 두 번째 노동' 같았다.

"엄마, 손주 돌보는 게 건강에도 좋다던데요?"

딸의 말에, 소라는 웃었다.

"그렇겠지. 사랑스러운 감옥이지."

정말 그렇게 말했다. 사랑스럽지만 감옥, 그녀에겐 딱 맞는 표현이었다. 경험자인 솜사탕이 말해 주었다.

"손주가 오면 기쁘고, 가면 더 기쁘고."

파크골프는 소라가 유일하게 자신만의 시간으로 여기는 놀이다. 남편은 퇴직 후 사사건건 그녀의 생활에 간섭했다.

"이제 그만 좀 나돌아다녀. 집에 좀 붙어 있어라."

하지만 소라는 식사만 챙겨주고 가방을 들었다. 그 가방엔 골프채보다 더 많은 것이 들어 있었다.— 자유, 숨통, 그리고 자기 자신.

'스카이 스크린 파크골프장', 점심 즈음. 솜사탕과 소나무, 청산유수가 미리 와 있었다.

"오셨네요, 소라 프로." 솜사탕이 반갑게 손을 흔든다.

"오늘은 좀 세게 쳐보려고요. 집에서 눈치만 보다가 나왔거든요."

1번 홀, 거리 75m. 소라는 숨을 고르고 티샷을 날렸다. 공은 곧게 뻗어 나갔다. 70m 지점에서 멈췄다. 솜사탕이 박수를 쳤다.

"굿샷, 오늘 감 좋네요!"

그날은 오랜만에 마음이 가벼웠다. 청산유수가 건넨 말이 기억에 남았다.

비어 있거든, 사랑으로 채워라

"소라님은 잘 웃어요. 그래서 우리 팀이 밝은가 봐요."

그 말에 괜히 눈물이 날 뻔했다. 남편과 있을 땐 웃는 일이 거의 없었다. 가족과 있을 땐 책임감이 먼저였고, 웃음은 마지막에 남는 사치였다.

오후 3시, 소라는 혼자 승천보 필드에 나갔다. 잔디 위에서 혼자 3홀을 돌았다. 발걸음이 조용했고, 머리는 텅 비어 있었다. 아이를 맡게 되면, 이런 시간도 귀하겠지. 하지만 후회는 없다. 손주는 분명 사랑스러울 테니까. 다만, 그 사이사이에 나를 잊지 말자, 다짐만은 꼭 하기로 했다.

밤에 남편이 물었다.

"또 나갔다 왔어?"

소라는 짧게 대답했다.

"응. 오늘 좀 잘 맞았어."

말 끝에 소라가 혼잣말처럼 덧붙였다.

"내가 나로 있는 시간이니까."

남편은 달리 말하지 않았다. 대신, 거실 벽에 걸린 파크골프 모자가 그녀의 삶 한 켠을 대변해 주었다. 소라에게 파크골프는 손주와의 사랑, 가족을 향한 헌신 사이에서 잠시 숨 쉴 수 있는 삶의 작은 정류장이었다. 그녀는 안다. 돌봄도 사랑이고, 그러나 사랑에도 숨구멍이 필요하다는 것을.

청산유수 – 오르지 못한 산의 품에서

청산유수는 새벽 5시에 눈을 떴다. 밖은 아직 어둑했고, 아내는 부엌에서 믹서기 소리를 내며 사과를 갈고 있었다. 그는 눈을 비비고 베란다로 나갔다. 먼 산 너머로 새벽이 피어나고 있었다.

오늘은 본선 경기 날.

"여보, 오늘 대회 나간다 했지?"

"응. 일찍 다녀올게. 점심 먹고, 커피 마시고 끝날 거야."

아내는 알겠다는 듯, 사과주스를 컵에 따라 내밀었다. 그는 그 컵을 받아들며 말했다.

"이겨도 좋고, 져도 좋아. 그냥 해보는 거지."

청산유수는 평생 사업을 하며 살았다. 작은 철물점에서 시작해 문구점, 분식집, 당구장까지 해봤다. 크게 벌어본 적은 없지만, 크게 망한 적도 없었다. '소처럼 살아온 삶'이라 표현하면 딱 어울릴 것이다. 그러던 어느 해, 아내가 고혈압으로 쓰러졌고, 그는 그때 결심했다. 이제부터는 조금 천천히 살아보기로.

본선 1번 홀. 출발은 나쁘지 않았다. 하지만 3번 홀에서 첫 OB. 공이 멀리 벗어나면서 분위기가 흔들렸다. 4번 홀, 또 OB. 그리고 6번 홀에서 결정적인 OB가 세 번째로 나왔다. 소나무가 다가와 등을 툭 쳤나.

"청산유수님, 오늘은 그냥 바람 따라 치시죠."

그는 고개를 끄덕이며 웃었다.

"원래 흐르는 물엔 굽이도 있는 거지."

결국 상위권 경쟁에선 밀려났지만, 그는 태연했다. 오히려 관전석에 앉아 소나무, 솜사탕, 소라의 플레이를 감상하며 박수를 쳤다. 그는 언제부턴가 이기고 지는 것에 무딘 사람이 되었다. 대신, 보는 눈이 깊어진 사람이 되었다. 경기 후, 한식 뷔페 식당, 시끄럽고 따뜻한 사람들 사이에서 청산유수는 허리춤에 수건을 걸고 고기판을 뒤집었다.

"아, 내가 고기는 좀 잘 굽지." 청산유수가 웃으며 말했다.

"오늘 OB 3번 하시더니 고기엔 집중하시네요."

그는 껄껄 웃었다.

"그래도 고기는 OB 안 나잖아."

그의 말에 다들 웃었다. 그날 늦게, 카페에서 아내에게 전화를 걸었다.

"당연히 우승은 못 했지. 그런데 오늘은 기분이 좋았어."

아내는 묻지 않는데도, 그는 자꾸 이야기를 꺼냈다.

"소나무가 잘 했고, 솜사탕이랑 소라도 멋졌어. 난 고기만 잘 구웠지 뭐."

아내가 웃는다. 그 웃음이 좋다. 전화를 끊고 카페 창밖을 바라봤다. 커피

　　　　　　　　　　　　　　　비어 있거든, 사랑으로 채워라

향은 구수했고, 오후 햇살은 유리창에 부드럽게 스며들었다. 청산유수는 컵을 들고 속으로 중얼거렸다.

"오르지 못한 산도, 품에 안겨보면 다르다."

이기지 못했지만, 지지도 않은 하루. 그는 오늘도 물 흐르듯, 노년의 하루를 흐르고 있었다.

노을 – 돌봄을 건너는 마음

이른 아침, 노을은 두 번째 가정으로 향하는 버스에 몸을 실었다. 등에 작은 백팩, 손에는 간식 통이 들려 있었다. 그녀는 요양보호사였다. 오전 8시부터 13시까지 두 가정을 돌본다. 하루 5시간, 두 가정의 노인을 돌보는 일. 몸이 무거웠다. 눈꺼풀도, 다리도, 마음도. 하지만 얼굴에는 늘 미소를 띠었다. 노을은 아는 것이 있었다— 가장 약한 이를 대할 땐, 가장 선한 얼굴이 필요하다는 것.

"선생님! 오셨네요." 첫 번째 어르신의 며느리가 문을 열며 인사했다.

"오늘은 아버님 기분이 좀 안 좋으세요. 밤새 잠을 설쳤어요."

노을은 고개를 끄덕이고, 실내화로 갈아 신었다. 그녀는 그렇게 타인의 하루에 조용히 스며드는 사람이었다. 기저귀를 갈고, 죽을 네우고, 환자의 몸을 천천히 닦았다. 그 과정에서 한마디 불평도 없었다. 다만, 속으로는 자주 되뇌었다.

'내 삶도 누군가 이렇게 다정히 돌봐줄 수 있을까.'

오후 1시, 승천보 파크골프장. 일을 마친 노을은 조용히 클럽백을 내려놓았다. 양산을 썼고, 목엔 쿨스카프를 둘렀다. 솜사탕, 소나무, 청산유수가 도착해 있었고, 소라도 씩씩하게 나타났다.

"노을 프로님, 오늘도 출근했어요?" 솜사탕이 묻자, 노을은 웃으며 대답했다.

"출근했었죠. 그래서 지금 퇴근이에요."

노을은 고개를 끄덕이며 웃었다.

"오늘도 두 집 다 다녀왔어요." 소라가 탄산수를 건넸다.

"이 더위에 고생 많아요."

노을은 땀을 닦으며 말했다.

"그래도 여기 오면 살 것 같아요. 오늘 하루 내가 나로 살 수 있는 시간이라서요."

그녀는 파크골프를 시작한 지 3개월이 채 안 되었지만, 이곳에선 오랫동안 함께한 듯 편안했다. 모두가 그녀를 반겼고, 그녀 역시 자신을 숨기지 않았다. 누군가의 어머니, 누군가의 요양보호사가 아닌, 오롯한 '노을 프로'로 존재하는 이 시간. 가장 늦게 합류했지만, 누구보다도 빠르게 이 모임의 온기를 이해한 사람.

잔디 위에 첫 티샷이 날아갔다. 공은 바람을 가르며 먼 곳에 떨어졌다. 그 순간, 노을의 얼굴이 환해졌다. 그녀에겐 이게 자유였고, 이게 치유였다.

"오늘은 내 발로 걷고, 내 손으로 친다. 누구도 안 붙잡고, 안 부축하고."

해 질 무렵, 경기가 끝났다. 작은 벤치에 앉아 그녀는 물을 마셨다. 땀이 목덜미를 타고 흘렀다. 그러나 그 땀은 무겁지 않았다. 그녀는 파우치에서 작은 거울을 꺼내 얼굴을 바라봤다. 잔주름 사이로 햇살이 스며들고 있었다. 작은 거울 속, 잔주름 사이로 햇살이 깃들었다. 노을은 조용히 속삭였다.

'당신, 참 고생했어.'

집으로 돌아가는 길, 버스 유리창에 노을의 그림자가 길게 비쳤다. 그림자 옆에, 남편의 빈자리가 선명했다. 남편은 오래전에 세상을 떠났고, 노을은 그 이후 더 단단해졌다.

사람들은 그녀에게 말했다. "혼자 살아서 외롭지 않냐"고. 그럴 때마다 그녀는 대답했다. "나는 선물을 받았어요. 남편이 일찍 떠난 덕에, 더 오래 그 사람을 기억하게 됐죠." 그건 눈물과 웃음이 동시에 흐르는 말이었다. 파크골프는 그녀에게 노동과 돌봄 사이에서, 자기 삶을 되찾는 짧은 숨이었다. 그

비어 있거든, 사랑으로 채워라

숨이 있기 때문에, 다음 날도 또 아침 6시 버스를 탈 수 있었다.

시냇물 – 이제는 나를 치유하는 시간

그녀는 간호사로 일했었다. 위급한 사람들이나 남의 건강을 돌보는 일로 평생을 보냈다. 그래서 노후엔 자신의 건강을 위해 운동을 하고 싶었다. 정년 이후에도 맞춤형 무대는 기다리고 있었다. 정년퇴직 날, 퇴근길에 호떡을 사 먹었다. 입안은 달콤했지만, 가슴은 쓸쓸했다.

"이 길로 다시 오지는 않겠지. 아마도."

출근하지 않는 첫날, 그녀는 거울 앞에서 한참을 멍하니 앉아 있었다.

"내가 오늘… 어디 갈 데가 없네."

오전 9시. 전엔 병실을 돌거나 차트를 살피고 있었을 시간. 이젠 조용한 거실에 앉아 TV를 보며 시간을 죽였다. 그 시간들이 무서웠다. 쓸모없는 사람이 된 것 같은 기분, 누구도 자신을 찾지 않는 세계.

파크골프는 친구가 권했다.

"아침엔 우리 다 거기 가. 운동도 되고 사람들도 좋아."

스크린 파크골프장에서 처음 클럽을 쥐었을 땐 어색했다. 그런데 이상하게… 공 하나에 집중하는 그 시간이 너무 좋았다. 머리가 비워지고, 몸은 살아났다. '스윙' 하나에 마음이 따라 움직였다. 어느 순간 샷 하나에 심장이 뛰었다. 생명을 놓치지 않으려 애쓰던 내 손이, 이제는 나를 위해 클럽을 쥔다. 하루에 두 번, 세 번씩 클럽을 잡는 사람이 되어 있었다.

"괜찮아. 이건 놀이다. 나는 지금 춤을 추고 있어." 가볍게 웃으며 클럽을 다시 쥐곤 했다. 결국 우승은 놓쳤다. 그러나 전혀 아쉽지 않았다. 자신이 이렇게 집중하고 긴장하고, 즐길 수 있었다는 사실이 전부였다.

'점심'. 식당에서 시냇물은 음료수 한 잔을 마시며 소라에게 속삭였다.

"우리도 괜찮았지?"

소라가 웃으며 고개를 끄덕였다.

"그럼요. 언니, 멋졌어요."

문득, 정년퇴직 날 사 먹었던 호떡을 떠올렸다. 그날 입안의 단맛은 덧없었지만, 지금 이 순간은… 입안도 마음도 따뜻했다.

시냇물은 밤에 노트북을 켰다. 오늘 경기 사진이 단톡방에 올라와 있었다. 모자 쓴 자신의 모습, 하늘색 셔츠, 클럽을 휘두르는 자세. 사진을 내려다보며 혼잣말했다.

"정년은 끝이 아니라, 무대 교체일 뿐이야."

또 하나의 삶을 무대 위에 올려놓고 있었다. 그리고 시냇물은 생각했다. 비록 샷이 슬라이스가 날지라도 어쩐지 이번에는 '홀인원'이 될 것 같은 기대감. 나는 매번 '홀인원'을 기대하는 마음이 좋다. 기대할 것이 있다는 것은 아직 꿈이 있다는 것이다. 꿈은 살아 있게 한다. 그래서 노년의 꿈은 더욱 소중한 게 아닐까?

소나무의 비밀— 암을 이기다

"아, 또 장타예요! 소나무님은 그냥 국가대표 하세요." 소라가 감탄했다. 소나무는 조용히 미소만 지었다. 그날도 그는 140m 홀에서 '정확한 직선과 부드러운 탄도'로 홀 근처에 붙였다. 거의 홀인원이었다. 스크린 파크골프장이 술렁이기 시작했다.

"저건 재능이야."

"저건 손맛이 달라."

이야기가 돌았지만, 정작 소나무는 말이 없었다. 그런데 그날 오후, 금호 카페 한쪽에서 시냇물이 물었다.

"진짜 궁금해서요. 소나무님은 뭘 어떻게 하시기에 그렇게 잘 치시는 건가요?"

조용히 커피를 마시던 소나무는 컵을 내려놓고, 잠시 머뭇거리더니 말했다.

"5년 전… 암 진단을 받았어요."

모두의 눈이 커졌다.

"위암이었죠. 수술받고, 항암 치료 끝나고, 살은 빠지고, 숨은 짧아지고… 그땐 진짜 살맛이 없었어요."

소나무는 이어 말했다.

"그때부터 새벽마다 이곳까지 걸었어요. 걷다 보면 숨이 차고, 숨이 차면 멈추고… 어느 날 저기 골프채 하나가 눈에 들어왔어요. 그날 이후, 매일 혼자 그립 잡는 연습부터 시작했어요."

솜사탕이 나직이 말했다.

"그래서 그렇게 정확하신 거군요."

소나무는 고개를 저었다.

"정확한 게 아니라… 살아보려던 거예요. 그냥, 계속 치는 거예요. 하루에 한 번이라도 정타가 나면, 오늘도 괜찮은 날이구나… 그렇게."

청산유수는 조용히 손뼉을 쳤다. 그 박수는 전염처럼 번져, 어느새 전원이 박수를 쳤다. 그날 이후, '호흡 스윙 훈련'이라는 것이 생겼다.

"숨 들이마시고… 천천히. 휘두르지 말고, 풀어요. 몸은 기억합니다. 억지로 하지 말고… 내보내세요."

호흡을 가르치는 건 소나무였고, 열심히 따라 하는 선 시냇물이었나.

꿈은 전국대회 출전

'스카이 스크린 파크골프장'에 어느 날, 전국 스크린 파크골프 혼합복식 대회 공지가 붙었다. "두 명이 한 조가 되어 출전 가능! '스카이 스크린 파크골프장' 대표로, 상위 랭킹자 우선 선발!"

청산유수가 말했다.

"우리도 나가보죠. 아직 늦지 않았어요."

소라가 묻는다.

"그럼 파트너는요?"

모두가 조용해졌고, 그때 솜사탕이 손을 들었다.

"전… 소나무님이랑 해보고 싶어요."

소나무가 눈을 껌뻑였다.

"저… 잘 못 치지만, 그 대신 연습은 진짜 열심히 할게요."

소나무는 고개를 끄덕였다.

"좋아요. 그럼, 호흡부터 같이 다시 해보죠."

그때부터 두 사람의 훈련이 시작됐다. 솜사탕은 자주 슬라이스가 났고, 클럽도 자주 놓쳤다. 하지만 소나무는 조용히 말했다.

"흐르듯이 치세요. 시냇물처럼."

"네?"

"당신은 급하지 않잖아요. 휘두르지 말고, 흐르세요."

몇 주 후, 두 사람은 클럽 랭킹전에서 1위를 했다. 그리고 '스카이 스크린 파크 대표'로 전국 대회에 나가게 되었다. 대회 전날, 솜사탕이 물었다.

"혹시 두렵진 않으세요?"

소나무는 웃었다.

"아니요. 전 이미 매일 이겨내고 있으니까요. 내일은… 그냥 오늘의 연장이죠."

그리고 대회 날 아침

경기장은 충청도의 대형 파크골프 경기장. 전국에서 64개 조가 출전했다. 유니폼, 응원단, 스폰서까지 동원된 팀도 있었다. 솜사탕은 얼떨떨했다.

"우리가… 여길 왜 왔을까 싶네요."

소나무가 말했다.

"사는 게 다 그렇죠. 가끔 왜 여기 있는지 모를 때가 있어요. 그럴 땐, 그냥 한 발만 더 떼죠."

솜사탕과 소나무는 천천히 걸어 골프장에 들어섰다. 솜사탕이 물었다.

비어 있거든, 사랑으로 채워라

"오늘 목표는요?"

소나무가 답한다.

"오늘도 살아 있다는 걸, 보여주는 것."

둘은 스윙을 시작했다.

전국대회 4강전 – 마지막 샷

4강 첫 상대는 젊은 엘리트 체육인들. 공은 날아갔고, 땅은 낮게 깔렸으며, 행운은 편들지 않았다. 솜사탕의 실수가 이어졌다. 한 홀이 끝나고 그녀는 고개를 떨궜다.

"미안해요…"

소나무는 조용히 말했다.

"그럼 내가 한 홀 더 열심히 하면 되죠. 그게 조잖아요."

하지만 2점 차, 마지막 홀을 넘지 못했다. 결국 패배. 경기 후, 경기장을 떠나려던 순간. 관중석에서 스카이 응원단이 노래를 불렀다.

"잘했어요, 잘했어요, 우리 소나무와 솜사탕~ ♬"

솜사탕은 눈가를 훔쳤다.

"우린 졌는데요…"

소나무는 말했다.

"졌지만, 잃은 게 없어요. 그럼 이긴 거죠."

'파크골프'는 서로 다른 길을 달려온 이들이 새롭게 찾아낸 이야기이고, '함께'라는 놀라운 시간을 만들어가는 바로 우리들의 이야기이다. 홀인원의 짜릿함보다, OB의 아쉬움보다 더 큰 건 나와 당신이 이 순간을 함께 웃고 있다는 사실.

'노을'처럼, '소라'처럼, '솜사탕'처럼. 삶의 무게를 품고도, 여전히 햇살을 향해 걷는 이들. 그들에게 파크골프는 운동이 아니라, 또 하나의 삶, 또 하나의 춤, 그리고 또 하나의 '자기 자신'이다.

자화상

한여름의 초대

폭우, 극한 혹서가 반복되는 날씨였다. 도시의 여름은 전에 없이 뜨거웠다. 온몸이 땀에 절은 듯 끈적였고, 창밖으로 나가는 것조차 고역처럼 느껴졌다. 냉방기를 틀어도 축축한 공기는 사라지지 않았다. '사이버 일기'를 쓰다 말고, 나는 화면을 닫았다. 꼭 더위 때문만은 아니었다. 길들여진 나, 카페 일기장에 적힌 내 고백은 조심스러웠고, 때론 지나치게 포장되었다. 내 마음조차 나를 믿지 못하고 도망치는 글. 20년째 일기를 쓰고 있지만, 나 자신을 정면으로 바라보지 못한 적이 많았다.

"해남 내려올래?"

그 무렵 친구 재용이가 전화했다.

"해남으로 내려와. 대흥사 계곡은 발 담그면 바로 감각이 사라질 정도야. 밤엔 선풍기도 안 틀고 잔다."

그 말에 더 이상 망설일 이유가 없었다. 나는 짐을 싸고 내려갔다. 무더위를 피해, 그저 며칠 아무 생각 없이 시간을 보내자는 마음이었다. 하지만 내 여행은 전혀 예상치 못한 방향으로 흘러갔다. 단 한 점의 그림, 그 눈빛 하나가 내 모든 생각을 흔들어 놓았다.

"윤선도의 고택에 녹우당이라고 있거든. 대흥사 가기 전에 녹우당 들러보자. 윤선도 종갓집 있잖아. 그런데 거기 진짜 대단한 게 하나 있어."

재용이의 말에 나는 그저 고개를 끄덕였다. '역사 유적지야 어디든 비슷하지 않을까?'라는 생각이 들었다. 그러나 그 생각은 녹우당에 발을 들이자마자 완전히 바뀌었다.

녹우당

고요했다. "분위기가 조선시대인데!" 함께 웃었다. 말없이 시간을 끌고 오는 정적이 있었다. 은행나무 고목이 울타리를 치고, 햇빛은 지붕을 타고 미끄러져 대청마루에 누웠다. 정원에는 바람이 돌담을 넘고 있었다.

비어 있거든, 사랑으로 채워라

"저기가 전시실이야."

나는 그 그림 앞에 멈춰 섰다. 그림 속 남자는 나를 똑바로 바라보고 있었다.

자화상 앞이었다.

"이게 윤두서 자화상이야."

친구가 설명했지만, 나는 이미 그 말조차 들리지 않았다. 한 치의 흔들림도 없이 정면을 응시하는 눈동자.

"어쩌면, 이 사람은 자기를 그대로 그린 거야. 한 올 한 올, 흐트러지지 않게."

재용이 말했다. 그는, 그 자신을 그렸다. 조선 후기, 유학의 나라에서, 사대부로서, 아무런 꾸밈이나 미화 없이, 그대로의 자신을 정면으로 마주하고 그린 그림을. 눈을 피하던 내가, 눈을 마주했다. 나는 충격을 받았다.

"자기 자신을 정면으로 바라보는 게 어려워. 20년간 일기를 써 와서 알거든."

내 안의 고백은 언제나 조금 비켜 있었고, 돌려 있었고, 감추고 있었다. 나는 잠시 눈을 돌렸다가, 다시 그림을 바라보았다. 피하고 싶었다. 눈을 피한 건 내 습관이었다. 상사의 시선, 거절당한 순간들, 거울 속 내 표정… 나는 늘 살짝 비껴서 세상을 바라봤다. 그런데 그는, 그림 속에서조차 물러서지 않았다. 뭐라도 감춰야 마음이 편한 시대에, 그는 아무것도 감추지 않았다.

그 순간, 어딘가 가슴 안쪽이 따끔했다. 그림이 아니라, 심문을 받는 것 같았다. '너는, 너를 왜 늘 한 발짝 옆에서 보려 드느냐?' 그런데 그는, 그 모든 두려움을 넘고 있었다.

"이거, '쥐수염 붓'으로 그린 거야. 쥐 수염 한 올 한 올 모아서 만든 극세필로."

친구의 말이 뒷전으로 밀려나듯 들렸다. 나는 그림만 보았다. 수염의 결, 눈썹의 방향, 주름의 미세한 굴곡… 선 하나하나에 집중하고, 호흡을 조절하고, 멈추지 않으려 애쓴 흔적이 선명했다. 그건 단지 얼굴이 아니라, 마음의 등고선을 따라 그린 자화상이었다.

"조선의 다른 자화상들은 어떻게 그렸지?"

"대부분 측면을 그렸지. 겸손을, 예를, 절제를 위해 얼굴을 돌리고, 시선을 피하는 것이 일반적이야."

나는 내가 봤던 도록 속 자화상들을 떠올렸다. 살짝 비껴 선 시선들, 절제된 옆얼굴들. 그 사이에서 이 정면의 눈빛이 유난히 선명하게 나를 붙잡았다. 하지만 그 앞에서 내가 더 먼저 느낀 건 설명이 아니라 몸의 반응이었다. 숨이 짧아지고, 손끝이 미세하게 떨렸다. 마치 눈빛이 내 속을 더듬는 느낌.

윤두서는 시대의 시선을 정면으로 거부했다. 자신을 정면으로 마주 보고, 그것을 그렸다. 당당함. 말없는 자존. 그 고요 속의 단호함. 자아 인식. 나는 그 앞에서 말문이 막혔다. 무엇보다도, 그의 시선은 마치 이렇게 묻는 듯했다. '너는 너를 그렇게 바라본 적이 있는가?' 붓끝에 사람이 담겨 있었다.

"그가 벼슬을 하지 않았다는 거 알아?"

"아니, 더 얘기해 줘. 그의 다른 그림도!"

재용이 내 옆에서 말했다.

"과거에 급제했지만, 권력 다툼에 피 흘리는 걸 보고는 바로 관직을 버렸대. 그는 붓을 들었지. 글을 쓰고, 그림을 그리고, 농사를 짓고, 사람들을 바라보았어. 그의 그림에는 하층민 사람이 있었지. '장인, 상인, 아이, 노비…'"

나는 전시 패널 속 초상들을 더 가까이 당겨 보았다. 과장도 연민도 아닌 표정들. 땀과 주름이 그대로 살아 있었다. 위에서 내려다보는 시선이 아니라, 마주 서 있는 느낌. 나는 그 붓끝에서 사람에 대한 온기를 먼저 느꼈다.

"어떤 느낌이야?"

내가 물었다.

"누군가를 위에서 내려다보지 않고, 또 미화하지도 않았어. 그저 그 사람의 있는 그대로의 존엄을 담은 거야. 그가 그린 노비 초상엔 분노도 없고, 초라함도 없어. 다만 살아 있는 사람의 온기가 있고, 땀과 주름의 사연이 있지. 그 표정을 보고 있으면 그가 단지 그 사람의 얼굴을 베껴 그린 게 아니라, 마음까지 어루만진 것 같은 느낌이 들지."

"정말 그랬을까. 붓 하나로 그걸 다 느꼈단 말이야?"

"그가 자주 그린 말 그림들 속에서는 생명에 대한 세심한 존중이 담겨 있어. 말의 근육, 호흡, 자세까지도 섬세하게 그려냈어. 그의 시선은 동물조차도 단순한 존재로 보지 않았다는 거야. 살아 있는 존재로, 감정을 가진 존재로, 하나의 인격으로 대했다고 봐."

"많이 공부했구나."

"아무렴, 제대로 소개해야지. 그의 〈기마인물도〉라고 있지? 말 위에 앉은 인물은 위엄보다는 절제와 고요를 담고 있어. 윤두서 자신의 또 다른 모습이야. 시대의 권위와 거리를 두되, 시대를 외면하지 않은 사람, 그 자신이지."

"그렇구나."

"그리고 〈풍속도〉 속 사람들이 있어. 장돌뱅이, 아이, 물 긷는 여인, 상인. 그들 하나하나가 조용한 존중으로 그려졌어. 웃기지 않고, 불쌍하게 만들지 않고, 그저 그날의 그 사람으로 그렸어. 당시 양반 화가들이 하층민을 그릴 때 풍자, 연민, 혹은 조롱을 담기도 했으나, 윤두서는 그들의 표정, 자세, 감정의 흐름까지 담으려 했다고 해. 그는 인물을 수평적으로 바라보며, '인격 있는 존재'로 대우했다고 할 수 있지."

"후대에 끼친 영향도 있을까?"

"그의 손자가 풍속화를 계승했고, 그게 김홍도, 신윤복으로 이어진 거라는 견해가 있어."

재용의 설명에 나는 천천히 고개를 끄덕였다. 벼슬 없이도, 궁궐 밖에서도, 그는 사람을 남겼고, 시대를 남겼구나. 나는 자화상 앞에서 한참을 서 있었다. 그 그림은 말이 없었지만, 분명히 나는 듣고 있었다. '너는, 너를 그렇게까지 바라본 적이 있는가.'

미화원의 삶

계곡은 정말 시원했다. 물은 투명했고, 차가웠고, 나는 신발을 벗고 걸었다. 발끝에서 무언가 깨어나는 기분이었다.

"그림 한 점이 사람 마음을 이리도 흔들 줄이야…"

그날 밤, 잠자리에 들기 전, '사이버 일기장'에 들어갔다. 그리고 단 한 문장만 적었다. 나는 오늘, 나를 정면으로 바라보았는가.

며칠 뒤, 대흥사에서 내려오는 길에 우리는 해남을 지나 목포로 향했다. 해질녘이었다. 재용이 핸들을 잡은 손에 땀이 배어 있었다.

"나 내일 새벽에 출근해야 해. 청소 구역 바뀌었거든. 시청 민원동이야."

"그래도 아침마다 치우는 거 힘들지 않아?"

그는 웃었다.

"힘들지. 근데 좋기도 해. 내가 하루를 먼저 정리해 주는 기분이 들거든."

나는 고개를 돌려 재용을 바라보았다. 그의 눈엔 부끄러움이 없었다. 그는 시청의 미화원이었고, 그 사실을 말할 때마다 오히려 더 뿌듯해 보였다.

"사람들은 직업을 신분으로 착각하기도 하지. 청소한다고 쉽게 생각하는 사람들, 다 자신을 정면으로 못 보는 거야. 윤두서 자화상 앞에서 멈칫하듯이."

나는 말이 없었다. 그의 말이 정곡을 찔렀다.

"난 나를 좋아해. 내가 하는 일도. 그게 당당함 아니야?"

내가 대답했다.

"그렇게 말할 수 있는 사람이, 몇이나 될까."

그 순간 나는 윤두서의 자화상이 다시 떠올랐다. 정면을 응시하는, 단단하고도 고요한 그 눈. 재용의 말은 다름 아닌 그 자화상의 연장이었다.

"이 시대에도, 자기를 정면으로 바라보는 사람들, 진짜 자기를 살아낼 수 있는 사람들이 얼마나 될까?" 내가 말했다.

"글쎄."

나는 창밖으로 시선을 돌렸다. 노을이 지고 있었다. 길가에 세워진 쓰레기 봉투 몇 개가 바람에 흔들리고 있었다. 재용은 내일 새벽 그 쓰레기를 치울 것이다. 그리고 말없이, 당당하게 하루를 시작할 것이다.

비어 있거든, 사랑으로 채워라

"이제 나도, 나를 치우고 정리하며 하루를 시작해야지."

차창에 비친 내 얼굴을 한참 바라봤다. 이젠, 정면으로 봐야겠다. 부끄럽고, 찌그러지고, 아직도 미완성인 나를. 내 일기도, 내 하루도, 그렇게 정면에서 다시 시작해야겠다. 윤두서는 붓을 들었지만, 나는 펜을 들 것이다. 오늘부터 다시 쓴다. 거짓 없는 나를. 내 안에 숨어 있던 자화상을, 내가 살아낸 삶을 당당하게….

목포 카페에서

목포 카페에 재용과 마주 앉았다. 휴대전화를 꺼냈다.

"너 혹시 윤두서가 지도도 그린 거 알아?"

"지도?"

"어. 나 요즘 그거 보고 놀랐어. 진짜 사람 살았던 흔적을 한 땀 한 땀 기록했더라고. 그냥 지형만 그린 게 아니라, 집 위치, 우물, 길… 다 들어가 있어. 이건 거의 삶의 풍경이야."

그는 휴대전화로 몇 장의 사진을 보여 줬다. 해남 일대의 고지도.

"근데 왜 지도를 그렸지?"

내 눈엔 단순한 약도가 아니있다. 논두렁의 모양, 초가집의 위치, 마을 어귀에 흐르는 물길까지도 정성스럽게 담겨 있었다.

"넌 자화상만 보고 충격받았겠지만, 공재는 시대 전체를 그렸던 사람이야. 말도, 노비도, 지도도, 삶도."

나는 한참 동안 말이 없었다. 그 자화상이 한 개인의 내면뿐 아니라, 그가 발 디딘 현실을 온전히 받아들이고, 그걸 새기고, 기록했던 일련의 과정이라는 게 이제야 보이기 시작했다.

"너, 그분을 다 이해하려면 시간이 더 필요한 거 아니야?"

재용의 질문에 나는 멋쩍게 웃었다. 나는 고개를 끄덕였다.

유년의 '세숫대야 자화상'

"나도 가끔 거울을 피하고 싶거든. 그러나 나를 정직하게 안 보고는…. 내 얼굴, 내 몸, 내 하루. 내 세계관도 받아들일 수 없어."

나는 그의 말이 낯설지 않았다. 윤두서의 자화상 앞에서 느꼈던 심문처럼, 재용의 말은 조용히 가슴 안에 침투했다. 자신을 바라보는 시선으로, 세상을 바라보게 된다.

녹우당에 다녀온 후로 동서양의 대표 자화상 화가들을 찾아보았다. 유명한 화가들 중 수십 점의 자화상을 남긴 분들이 있었다. 그들은 무엇을 작품에 담아내려 했을까?

난 어린 시절 아침마다 세숫대야에 떠오르던 내 얼굴을 기억해냈다. 또르르, 작은 주먹에서 흘러내리던 물줄기에도 깨어졌다 다시 나타나던 자화상. 가장 진실한 '세숫대야 자화상'이었다. 언젠가 다시 한번 세숫대야 자화상을 그려보아야 하겠다.

아침, 세숫대야를 놓고 수돗물을 받았다. 물줄기가 멎자 얇은 수면이 한숨처럼 고요해지고, 그 위로 내 얼굴이 떠올랐다. 나는 손가락 끝을 수면 위 그림자에 겹쳐 대고 이마의 굴곡, 눈두덩의 음영, 입가의 미세한 떨림을 선으로 그렸다. 손가락이 흔들릴 때마다 수면도 흔들려 얼굴이 부서졌다가 다시 선다. 약품 냄새와 잔물결의 냉기가 손목을 식힌다. 마지막으로 동공의 가장 어두운 점을 찍으며, 나는 속으로 천천히 말한다— 오늘은 피하지 않았다. 정면 자화상이다.

버진로드

늦은 만큼 더 행복하게

"내 딸을 자네에게 보낼 수는 없네. 더 솔직하게 말하면, 장애를 가진 자네에게 희주를 보낼 생각은 손톱만큼도 없으니 단념하게."

10년 전의 목소리가 '결혼행진곡'에 깨끗이 씻겨 나가는 느낌이다. 신랑의 얼굴에 화색이 돈다. 흥겨운 웨딩마치가 가슴을 울리고 산속까지 깊이 울려 퍼진다.

"신랑 신부 행진!"

사회자의 외침이 울려 퍼지자, 하객들의 박수와 환호가 파도처럼 밀려왔다. 두 사람은 천천히 서로의 팔에 의지하여 걸어 나갔다. 어디선가 축포가 터졌다. 반짝이는 은빛 꽃잎들이 하늘에서 나비처럼 날아온다. 작은 별들이 신부의 베일 위에도 신랑의 어깨에서도 반짝인다. 무엇이라도 신랑과 신부를 더욱 빛나게 만들었다.

이 순간, 세상은 이 두 사람을 위해서만 존재하는 듯했다. 사람들의 박수도, 웨딩마치도, 웃음소리도. 오직 무대 위의 주인공에게 집중되었다. 신부의 눈가에는 눈물이 반짝였고, 신랑은 그 모습을 바라보며 따뜻한 미소로 답했다. 신부의 어머니도 누구보다 환하게 웃고 있었다.

카페 '버진로드'의 밤

도시의 밤은 유난히 깊었다. 고층 빌딩 사이로 퍼지는 불빛은 흐릿했고, 회색 하늘엔 둥근 보름달이 낮게 걸려 있었다. 달빛이 옥상 가장자리를 흘러내릴 듯 매달려 있었다. 카페 '버진로드'는 하루를 마무리했다. 불이 꺼진 간판 아래, 실내 조명만이 은은하게 명맥을 이어 가고 있었다. 바닥에는 막 닦은 물기의 냄새와 함께 허브티의 잔향이 느껴졌다. 로즈마리, 라벤더… 몇 시간 전까지 이곳을 채웠던 사람들의 기분 좋은 기척이 아직 공기 속을 떠돌았다.

그러다 유리문이 조심스럽게 열렸다. 문 위에 매달린 작은 방울이 투명한 종소리를 울렸다. 들어선 사람은 희주와 주일. 긴 여행을 마친 듯한 걸음이지

비어 있거든, 사랑으로 채워라

만, 눈빛에는 생기가 넘쳤다. 그들을 보자마자, 카운터 뒤편에서 미영이 놀란 듯 얼굴을 들었다. 그리고 이내 환한 얼굴로 달려 나왔다.

"어머! 신혼여행 잘 다녀왔구나?"

그녀의 목소리는 반가움으로 가득 차 있었지만, 눈은 두 사람의 지친 얼굴을 금세 읽어냈다.

"그런데… 둘 다 며칠 사이에 왜 이렇게 야위었어?"

희주가 쑥스럽게 웃으며 대꾸했다.

"이 사람이 우리가 제일 늙은 커플이라며 바다 나가는 것도 거부하잖아요. 싸웠지요. 내가 얼마나 '발리의 여인'이 되고 싶었는데요!"

셋이 동시에 웃음을 터뜨렸다. 그 웃음은 오래된 친구들 사이에서만 나올 수 있는, 익숙한 온기를 머금고 있었다. 미영은 희주를 꼭 끌어안았다. 그녀의 품에서는 막 내린 커피의 따뜻한 향이 났다.

"정말 축하해."

손을 맞잡은 그녀가 말했다.

"기다린 시간이 아깝지 않지?"

기다림의 시간

다음 날, 주방 안쪽에서 영찬이 조심스럽게 나왔다. 손에는 나무 트레이, 그 위엔 찻잔 두 개가 흔들림 없이 놓여 있었다.

"하모니 허브티야."

영찬이 낮은 목소리로 말했다.

"로즈랑 라벤더를 블렌딩했어. 달콤하고 평온한 맛이지."

그는 잔을 조심스레 테이블 위에 내려놓았다. 허브 향이 다시 한번 공간에 번졌다.

"너희 둘의 결혼이 평온하길 바라며 만들었어."

영찬의 눈빛에는 진심이 어려 있었다. 미영이 웃으며 고개를 끄덕였다.

"결혼 승낙을 받기까지 10년을 기다리다니… 정말 대단해."

하지만 희주는 천천히 고개를 저었다.

"대단하지 않았어요. 사실, 인연의 끈을 놓으려 했던 순간이 수도 없이 많았어요."

그녀의 눈이 찻잔을 천천히 응시했다. 뜨거운 물 위에 허브 잎이 떠올랐다가 가라앉았다.

"부모님께 불효라는 생각에… 차라리 포기하자 했던 날도 있었고요."

그녀가 말을 잇자, 주일이 조용히 웃으며 고개를 끄덕였다.

"그땐 나도 흔들렸지. '이 여인을 진심으로 사랑한다면… 놓아주는 게 도리 아닐까.' 내가 너무 이기적인 건 아닐까, 생각했어."

그의 말에 희주가 옅은 미소를 지었다. 하지만 그 미소는 금방 수그러들었다.

"장모님의 반대가 가장 심했을 때… 그때는 정말 세상을 포기하고 싶을 정도였어. 장애 때문이라고 하시니까, 살 힘이 다 빠졌지. 결혼 포기하고 봉사나 하며 살려고 1년 동안 언어도 준비하고 요리도 배웠지."

조용한 침묵. 그러다 미영이 입을 열었다.

"알아. 주일 씨가 힘들어할 때마다… 희주가 눈 퉁퉁 붓고 내게 찾아왔거든. 말 안 해도 다 알겠더라."

잠시, 그들의 시선이 찻잔 너머로 스쳤다.

"사실 이제 말하지만…"

미영이 조심스럽게 말을 꺼냈다.

"한 번은 어머님이 직접 나한테 전화하셨어. 희주 좀 말려 달라고. 그때는 정말… 결혼이 미친 짓인가 싶더라고."

기다림의 시간, 어머니의 전화
문 닫으려던 밤, 제빙기가 마지막 얼음을 토해 내고, 에스프레소 머신의 열이 천천히 식는다. 앞치마 주머니에서 휴대전화가 떨린다.

"네, 미영입니다."

잠깐의 숨 멈춤 뒤, 낮게 떨리는 목소리.

"… 저, 희주 엄마예요."

유리문 밖 버스가 정류장을 밀고 지나가고, 방울소리는 더 이상 울리지 않는다.

"미영 씨, 부탁 좀 할게. 우리 희주… 그 결혼, 다시 생각하게 해 줘요."

말끝마다 길게 붙는 한숨.

"애가 아직 어려요. 상처를 감당 못 할 거예요."

미영은 바 테이블의 물자국을 엄지로 지우다 멈춘다. 라벤더 잔향이 희미하게 식는다.

"어머님 마음, 이해해요."

한 모금 삼키듯 조용히 말한다.

"제가… 잘 이야기해 볼게요."

전화가 끊기고, 가게 안에 아주 작은 진공이 생긴다. 미영은 방울을 손가락으로 톡 건드린다. 소리는 나지 않고, 손끝만 미세하게 떨린다.

모두가 쓴웃음을 지으며 고개를 끄덕였다. 그 시절을 돌이켜보면, 어딘가 꿈같고, 또 아찔했다.

"진짜야."

미영이 찻잔을 들어 올렸다.

"너 결혼한다고 했을 때… 가족이 반대하는 결혼이라며 나도 말렸었잖아?"

그러자 희주는 고개를 끄덕이며 웃었다.

"그랬지요."

미영이 영찬을 바라보며 말을 이었다.

"나도 이 사람을 만나고 나서야… 너를 이해하게 됐어."

이름의 의미, 변화의 순간

밤늦은 카페 안은 어느새 깊은 밤의 숨결로 가득했다. 서로의 말이 끝날 때마다, 허브 향이 바람결처럼 스며들었다. 희주가 살며시 미소 지으며 말했다.

"그래도, 결국엔 모두 우리 편이 되었지."

미영이 고개를 끄덕이며 맞장구쳤다.

"생각해 보면… 우리 넷이 동호회에서 만난 지도 벌써 10년이 넘었더라."

그 말에 희주는 잠시 회상에 잠긴 듯, 먼 곳을 바라보았다.

"처음 만났을 땐, 우리가 이렇게 될 거라고는 상상도 못 했는데…"

그 순간, 영찬이 잔을 비우며 조용히 입을 열었다.

"'버진로드'라는 이름, 생각나? 그때 네가 제안했잖아, 희주."

희주는 고개를 끄덕이며 웃었다.

"그래요. 인생에서 가장 축복받은 길. 하얀 웨딩드레스를 입고, 사랑하는 사람의 손을 잡고, 장엄한 음악 속에 첫걸음을 내딛는 그 길이라고 생각했어요."

주일이 조용히 그녀의 손을 잡았다. 희주는 천천히 말을 이었다.

"결국, 우리도 10년 만에 그 길에 섰네요. 버진로드 위에서, 마침내."

잠시, 모두가 말없이 찻잔을 들었다. 기쁨과 고생, 눈물과 인내가 한데 녹아든 그 말에, 어설픈 말은 필요 없었다. 그러다 미영이 고백하듯 말을 꺼냈다.

"그땐 그렇게 생각했어. 가치관이 다른 사람끼리 결혼하면 오래 못 간다고. 나는 철저히 계산하는 타입이고, 영찬 씨는… 계획이란 게 없어."

그녀가 웃었다.

"나는 선머슴, 영찬 씨는 산골 색시. 성격도 식성도, 삶의 속도도… 전부 달라. 하지만 서로 다르다고 꼭 나쁜 건 아니더라."

그녀가 잔을 들어 향을 깊이 들이마셨다. 라벤더 향이 조용히 공기 중으로 퍼졌다.

"사랑이나 이별은… 결국 강한 쪽으로 끌리는 자석 같아. 너희 둘은 다 강했으니까, 결국 부모님 마음도 움직인 거겠지."

주일이 조용히 고개를 끄덕이며 입을 열었다.

"장모님께서 결혼을 허락해 주셨을 때… 그 순간은 지금도 또렷이 기억나."

"그동안 반대해서 미안했다. 희주를… 행복하게 해주게."

그 짧은 말 한마디가, 십 년의 기다림을 단숨에 끌어안았다. 희주가 가만히 말을 이었다.

"어머니 마음이 바뀐 건… 아마 '베타' 때문이었을 거야."

미영이 눈을 동그랗게 떴다.

"베타? 그 물고기?"

"응. 혼자 살아야 하는 열대어. 같이 두면 싸우니까 외롭게 키워야 해. 내가 한 마리를 일부러 길렀는데, 바쁜 척 어머니에게 먹이도 주고 어항도 청소해 주시도록 자주 부탁드렸거든."

희주는 눈을 내리깔며, 기억을 되짚듯 천천히 말했다.

"그리곤 베타에게 말하곤 했지. '너나 나나 혼자라서 외로워!'"

"어머니가 아주 싫어하셨어요."

"어느 날 그러셨어요. '어항 속 혼자 사는 그 물고기를 보다 보니까… 문득 내 딸 생각이 나더라.' '저러다 내 딸도… 혼자 늙겠구나.' 그 무렵 난자를 채취해 난자 은행에 보관 하겠다고 했을 때 기겁을 하셨어요. 그때 결단하신 거야. '그래, 독신보단 낫겠지. 내 딸이 원하는 대로… 축복해 주자.'"

그 말에, 모두가 잔을 들었다. 사랑은 결국 마음에 닿는다는 걸 알고 있었기에. 희주가 웃으며 덧붙였다.

"신혼집엔 엔젤피쉬 한 쌍을 키우려고 해요. 사랑 표현을 그렇게 잘한대요."

다시 한번, 잔잔한 웃음이 흘렀다. 그리고 미영이 찻잔을 조용히 내려놓으며 말했다.

"결혼은… 미친 짓이 아니라, 잘한 짓이야. 서로의 부족함을 채워 가며, 결국엔 함께 성숙해지는 거니까."

함께 걷는 길, 함께 서는 승부

침묵이 흐른 뒤, 영찬이 잔을 내려놓으며 조용히 입을 열었다.

"결혼행진곡을 작곡한 멘델스존, 그의 할아버지가 이런 말을 했대."

셋의 시선이 그에게로 향했다.

"예전에 그가 한 여인에게 청혼했는데, 장애 때문에 거절당할 뻔했대. 그래서 지혜롭게 말했대. '신이 짝을 정할 때, 신부가 너무 완벽하니까 대신 신랑에게 흠을 주셨다오.' '당신이 짊어져야 할 상처를 내가 대신 짊어진 거요.'"

영찬은 잔잔히 웃었다.

"그 말을 듣고 그녀가 웃으며, 청혼을 받아줬대."

희주가 찻잔을 들며 주일을 바라보았다. 그 시선엔 긴 시간 함께한 사람만이 담을 수 있는 깊이가 있었다. 주일도 조용히 미소 지으며 말했다.

"그래서 난, 희주 씨의 흠이 되었지만… 결혼은, 분명 잘한 일이야."

그 말에 셋은 조용히 웃음을 터뜨렸다. 그 웃음은 오래된 우정의 내음이자, 기꺼운 수긍이었다. 그러다 미영이 장난스럽게 외쳤다.

"우리 배드민턴 경기했던 거 기억나?"

희주가 입꼬리를 올렸다.

"내가 전위, 주일 씨가 후위. 혼합복식 무적이었지요!"

영찬이 고개를 끄덕이며 웃었다.

"장애 있다고 방심한 커플들, 혼쭐 많이 났잖아. 희주 씨가 앞을 막아 주면, 주일 씨는 완전 선수였지. 드롭, 클리어, 네트 플레이까지… 순식간이었어."

"말 나온 김에, 이번 주말에 한 게임 어때?"

미영이 눈을 빛냈다. 희주는 환하게 웃으며 대답했다.

"무조건이지요. 우린… 어떤 도전도 거절해 본 적 없잖아요?"

모두가 웃었다. 그 웃음은 가볍지 않았고, 오래도록 이어졌다. 그 순간, 카페 '버진로드'의 유리창 너머로 젊은 웃음소리가 밤공기 속으로 흩어져 퍼져 나갔다. 그들은 모두 알고 있었다. 서로의 손을 놓지 않고, 함께 걸어가는 삶.

비어 있거든, 사랑으로 채워라

그 삶이 조금씩, 더 단단해지고 있다는 것을.

며칠 뒤, 주말. 체육관은 동호회 회원들로 북적이고 있었다. 셔틀콕이 네트를 가르며 날아다녔고, 곳곳에서 웃음과 탄성이 터졌다. 드디어, 오늘의 마지막 경기, 결승전이었다. 주일이 셔틀콕을 살짝 앞으로 밀어 넣는다. 네트를 스치듯 떨어지는 드롭샷. 영찬이 다이빙했지만, 셔틀콕은 바닥에 닿았다. 심판이 팔을 들었다.

"게임!"

관중석에서 박수가 터졌다. 희주와 주일은 가볍게 하이파이브를 나눴고, 곧바로 상대 팀과도 손을 맞잡았다. 주일이 타월을 들어 희주의 땀을 닦아주었다.

"오늘은 우리가 이겼지요?"

희주가 미소 지었다.

"그래. 오늘만 봐줬다."

미영이 장난스럽게 받아쳤다.

"근데 너희 신혼여행 가서도 운동만 한 거 아니야? 왜 이렇게 잘해?"

넷은 유쾌하게 웃으며 체육관을 나섰다. 그리고, 문을 나서며 주일은 희주의 손을 잡았다. 그 손엔 땀이 묻어 있었고, 무엇보다도 함께 살아갈 사람의 체온이 깃들어 있었다.

축복이 자라는 곳

시간은 흘러, 계절은 다시 봄이었다. 주일의 집 앞마당에 작은 텃밭이 생겼다. 라벤더와 로즈마리, 그리고 어린 잎채소들이 나란히 자라고 있었다. 희주는 앞치마를 두르고 물조리개를 들었다. 햇살 아래 반짝이는 잎사귀를 바라보며, 그녀는 말없이 물을 주었다.

"엄마!"

작은 발소리가 달려왔다. 세 살배기 소율이었다. 흙장난을 하다말고 벌떡 일어나 희주의 다리에 안겼다.

"물고기 밥 줬어요!"

"잘했네, 우리 딸."

희주는 웃으며 아이의 머리를 쓰다듬었다. 주일이 커피를 내리고 있었다. 그의 눈빛은 여전히 조용하지만, 전보다 더 따뜻했다.

카페 한쪽 벽에는 오래된 사진이 걸려 있었다. 하얀 드레스를 입은 희주와, 단정한 턱시도의 주일이 서로를 마주 보고 웃고 있었다. 그 아래 작은 글씨로 이런 문장이 새겨져 있었다.

'우리는 날마다 버진로드를 걷는다.'

비어 있거든, 사랑으로 채워라

나는

달릴 수
있어

사직서

상급자가 팀원의 성과를 본인 명의로 발표하는 '공로 가로채기'를 견디기 어려웠다. 정정을 요구하자 길수의 성과를 의도적으로 누락하며 공개석상에서 공격했다. 길수는 4년간 다닌 회사에서 전직을 위해 사직서를 내고 몇 달째 집에만 있었다. 마음이 힘들었다. 억울함이 목에 걸려 말을 삼켰다.

그 사건만 잊으면 그 시간이 그렇게 좋을 수가 없었다. 아침마다 알람 안 듣는 게 이렇게 행복할 줄이야. 늦잠, 야식, TV, 게임까지. 자유라는 이름 아래 하고 싶은 건 다 했다. 그러나 그 시간은 예상보다 빨리 무거워졌다.

'아, 오늘은 뭐 하지…?' '벌써 하루가 끝났네.' '이제 생업으로 무엇을 해야 하나?'

어느 날 아침, 부은 얼굴로 거울을 본 그는 잠시 멈칫했다. 거울 속의 자신이 낯설었다. "이게… 나라고?" 부푼 뱃살, 축 처진 턱선. 예전엔 그래도 체격 좋다는 말을 듣곤 했는데, 지금은 그저 '비만 청년'이었다. 건강검진표가 그의 마음을 또 한 번 무겁게 눌렀다. 빨간 글씨로 선명하게 적힌 '비만 2단계', '중성지방 위험'. 길수는 한숨을 내쉬며 휴대전화를 들었다. 연락처를 스르르 넘기다가 어느 이름에서 손이 멈췄다.

"수정이…"

대학 시절 동아리에서 만난 그녀. 매일 아침 달리기를 하고 요가 강사로 활기찬 삶을 살던 사람. 오래 연락을 끊었지만, 불쑥 그녀가 떠올랐다.

"살이라도 좀 빼고… 그다음에 연락해야겠다."

어린이 애니메이션을 보게 되었다. 그날 밤, 잠이 오지 않아 TV를 켰다. 자막 뉴스가 무심히 흘러가고, 채널을 돌리다 우연히 멈춘 화면. 애니메이션이었다. 길수는 리모컨을 내려놓았다. 배경은 호주의 초원이었다.

"땅만 보며 성큼성큼 뛰는 새의 이름이 뭐지?"

이름은 에뮤. 화면 속 에뮤는 날지 못했다.

비어 있거든, 사랑으로 채워라

"나처럼 비만이라 날지 못하는구나."

날지 못하니 친구들은 비웃었고, 검은 앵무는 조롱했다. 그러나 에뮤는 포기하지 않았다.

"나는 날 수 없지만, 대신 나는 것보다 더 빨리 달릴 수 있어."

그리고 에뮤는 초원을 달려 불길 속에서 동물들에게 길을 안내했다. 많은 동물들을 죽음에서 구해냈다. 화면 아래 자막이 흘렀다.

'바람이 속삭였어요. 너의 달리기는 나는 새보다 빠르다고.'

불길을 가르며 달리던 그 순간, 에뮤의 눈빛엔 두려움보다 책임감이 깃들어 있었다. 그 거친 발걸음 하나하나가 길이 되었고, 줄줄이 따르던 생명이 있었다. 그 장면에서 길수는 묘한 울컥함을 느꼈다. 이상하게도 그 이야기가 마치 자기 얘기처럼 느껴졌다.

"이제 나도 날 수 없지만, 혹시… 달릴 수 있을까?"

첫발을 내딛은 까닭은 이랬다. 다음 날 아침, 길수는 평소보다 일찍 깼다.

"왜 이렇게 일찍 눈이 떠지지… 아, 어제 그 에뮤 때문인가?"

창문 너머로 새벽빛이 스며들고 있었다. 그는 벽장 깊숙이 묻혀 있던 운동화를 꺼냈다. 먼지가 내려앉아 있었다.

"몇 년 만이지, 이거 신는 건…"

현관 앞에서 그는 망설였다.

"한 번 걸어보자. 뛰는 건 아직 무리야. 그냥… 걸어보는 거야."

차가운 공기가 코끝을 간질였다. 처음 몇 걸음은 괜찮았다. 그러나 곧 숨이 가빠지고 땀이 맺혔다.

"이게… 비만의 무게인가…"

그는 벤치에 털썩 앉아 헉헉거렸다. 그때였다. 트레이닝복을 입은 여자가 지나가며 살짝 웃었다.

"처음이 제일 힘들어요. 내일도 나올 거죠?"

놀란 길수는 고개를 들었다.

"수, 수정이…?"

같은 동네에 사는 대학 후배였다. 그녀는 그대로 걸음을 옮겼지만, 분명히 맞았다. 그녀였다. 며칠 전 동네 요가학원 유리문에서 강사 명단 '전수정'을 본 기억이 아련했다.

대학 1학년 첫 수업 날이었다. 수정은 강의실 제일 앞줄에 앉아 노트를 펼쳤다. 그녀는 새 교과서를 정리해 가방에 넣고, 물병을 책상 위에 가지런히 놓았다. 정돈된 책상처럼 그녀의 인상도 반듯했다. 그때였다. 문이 벌컥 열리더니, 늘어신 회색 후드티에 바람막이를 걸친 누군가가 느릿느릿 들어왔다.

"아, 또 복학생이다."

누군가의 중얼거림에 학생들이 동시에 고개를 들었다.

"야, 자리 좀 비켜봐. 아, 나 저 맨 뒤 창가가 좋은데 말이야."

그가 다가오며 웃었다. 앞줄에 앉은 학생들 사이에서 기침이 났고, 어떤 학생은 고개를 돌려 웃음을 참았다. 수정은 고개를 갸웃했다. '누구지? 교수님인가? 아니, 저 언행은… 절대 교수님은 아니지.' 그 남자, 바로 길수였다. 호탕한 성격, 지나친 자기소개, 그리고 대책 없는 유머 감각. 그의 별명은 캠퍼스의 '복학 좀비'였다.

강의가 끝나고 수정은 운동장으로 향했다. 그녀는 매일 아침 조깅을 하고 요가 수업도 빠짐없이 들었다. 건강한 삶이 그녀의 철학이었다. 그러던 중 운동장 옆 벤치에 턱을 괴고 앉은 누군가가 시선을 끌었다. 맨 앞 단추가 풀린 셔츠, 그리고 초코우유를 들고 있었다. 복학생, 길수였다.

"어, 안녕. 그 강의실에서 봤지?"

수정은 살짝 고개를 끄덕이며 조심스레 물었다.

"혹시… 오늘 늦게 오신 그분이세요?"

"하하, 늦은 게 아니라, 내가 타이밍을 좀 달리한 거야. 그래야 주목도 받지."

"주목보단 지각 아닌가요?"

비어 있거든, 사랑으로 채워라

"음, 팩트 폭격… 나 요즘 그거 잘 못 견디는데."

수정은 웃음을 참으려다 결국 고개를 숙였다.

"운동하세요?"

"아니, 널 본 거지. 운동을 해? 이 시간에?"

"네. 매일 아침 6시 반에 뛰어요. 상쾌하잖아요."

길수는 자신의 초코우유를 바라보며 말했다.

"난 상쾌하단 말보다 단 거 좋아하는데… 그것도 병인가?"

수정은 눈을 찌푸렸다.

"병까지는 아니지만, 그 뱃살은 치료가 필요해 보여요."

길수는 배를 감싸며 호들갑을 떨었다.

"헉, 지금… 내 자존심을 찌르셨어요. 여긴 지방 보호구역이에요."

"그런 유머로 운동은 못해요. 진짜 뛰어보세요. 생각보다 쉬워요."

길수는 수정을 한참 바라보다 중얼거렸다.

"그럼… 나중에 진짜 한번 뛰어볼까. 학생이랑."

수정은 고개를 갸웃하며 말했다.

"나중이 아니라, 내일 아침 6시 반. 운동장. 약속이요?"

"아침 6시 반? 시구 멸망하는 시간보나 빠른 거 아니야?"

"못 나오면 초코우유 금지예요."

그 말에 길수는 진지하게 손을 들었다.

"약속. 하지만… 내가 뛰는 거 보면 놀라지 마. 몸은 둔해도, 마음은 치타라구."

그날 이후, 둘은 매일 아침 운동장에서 만났다. 물론 처음 며칠은 길수가 지각하거나 핑계를 대곤 했다.

"어제 야식이 문제였어. 야식 라면은 아침 달리기를 방해하거든."

"핑계요."

하지만 수정은 늘 웃으며 기다려 주었다. 그리고 그 기억은, 오랜 세월이 흐른 지금도 길수의 마음속에 찬란한 새벽빛처럼 남아 있었다.

마이너스 10kg를 꿈꾸었다

다음 날, 길수는 평소보다 일찍 깼다. 운동화 끈을 조이며 혼잣말했다. "기록은 중요하지 않아. 어제보다 나은 오늘이면 되는 거야." 수정은 매일 같은 시간에 나타났다.

"안녕하세요. 어제보다 가벼워 보이네요?"

"응. 요즘은 치킨 생각 안 났어. 맥주도 끊었고."

수성은 환하게 웃었나.

"와, 진짜요? 대단하다. 끈기 있으시네요. 저랑 이번 주말 트레킹 가보실 래요?"

그날 이후, 둘은 동네 뒷산을 함께 오르기 시작했다. 길수는 수정 앞에 서면 어깨가 절로 펴졌다.

"오빠, 저 오늘은 숨이 덜 차요! 오빠도 근육 붙은 것 같아요!"

한 달이 지나자 체중이 2kg 줄었다.

"야, 줄긴 줄었네. 아주 조금씩, 아주 조금씩."

길수는 스스로에게 말했다. 그리고 어느 날, 길수는 수정에게 조심스럽게 물었다.

"혹시… 예전처럼 뛰고 싶지 않아?"

수정은 가볍게 고개를 끄덕였다.

"그럼, 나랑 다시 시작해 보자구. 우리, 달릴 수 있잖아."

달리기는 버티게 한다

수정은 몇 해 전, 이유도 모른 채 숨이 막히는 밤들을 견뎠다. 엘리베이터 버튼 앞에서 손이 떨렸고, 회의실 문이 닫히면 가슴이 쪼여왔다. 병명은 공황장애(panic disorder). 병명은 진단되어도 마음은 나아지지 않았다. 유일하게

비어 있거든, 사랑으로 채워라

편안했던 순간은 새벽 공원, 아직 잠들지 않은 바람을 만날 때였다. 세 걸음 들이마시고 두 걸음 내쉬기, 호흡을 숫자로 붙잡았다. 발목에 테이핑을 감고 첫 코스를 돌 때, 공포는 뒤에서 따라오지 못했다. 도망치지 않고 속도를 반 박자 늦추자 불안도 반 박자 늦춰졌다. 땀이 이마에 맺히면, 생각의 매듭들이 하나씩 풀렸다. 그녀는 알았다― 달리기가 병을 고친다기보다 무너지지 않게, 버티게 도와준다는 것을. 그래서 오늘도 신발끈을 묶는다.

마라톤 대회 완주

다음 해, 마라톤 대회에 처음 참가했다. 수정이 참가 신청서를 들고 나타났다.

"마라톤 완주는 자기 극복의 여정이에요. 한 번 도전해 보시죠."

길수는 '서울 마라톤 대회'에 출전했다. 출발선 앞, 긴장한 그 옆에 수정이 다가왔다.

"준비됐어요?"

"아니. 무서워."

"그럼, 같이 뛰어요. 풀코스 42.195km."

10km, 30km… 숨이 턱끝까지 차올랐지만 멈추지 않았다. 30km 지섬에서 페이스 붕괴가 있었다. 다리 근경련이 왔다. 허벅지 안쪽이 살짝 접히며 불꽃이 튀듯 욱신했다. 입천장은 소금을 찾았고, 선수들의 셔츠엔 소금꽃이 말라 하얗게 피어 있었다. 포기하고 싶었다. 할 수 없었노라고 기권하고 싶었다.

"나도 수없이 멈추고 싶었어요. 하지만 그때마다 달린 건… 달리지 않으면 무너질까 봐."

보고서에서 내 이름을 지운 상사가 떠올랐다. 그러나 지금의 호흡과 걸음은 누구도 빼앗을 수 없었다. 마지막 1km, 수정이 옆에서 말했다.

"이제 진짜 마지막이에요. 내가 옆에 있어요."

길수는 온 힘을 다해 뛰었다. 결승선을 함께 통과하자 수정은 그의 뺨에 살짝 키스했다.

"정말 잘했어요."

그는 숨을 헐떡이며 웃었다. 수정은 오른쪽 발목에 얇은 테이핑을 붙였다. 작년 가을, 수업 중 넘어졌다고 했다. 달리면 통증이 줄어든다며, 그녀가 웃었다.

길수가 트랙에서 배우는 것은 기록이 아니라 자신과의 대화였다. 그는 달리면서 자신의 한계를 극복하는 호흡법을 익혔다. 이제 길수는 매일 새벽, 같은 시간에 달린다. 수정과 나란히. 동네 마라톤 동호회에는 다양한 사람들이 있었다. 달리는 동기를 물어본 적이 있었다.

주부는, "살을 빼고 싶어요."

청년은, "우울에서 벗어나고 싶어요."

중년은, "건강을 되찾고 싶어요."

라고 대답했다. 길수는 직장 상사가 떠올랐다. 묵묵히 달렸다. 다 잊었다고 생각했는데, 그가 마음속 깊은 곳에 있다가 그를 조롱했다. 그러나 달리다 보면 안다. 어떤 장애도 극복하지 않으면 나아갈 수 없다는 것을. 아니, 몸도 마음도 가벼워야 달릴 수 있다는 진리를.

언젠가, 동호회가 끝난 어느 날, 수정에게 말했다.

"우리… 다음 마라톤은 커플로 나가볼래?"

수정은 눈을 찡긋했다.

"글쎄요, 우승하면 프로포즈해 주는 거예요?"

길수는 웃으며 출발선 쪽으로 향했다.

"그건… 달려 보면 알지 않을까?"

세계를 향하여 달리게 되었다

어느 날, 민우가 말했다.

"친구야, '뉴욕 마라톤' 나가볼래? 미국 여행도 하고 경기도 뛰고."

비어 있거든, 사랑으로 채워라

길수는 웃으려다 말고, 그 말을 곱씹었다. 순간, TV 속 초원을 내달리던 에뮤가 떠올랐다. 그리고 새벽마다 자신을 이끌던 수정의 목소리.

"내가 함께 갈게요. 길수 씨, 이젠 정말 잘 달리잖아요."

수정의 그 말에 이끌리듯 길수는 '뉴욕 마라톤'에 신청했다. 그에게는 두 번째로 도전하는 풀코스였다. 출발선에 선 순간, 심장이 터질 듯 뛰었다. 주변은 온통 낯선 언어와 얼굴, 낯선 공기였다. 하지만 그는 알았다. 지금 달리는 것은 두 다리가 아니라, 마음이라는 것을. 길 위에서 부는 바람이 그에게 말했다.

'멈추지 마. 포기하지 마. 네가 지금까지 살아온 그 모든 시간들이, 이 도전에 담겨 있어.'

'퀸즈보로 브리지'가 멀어지고, 다리 아래 물빛이 잘게 부서지며 햇살이 번졌다. 낯선 도시의 함성은 달리는 동기가 되었다. 길수는 가끔 고개를 들어 하늘을 봤다. 구름이 천천히 미끄러졌다. "세 걸음 들이마시고, 두 걸음 내쉬기." 수정이 알려 준 호흡을 마음속으로 따라 했다. 한때 보고서에서 지워졌던 자신의 이름이 스쳐 갔다. 그러나 이번엔 붙잡지 않았다. 숨이 할 일을 하고, 다리가 할 일을 하는 동안, 과거는 뒤에서 점점 작아졌다. 결승선을 넘자마자 그는 그대로 주저앉았다. 숨이 턱 막혔지만, 그보다 먼저 눈물이 쏟아졌다. 어깨가 들썩이고, 가슴이 요동쳤다. 곁에서 수정이 그의 손을 꼭 잡았다.

"길수 씨, 정말 멋져요. 이제⋯ 어디까지든 함께 달릴 수 있겠네요."

길수는 메달을 걸며 속으로만 중얼거렸다.

"나는 날지 못해도, 달릴 수 있다. 그리고⋯ 더 힘든 일도."

메달 끈이 땀에 젖어 목덜미에 차갑게 닿았다. 그는 고개를 숙여 신발 끈을 다시 묶었다. 매듭을 단단히 조이는 동안, 마음속의 느슨한 매듭도 한 올씩 당겨졌다. 의료 텐트 근처엔 소금이 말라붙은 셔츠들이 펄럭였고, 어떤 러너는 울다 웃다를 반복했다. 길수도 그들 사이에서 어깨를 들썩이며 웃었다. 실패의 기억이 완전히 사라진 것은 아니었다. 다만, 그 기억이 이제 자신을 끌어내리지 않는다는 걸 알았다. 그날 밤, 호텔 창가에 앉아 길수는 수첩을 꺼냈다. 대학 시절 만들었다가 잊고 있던 버킷리스트였다.

- 다이어트 성공
- 마라톤 대회 완주
- 마음을 나눌 사람 만나기
- 철인 3종 경기… 아니, 철인 7종 경기?

"이건… 누가 쓴 거야?"

옆에서 수정이 고개를 갸웃했다.

"철인 '7종' 경기요? 그게 어디 있어요?"

"그러게. 내가 아마 치맥 참기, 야식 끊기, 새벽 기상 이런 것도 포함했나 봐."

"그건 진짜 철인 맞네요. 그럼, 다음 도전은?"

그는 창밖 어스름한 새벽을 바라보며 중얼거렸다.

"음… 일단, 회사부터 다시 다녀야지. 뭐든 도전해 보면 알지."

그는 수첩을 덮고 노트북을 폈다. 이력서 파일을 열었다 닫고, 자기소개서 첫 문장을 세 번 지웠다. '저는 책임감이 강한 사람입니다' 같은 말 대신, 그는 이렇게 적었다. '저는 끝까지 달리는 법을 배웠습니다. 매일 새벽 같은 시간, 같은 코스를 뛰며 얻은 태도입니다.'

쓰고 나니 손이 덜 떨렸다. 수정은 그의 옆에서 조용히 스트레칭을 했다.

"불안하면, 호흡부터."

그녀가 말했다. 그는 화면을 응시한 채, 다시 세 걸음 들이마시고 두 걸음 내쉬었다. 제출 버튼을 누를 때, 심장은 여전히 빨리 뛰었지만 무너지지 않았다.

며칠 후, 귀국한 길수는 예전과는 완전히 다른 자세로 경력직 공채에 대응했다. 면접 날, 길수는 정장을 입은 자신의 모습을 낯설게 바라보았다. 이게

비어 있거든, 사랑으로 채워라

나라고? 과거엔 거울 속 내 얼굴이 부어 보여서 숨고 싶을 때도 있었는데…
지금 그는 당당히 양복 깃을 세우고 있었다. '면접 대기실.' 지원자들의 긴장
한 표정. 길수는 조용히 숨을 고르며 수첩을 꺼냈다. 그 안엔 그가 달려온 여
정이 빼곡히 적혀 있었다. 땀의 무게, 이른 새벽의 공기, 손을 잡아 주던 따뜻
한 눈빛. '나는 진짜 달려왔고, 앞으로도 달릴 수 있다.'

면접실 문 앞에서 잠깐 멈춰 섰다. 문고리의 차가운 감촉이 손바닥에 번
졌다.

'지금 필요한 건 속도가 아니라 리듬.'

그는 마음속으로 되뇌었다. 첫 질문이 들어왔을 때, 그는 답을 고르는 대
신 호흡을 골랐다. 말을 조금 늦추고, 문장을 끝까지 완주했다. 이윽고 이름
이 불리고, 문이 열렸다. 길수는 천천히 걸어 들어갔다.

"요즘 가장 열정적인 활동은 뭔가요?"

면접관의 마지막 질문이었다. 길수는 짧은 침묵 끝에 웃으며 말했다.

"달리는 거요. 완주하는 겁니다."

그 대답을 내놓는 순간, 그는 이상하게도 스스로의 목소리를 객석에서 듣
는 듯했다. 외워 온 문장이 아니었다. 체온이 묻은 말이었다. 면접관의 눈썹
이 아주 조금 올라갔다가 내려앉았다. 그 미세한 움직임을 보며, 길수는 오늘
의 자신의 속도를 믿기로 했다.

며칠 후, 합격 통보가 왔다. 그는 그날 밤 수정과 함께 조용히 와인을 열었
다. 길수는 책꽂이에서 수첩을 빼 다시 펼쳤다.

"다이어트 성공, 마라톤 대회 완주, 사랑할 사람 만나기… 그리고…"

그는 수정과 함께했던 뉴욕의 그날을 떠올렸다.

"이제 이건 혼자만의 리스트가 아니야."

수정이 그의 곁에 다가와 물었다.

"길수 씨, 오늘도 써요?"

"응. 우리의 다음 이야기를. 이건 '우리 버킷리스트'니까."

수정은 미소 지으며 그의 손등에 손을 얹었다.

"그럼, 다음 도전은?"

길수는 수첩에 조심스레 적었다.

- 6대 월드 메이저 도전
- 둘만의 작은 집 마련하기
- 그리고… 아내와 매일 함께 달리기

창밖의 골목가게 셔터가 내려가며 철이 부딪히는 소리가 났다. 오늘의 소음이 오늘의 끝을 알렸다. 벽에 걸린 메달이 스탠드 불빛에 반짝였다. 길수는 메달을 바라보다가 시선을 수정에게 돌렸다. '함께'라는 단어가 두 사람 사이에서 조용히 숨 쉬고 있었다. 그는 펜을 놓으며 중얼거렸다.

"나는… 달릴 수 있어. 그리고, 함께라면… 어디든 갈 수 있어."

다음 날 새벽, 그는 다시 운동화 끈을 묶었다. 창문을 여니 어제와 같은 도시인데, 공기는 어제와 달랐다. 어제의 메달은 벽에 걸렸고, 오늘의 출발선은 현관문 앞에 있었다. 회사에서 공로가 지워질 수는 있어도, 트랙 위에서는 누구도 누구의 걸음을 가로챌 수 없다. 달리기는 정직했다. 달린 거리만큼, 그리고 호흡만큼 돌아오는 대가. 골목을 나서며 길수는 어제의 자신과 나란히 선 느낌을 받았다.

"기록은 중요하지 않아. 어제보다 나은 오늘이면 돼."

그는 작게 중얼거리고 첫걸음을 뗐다. 아스팔트를 딛는 두 발에 힘이 실렸다. 하늘 어귀에 아주 얇은 새벽빛이 생겨나고 있었다. 긴 호흡으로 사는 법을, 그는 이제 몸으로 기억하고 있었다.

비어 있거든, 사랑으로 채워라

나는

오늘도
걷는다

오전 9시

주 노인은 오늘도 작은 백 팩을 멘다. 소형물병, 삶은 계란 하나, 바나나 반쪽. 그의 하루는 그 정도면 족하다. 현관 앞에 선다. 한 걸음, 또 한 걸음. 그의 걸음을 표현하자면, 두 글자로 족하다. 자박, 자박. 외과의로서 수천 번 걸었던 수술실의 길보다, 오늘의 이 100미터가 더 두렵다. 목표는 오늘도 같다. 100미터. 현관에서 소공원 벤치까지. 그는 안다. 자신이 걸어야 하는 이 하룻길이 그의 가장 위태로운 인생길 여정이라는 것을.

무너짐의 시작

"걸음이 많이 둔해졌군요."

신경과 과장은 마치 낙엽을 밟듯 조심스럽게 말했다.

"손 떨림도 있고, 어깨도 굽었어요. 정밀 검사를 해보시죠."

그 말은, 청천벽력이라기보다 수치였다. 주 과장은 외과의 권위자였다. 척추 수술로 명성을 얻었고, 아들의 졸업식도, 아내의 생일도 챙겨보지 못했다.

"병이요? 그건 환자들 얘기지."

그가 입버릇처럼 하던 말이었다. 하지만 수술대에서 그의 손은 떨리기 시작했다. 칼보다 먼저, 자존심이 흔들렸다. PET 촬영 결과는 단호했다. 파킨슨병. 그날 밤, 그는 이불을 정리하던 아내의 등을 보며 말했다.

"나… 수술칼을 내려놔야 할 것 같아."

그 말은 그의 세계를 닫는 열쇠 같았다. 아내는 고개를 돌리지 않았다. 잠시 정적.

"고생했어요."

그 짧은 위로는 오히려 따뜻했다. 그러나 그는 알고 있었다. 그녀의 말은 위로이자 아픈 작별 인사였다. 현역 세계에서 밀려나는 자의 허무함.

비어 있거든, 사랑으로 채워라

바닥

은퇴하자, 병은 무섭도록 빠르게 악화되었다. 굽은 허리는 얼굴 대신 바닥을 보게 했고, 이젠 의자보다 의지에 더 기대야 했다. 거울 앞에 앉아, 휠체어를 탄 자신을 바라본다.

"이게 나인가…"

의사였던 남자는 사라졌다. 남은 건, 비틀거리는 노인. 그는 문득 아내에게 물었다.

"이렇게 사는 게, 무슨 의미가 있지?"

아내는 조용히 팔을 내밀었다.

"잡아요. 한 번만, 나랑 같이 걸어요."

그녀의 손은 따뜻했고, 한때 외과의였던 그의 손은 살짝 떨렸다. 그날 그는 거실 끝까지 걸어보려 했다. 두 걸음, 세 걸음. 몇 걸음도 채 되지 않아 숨이 턱에 찼고, 땀이 등을 적셨다. 어린아이가 '아장아장' 걷는다면, 그는 '자박자박' 걸었다. 이제는 '성큼성큼' 걷는 사람과는 전혀 다른 종족이 된 듯싶었다. 그러나 그 짧은 몇 걸음이, 심장 깊숙한 곳의 감각을 되살려 주었다. 밤이 깊을 무렵, 그녀는 조용히 거실을 닦으며 속으로 되뇌었다.

"내가 당신을 붙드는 게 아니라, 당신이 나를 붙드는 걸지도 몰라요."

진화의 거리였다. 다음 날도 그는 걸었다. 거실 끝까지. 그다음은 방에서 마루, 마루에서 복도, 그리고… 현관문을 넘었다. 진보가 아니라 회복. 도전이 아니라 존엄.

그는 문득 재활 치료를 위해 절뚝이며 걷던 환자의 등을 떠올렸다. 이제야 그 걸음의 무게를 안다. 그래서 결심했다. 100미터. 그게 오늘의 목표. 현관에서 소공원까지. 숨은 차오르고, 다리는 떨리고, 벤치는 멀기만 하다. 그러나 그는 멈추지 않는다. 어제보다 한 걸음 더. 육체는 퇴화해도 의지는 진화 중이었다.

감사

정오. 벤치에 앉아 햇살을 등지고 앉는다. 멀리서 아이들의 웃음소리가 들린다. 백 팩을 열어 삶은 계란을 입에 넣는다. 노른자가 혀끝에서 부드럽게 녹는다. 그는 중얼거린다.

"예전엔 하루종일 그렇게 걸어도 몰랐지. 수술실도, 병동도, '성큼성큼' 뛰었지. 정량을 다 써서… 이제는 정성으로 걷는 거야."

그는 알았다. 지금 이 걷기는 단순한 재활이 아니라, 삶을 되찾는 의식이라는 것을. 오후 5시. 현관 앞. 신발을 벗고 거울 앞에 선다. 자신과 눈을 마주본다. 그리고 말한다. "오늘도, 100미터 걷기 완주." 어제보다 조금 더 느리지만, 더 살아 있었다. 그날 밤, 그는 병원 진료 기록지 한 장을 꺼내 적었다.

〈인생 마지막 진료 기록〉
- 이름: 정량을 초과하여 걷는 자
- 진단명: 파킨슨과 더불어 걷는 삶
- 처방전: 매일 100미터를, 정성으로, 감사히 걸을 것
- 주의사항: 이 걷기는 치료가 아니라, 살아 있음의 선언이다.
- 다음 내원일: 매일 아침 9시

나란히 걷는 법

이 글의 마지막은, 아내인 내가 대신 이어 간다. 그는 한때 모든 걸 가진 사람이었고, 나는 그의 아내였다. 명성 옆에서 외롭게, 그러나 단단히 버텼지만 이제는 그의 신발 끈을 묶는다.

하루 100미터조차 버거운 남편을 보며, 함께 꿈꾸던 노년이 무너졌음을 안다. 의사는 더는 회복이 없다고 했다. 그 말에 홀로 울었고, 지금은 조용히 그의 팔을 붙든다. 사랑은 그가 남긴 것과 잃어 가는 것을 함께 지켜내는 일. 젊어선 바쁘다는 이유로 외로웠고, 이제는 병든 그가 짐이 되는 시간 속에,

비어 있거든, 사랑으로 채워라

나도 늙어간다.

그래도, 오늘도 같이 걷는다. 그게 우리가 지켜야 할 마지막 가족애다. 걷는 동안 그는 옛날 이야기를 하고, 나는 그의 걸음을 세며 웃는다. 우리는 오늘도 함께 늙는다. 천천히. 나란히. 사랑으로.

벤치 위의 동행자들

소공원 벤치는 혼자만의 종착지가 아니었다. 하루는 누군가 다가와 말을 걸었다.

"매일 이렇게 오시네요. 저희 아버지도 그렇게 노력하시더니 어느 날 다시 회복하셨어요."

같은 병을 가진 노인, 혹은 그 가족. 그날 이후 그는 알게 된다.

'내가 걷는 길은, 누군가에게 용기일 수도 있구나.'

벤치를 찾은 이들은 서로의 일상과 병, 가족 이야기를 꺼낸다. 거기엔 동정이 아닌, 공감이 흐른다.

병원 복도, 다시 걷다

일 년 뒤. 파킨슨 악화로 몇 차례의 낙상이 있었고, 다시 입원했다. 침대에 꼼짝 못하고 누워 지내다가, 기어코 병원 복도를 '자박, 자박' 몇 걸음 걷는다. 휠체어가 뒤에서 따라온다. 어떤 환자가 묻는다.

"왜 그렇게 걸으세요? 힘드실 텐데."

그는 웃는다.

"내가 걷는 게 아니라, 삶이 나를 걷게 해요."

마지막 100미터

어느 날, 더는 일어설 수 없게 되었다. 아내가 그의 손을 잡는다.

"오늘은 마음으로 100미터 걸어요."

눈을 감고, 천천히, 한 걸음씩 상상한다. 바람의 감촉, 햇살, 벤치, 아이들의 웃음소리. 그는 웃으며 말한다.

"완주했어요."

그리고, 마지막 눈을 감는다.

비어 있거든, 사랑으로 채워라

너는

내게
부르짖으라 1

기도원에서 우연히 만났다. 28세의 영어교사 김미래는 밝고 활달한 성격이었다. 마음속에서는 신앙 안에서 아름다운 결혼을 간절히 바라고 있었다. 그 소망을 품고, 일주일간의 작정 기도를 위해 헐몬 기도원을 찾는다. "너는 내게 부르짖으라, 내가 네게 응답하겠고…(예레미야 33:3)" 그 말씀을 붙잡고 산기도에 오른다.

그 기도원에는 이웃 학교 사회교사인 윤성구도 와 있었다. 그는 어릴 적부터 꿈꾸던 육군사관학교 진학에 낙방한 후, 인생의 방향이 바뀌며 절대자 하나님을 찾게 되었고, 이후 시골교회에서 헌신하며 살아가고 있었다. 성구는 기도원에서 우연히 미래와 마주친다. "결혼 기도하러 오셨어요?"라는 농담을 건네며 웃고 헤어진 두 사람.

그런데 기도실에서 미래의 시계를 발견한 성구는, 시계를 바라보다가 문득 이런 생각을 하게 된다. '이 자매가 혹시 하나님이 예비하신 분일까? 그렇지 않고서야 이 시계가 내 눈에 발견될 리가 없을 텐데. 기도 제목도 나와 같고?' 그는 김미래 선생을 머리에 붙들고 매일 간절히 기도한다.

하나님의 뜻을 찾아서 기도하다

작정 기도를 마친 후, 성구는 용기를 내어 미래에게 연락하고, 카페에서 만난다. 미래는 시계를 잃어버린 줄도 모르고 있었다. 성구는 진심을 전한다.

"기도원에서 자매를 만났고, 그날 이후 이 시계를 붙들고 기도했습니다. 하나님께서 당신을 제게 보내신 것이 아닌가 생각하게 되었습니다."

미래는 당황했지만, 솔직한 고백에 마음이 흔들린다.

"시간이 좀 필요할 것 같아요. 기도로 확인받고 싶어요."

한 달 후, 미래는 다시 성구를 만나 말한다.

"제 마음은 정해졌어요. 아버지를 설득할 수 있다면… 결혼하고 싶어요."

장인의 반대로 인생에서 두 번째 낙심했다. 두 사람은 미래의 아버지를 만나러 간다. 그러나 미래의 아버지는 한 시의원을 사윗감으로 점찍어 둔 상태

비어 있거든, 사랑으로 채워라

였다. 키도 작고 가진 것도 없는 성구에게 그는 단호하게 말한다.

"나는 반대요. 지금 당장 그만두시오."

그의 늦둥이 딸을 지키겠다는 마음은, 실은 자신이 치른 가난의 기억과 두려움에 더 가까웠다. '키가 작고 가진 것도 없다'고 입 밖으로 뱉은 말이 돌아나와 가슴을 찔렀다. 그는 딸이 잠든 방 앞에서 한참을 서 있었다. 방문 틈으로 새어 나오는 기도 소리를 듣고도, 끝내 등을 돌렸다.

성구는 절망했다. 육군사관학교 낙방 이후 두 번째 좌절이었다. 당구장과 인터넷 바둑에 빠져들었다. 방황하는 그를 친구가 붙잡았다.

"성구 씨, 하나님은 좋은 것을 주시기 전에 반드시 기도하게 하셔요. 한달, 아니 100일을 작정하고 기도해봅시다. 응답이 오면 다시 찾아뵈요."

100일 기도의 결단과 재회하다

성구는 100일 새벽 기도를 작정한다. 기도 중 그는 '장흥'으로 발령받게 된다. 낯선 곳에서 인사차 교육지원청을 찾은 날, 그는 우연히 미래와 마주친다. 미래도 장흥교육지원청으로 발령받아서 인사차 들렀기 때문이었다. 둘은 깜짝 놀라 서로를 바라보다 미소 짓는다.

그리고 강진군 병영면에서 연탄불고기를 먹으며, 마음속에 다시금 타오르는 불씨를 확인한다. 둘은 함께 다시 기도하기로 한다. 그해 가을, 미래는 결단한다. 아버지를 다시 설득하지는 못했지만, "나는 주님의 뜻이 이 길이라고 확신해요. 우리, 결혼해요."

갈등과 회복, 그리고 사랑이 성숙하다

결혼 후, 성구는 육아와 생활비 문제로 미래의 친정에서 살게 된다. 하지만 장인의 냉대는 더욱 심해졌다. 그날 저녁, 술에 취한 장인은 말없이 수저통을 거둬들이더니, 성구의 자리를 치웠다.

"미래야, 너는 아이 밥부터 먹여라."

너는 내게 부르짖으라 1

그렇게 시작한 잔소리가 성구를 현관으로 밀어냈다. 주로 자기 욕심대로 하지 못한 딸의 결혼에 대한 불만이었다. 미래는 아이와 함께 친정에 남았고, 성구는 처가집을 나왔다. 고통스러운 시기, 그는 또다시 당구와 바둑에 빠져 시간을 낭비하게 된다. 결국 스스로 지쳐 무너진다. 그리고 다시 헐몬 기도원에 오른다. 미래도 함께 올라온다. 둘은 무릎 꿇고, 다시 한 번 기도한다.

그 후, 성구와 미래는 고흥교육지원청으로 새롭게 발령을 받는다. 시골교회에서 다시 봉사하며, 미소 띤 얼굴로 말한다. "내가 택한 길이 아니지만, 하나님이 인도하신 길이라면 어디든 좋습니다." 가난하고 상처도 많았지만, 기도의 자리에서 만난 두 사람은 이제는 서로의 인생을 하나님께 드리는 동역자가 되어 있었다.

2년의 별거는 사랑의 중보 기도 시간이었다

두 사람은 2년간 물리적 거리뿐 아니라 마음의 거리도 서서히 멀어지는 위기를 겪었다. 처음엔 성구도 신앙을 붙잡았지만, 외로움과 무력감 속에서 또다시 당구와 인터넷 바둑에 빠져 시간을 허비했다. 그는 마음속으로는 이렇게 외쳤다.

"하나님, 이게 정말 당신의 뜻입니까? 저는 지금 너무 버겁습니다…"

한편, 미래는 작은 방 한켠을 기도처로 삼고, 밤마다 무릎을 꿇었다. 그녀는 남편을 위해 작정 중보 기도를 시작했다.

"주님, 제가 다시 사랑하게 해주세요. 이 결혼이 당신의 뜻이었다면… 다시 하나 되게 해주세요."

미래는 성구에게 짧은 편지를 썼다. '나는 지금도 당신을 믿어요. 포기하지 마요. 하나님이 다시 일으키실 거예요.' 성구는 그 편지를 받고 눈물을 흘렸다. 그리고 다시 헐몬 기도원으로 올라갔다. 그 자리에 미래도 함께 올라와 있었다. 두 사람은 산 중턱에 무릎을 꿇고, 손을 마주 잡고 기도했다. 그날, 둘의 마음은 다시 연결되었다.

비어 있거든, 사랑으로 채워라

고흥 시골교회의 기적

이듬해, 성구는 전라남도 고흥의 한 시골 중학교로 발령을 받았다. 부부는 마을의 작은 교회를 찾아 헌신적으로 섬기기 시작했다. 낡은 예배당, 20명도 채 안 되는 성도들. 그러나 그곳에서 새로운 부흥의 씨앗이 자라나기 시작했다.

성구는 방과 후 아이들을 돌보며 성경 이야기를 전해 주었고, 미래는 마을 어르신들의 마음과 몸을 돌보는 사랑의 사역자가 되었다. 한때 이혼 위기를 겪었던 젊은 부부가 그들의 사역을 보고 교회에 나왔고, 고민 끝에 교회를 떠나려 했던 초임 교사도 "선생님처럼…" 하며 다시 신앙을 붙잡게 되었다.

성구와 미래는 매주 금요일 밤, '가정 회복 기도'를 꾸준히 드렸다. 부부가 기도 제목을 나누고, 눈물로 서로를 축복하는 자리. 그 자리에 매번 등불처럼 밝혀진 말씀이 있었다. "사랑은 오래 참고, 모든 것을 견디며, 모든 것을 바라며, 모든 것을 믿는다(고린도전서 13:7)."

장인과 화해, 손주를 통한 회복의 손길

그러던 어느 날, 손자 준희가 4살이 되던 해 가을이었다. 교회에서 어린이 발표회를 한다는 소식을 듣고, 미래는 처음으로 아버지에게 초대장을 보냈다.

"아빠, 준희가 성경 암송 발표를 해요. 한 번 와주세요…"

장인은 망설이다가, 손자를 보러 몰래 뒷자리에 앉았다. 강대상에 오른 작은 아이가 또박또박 외쳤다. "아무것도 염려하지 말고, 다만 기도와 간구로 하나님께 아뢰라(빌립보서 4:6)!" 그 순간, 장인은 고개를 숙이고 눈시울을 훔쳤다. 그날 예배 후, 성구는 떨리는 목소리로 장인에게 인사했다.

"아버님… 많이 부족하지만, 지금 여기까지 왔습니다."

장인은 잠시 침묵하더니 준희를 안고 말했다.

"… 고생 많았다. 이제야 내가 욕심이 지나쳤음을 알겠구나. 준희가 나보다 더 낫다."

그날, 세 사람은 처음으로 함께 식탁에 둘러앉았다. 그 식사는 화려하지 않았지만, 그 어떤 잔치보다 따뜻한 은혜의 식사였다.

응답은 기도로부터 시작되었다

해질 녘, 성구와 미래는 고흥 '나로도' 바닷가 작은 길을 걷는다. 아이 손을 잡고, 서로의 손을 잡고, 마을을 천천히 걸어 내려간다. 성구가 조용히 말한다.

"그때 기도원에서 시계를 들고 기도할 때, 정말 몰랐어. 우리가 이렇게 될 줄은…"

미래가 웃으며 대답한다.

"나는 그 시계, 두고 온 지도 몰랐어요. 하나님이 그렇게 하셨나 봐요."

"여보, 우리가 처음 함께 근무한 학교에서 우리의 별명이 무엇인지, 기억 하나요?"

"기억하지요. '미녀와 야수'였지요."

두 사람이 함께 웃는다.

"야수의 간절한 기도를 받으셨지요."

두 사람은 마을 언덕 위에 새로 지은 교회를 바라보며, 하나님의 말씀을 다시 읊는다. "너는 내게 부르짖으라. 내가 네게 응답하겠고, 네가 알지 못하 는 크고 비밀한 일을 네게 보이리라(예레미야 33:3)."

성구와 미래 '기도 여행'을 하다

결혼 10주년을 맞이한 성구와 미래는 조용히 기도 여행을 떠난다. 그들은 처음 만난 헐몬 기도원을 다시 찾아간다. 그 시절, 미래의 시계를 붙잡고 간 절히 기도하던 성구, 미래의 이름을 조심스레 노트에 적던 그 순간을 기억하 며 두 사람은 손을 맞잡고 언덕에 무릎을 꿇는다.

"이 자리가 우리 사랑의 시작이었고, 지금은 소명의 자리가 되었습니다."

"하나님은 참 신실하세요. 우리가 쓰러져도 다시 일으키셨어요."

비어 있거든, 사랑으로 채워라

그날 저녁, 두 사람은 나무 아래 앉아 편지를 쓴다. 미래의 준희에게, 그리고 아직 태어나지 않은 둘째 아이에게, 자신들의 기도와 고백, 사랑의 기록을 남긴다.

또 하나의 독백

그와 나는 이웃 학교 교사였다. 그들의 결혼과 싸움, 별거와 편지를 곁에서 스치듯 보았다. "왜 저렇게 힘들게 살까?" 하던 내게, 그는 이별의 선물을 남겨놓고 새 근무지로 떠나갔다. 홍삼, 소고기, 그리고 성경 한 권.

그 후로 우리는 근무지가 달랐고, 소식은 끊어졌었다. 하지만 나는 그에게서 무릎을 꿇는 법을 배웠다. 그의 믿음이, 내 삶의 방향을 살짝 돌려세웠다. 그래서 오늘도 그의 이름을 부른다. 주께서 그 가정에 더 큰 은혜로 갚아주시기를— 아멘.

너는

내게
부르짖으라 2

첫 기도, 첫 고백

정년식이 끝난 저녁, 교문 앞 느티나무가 오래된 종소리처럼 흔들렸다. 성구는 빈 교무실을 한 번 더 둘러보고 불을 끄려다 말고 창문을 열었다. 가을 바람이 책상 위 꽃바구니 리본에 '수고하셨습니다' 다섯 글자를 살짝 떨게 했다.

"형님."

태영이 식당 문을 열고 들어왔다. 들고 온 작은 꽃다발을 식탁 위에 내려놓으며 말했다.

"형님은… 어떻게 하나님을 믿게 되었나요? 오늘 갑자기 궁금해지네요. 긴 세월 어떻게 이겨냈냐고 물으면 또 은혜라고 대답하겠죠?"

성구는 웃었다. 그러나 눈동자는 먼 어딜 다녀오는 듯 흔들렸다.

"스무 살 무렵이었지. 할머니가 오랫동안 치매로 고생하셨고, 아버지는 위암 투병 중이셨잖아. 그때는 도전한 것마다 연달아 실패도 했고…. 내 삶이 얇은 종이 같았어. 바람만 불어도 찢어질 것 같은."

"그리고?"

"어느 날, 비틀거리며 교회로 들어갔어. 절대자가 계시다면, 대답해 달라고. 목사님이 내 얘길 조용히 듣고 계셨지. '기도해 줘도 되겠느냐'고 내게 물으셨어. 고개를 끄덕였지. 머리에 손을 얹더니, 어찌나 열정적으로 기도하시던지 그분의 침이 내 얼굴로 계속 날아왔어. 아. 하나님은 살아 계시구나 확신을 주기에 충분했어."

목사님의 기도 소리는 점점 커졌다. 숨의 속도가 뜨거워지자, 그의 마음도 따라 달아올랐다.

"그때 들렸어." 성구가 낮게 말했다. "'너는 내게 부르짖으라.' 그 말이. 대답하겠다는 약속처럼."

태영이 고개를 끄덕였다.

"그날부터 형님은 유별나게 신앙생활 했죠."

비어 있거든, 사랑으로 채워라

"그래. 성경 공부하고, 찬양하고, 봉사도 따라나섰지. 방학마다 해외 단기 선교도 갔고. 두만강가에 서서 북녘을 보며 긴 시간 기도하기도 했어."

"그래서 무사히 임기를 마친 영광의 오늘이 있군요."

성구가 창문을 닫으며 웃었다.

"아니, 아직도 나는 배우는 중이야. 부르짖는 법을."

만남, 작정, 그리고 열매

그 시절, 성구는 결혼만큼은 믿음의 사람과 하고 싶었다. 그래서 기도원 언덕을 오르던 겨울, 그는 좁은 기도방에서 시간을 보냈다. 방 한켠, 낯선 시계가 놓여 있었다. 금빛 얇은 바늘이 새벽 다섯 시를 가리키고 있었다. 다음 순간 어떤 생각이 번개처럼 들어왔다. 성구는 그때 알 수 있었다. 우연이라고 하기엔, 너무 정확한 시간이었다는 것을.

"하나님의 인도라고 믿고 싶었어요."

성구가 미소 지었다.

"그래서 '작정'을 했지."

"백일 새벽기도."

두 사람의 목소리가 포개졌다.

"하루도 빠지지 않거나, 늦지 않기를. 성령님이 새벽을 깨워 주시길 기도하고 잠들곤 했지. 출장에서도 택시를 타고 돌아와 내일 새벽을 준비했어, 간절했으니까. 새벽에 누가 노크하는 소리에 눈을 뜨면 꼭 기도 나갈 시간이었어. 저벅, 저벅 발자국 소리도 들렸고."

"우린 그걸 응답이라고 불렀죠."

"백일의 끝에서, 우리 두 사람은 결혼을 결정했고."

"아버지의 반대를 극복할 수 있는 힘이 되었지."

신년 새벽기도

매년 새해가 되면 신년 새벽기도를 했었다. 어느 해 신년 새벽기도를 시작하며 서로 소원을 말했다. 백일 기도를 마치고 금 한 돈으로 커플반지를 맞췄다. 반지 안쪽에 작은 글씨를 새겼다. '시인과 교수'. 미래가 반지를 쓰다듬으며 웃었다.

"십 년 뒤 당신은 첫 시집을 냈고, 난 국립대 강단에서 강의했어요. 그래서… 내겐 그 백일이 더 반짝였어요."

그즈음, 성구는 전도의 기쁨도 맛보았다. 동네 카센터 사장 동호에게 차를 맡기다 말고 말했다.

"사장님, 언젠가 교회 얘기도 들어 보실래요?"

동호가 어깨를 으쓱했다.

"차가 말썽이죠. 오일만 갈면 되는 줄 알았는데…"

며칠 뒤, 동호는 건강검진에서 간암 판정을 받았다. 치료는 짧고, 병실의 밤은 길었다. 마지막 토요일, 그가 성구를 불렀다.

"선생님… 아니, 성구 형님. 기도해 주시겠어요?"

성구는 그의 손을 잡고 기도했다.

"주님, 동호의 밤을 낮처럼 밝히시고— "

"형님."

동호가 미소 지었다.

"기도하실 때, 정말… 누가 방을 비추는 것 같네요."

그날 이후, 성구는 청년 전도를 마음에 품었다.

"나, 캠퍼스에 나갈 거야."

미래가 말렸다.

"퇴근 후에요? 퇴근 후에 쉽지 않을 텐데."

"누군가 한 사람이라도…."

어느 봄날, 캠퍼스 벚꽃길에서 맞은편 청년의 가슴에 성경이 '보였다'. 정작 청년은 빈손이었는데, 성구의 눈에는 빛나는 책 한 권이 끼어 있는 것처럼 보였다.

"혹시, 교회를 찾고 있나요?"

"저요?"

청년이 놀라 웃었다.

"왜 그렇게 보셨어요?"

"그냥— 보였어요."

그날 성구는 젊은이를 교회로 안내했다. 그리고 대학원 사무실에서도 한 청년에게 복음을 전했다. 한 명은 훗날 집사가 되었고, 한 명은 타지 교회로 떠났지만 명절이면 안부를 전해왔다.

"당신, 그때 참 전도 열심히 했죠."

"자비로 전도용품도 만들었지. 새벽이면 아파트 앞에서 주민들을 위해 기도했어. 퇴근하면 대학교 캠퍼스에 가서 학생들을 위해 또 기도했고."

"복이 돌아오는 소리네요. 우리 같이 기도했었잖아요."

장례 봉사

"여보."

성구가 조심스레 불렀다.

"장례 봉사를 더 하고 싶어. '우리의 연수가 칠십이요 강건하면 팔십이라도, 그 연수의 자랑은 수고와 슬픔뿐이요, 신속히 가니 우리가 날아가나이다(시편 90:10).' 인생의 자랑이 수고와 슬픔뿐이라네. 운구를 하다 보면 무겁게 느껴질 때가 있어. 그럴 때면 난 그런 생각이 들었어. '인생의 수고와 슬픔'의 무게구나. 천국 가는 영혼이 얼마나 가벼울까? 그러니 사는 날 동안 그 무게를 주님께 다 맡기고 살자. 매번 이렇게 인생을 통찰해 보니 장례식장에 가는 것이 잔칫집보다 낫다고 하지 않았을까?"

흔들리는 손, 흔들리지 않으려는 마음

어느 날, 성구는 손가락 끝이 미세하게 떨리는 걸 보았다. 분필을 잡은 손이 꽃가루처럼 흔들렸다. 그는 미루고 미루다 대학병원에서 PET 검사를 받았다. 하얀 복도를 건너 돌아온 결과지는 무겁고 조용했다. 의사가 조심스레 말했다.

"안타깝지만… 파킨슨입니다. 완치는 어렵지만, 관리하면서 살아갈 수 있습니다."

성구는 어색하게 웃었다.

"암과 파킨슨 중 하나를 고르라면, 저는— 파킨슨을 고르겠습니다."

의사가 위로하며 한 말이었다.

"말도 안 되는 위로죠."

성구가 먼저 덧붙였다.

"그런데… 지금은 그 말이 정말 저를 붙드는군요."

집에 돌아와, 그는 거실 불을 켜지 못했다. 미래가 조심스레 다가왔다.

"여보, 미안해."

성구가 말했다.

"당신에게 계속 강한 척만 했지."

"강한 척이 아니라, 강했죠."

"이젠… 새벽도, 전도도, 학교 일도— "

"잠깐 멈춰요."

미래가 단호히 말했다.

"우리, 당신의 건강을 기도해요."

"근데, 내가 멈추면… 누가 동호에게 기도해 줘?"

"동호 씨는 우리 마음속에 있어요."

미래의 목소리가 떨렸다.

"그날 병실에서 당신 손을 꼭 잡고 있던 그 눈빛, 기억나요. 하지만 여보,

비어 있거든, 사랑으로 채워라

우리 이곳에서 중보기도 해요."

침묵이 길어졌다. 거실 벽시계 초침이 새벽을 가르듯 또각거렸다.

"친구 목사님이 제안을 하셨어."

성구가 입을 열었다.

"천일 동안 아침 합심 기도하자고."

성구가 교감 된 첫 해였다.

"무려 삼 년을 매일 아침마다…. 나도 하나님 앞에 확실히 서고 싶었어. 그 래서— 천일."

미래가 깊게 숨을 들이켰다.

"정말, 할 수 있겠어요?"

"세 번 이상은 빠지지 않기로, 1년에 한 번 이상은 빠지지 않는 걸로. 그렇 게 약속했어."

"그럼 약속 하나 더."

미래가 그의 손을 잡았다. 떨림이 그 손에 퍼졌다.

"약을 거르지 않을 것. 나와 함께 새벽을 깨울 것."

다음 날부터, 두 사람은 다시 새벽에 기도하기 시작했다. 어떤 날은 성구 가 먼저 일어났다. 어떤 날은 미래가 먼저 시계를 눌렀다.

"여보, 일어나요."

"오늘도 부르짖자."

"응답하실 거예요."

그리고 친구 목사와 전화기를 통해 합심 기도하기 시작했다. 그러나 갈등 은 그 사이사이에 찾아왔다.

"당신, 수업 끝나고 또 학교 남는다면서요?"

"아이들 체험학습 지도해야 해."

"천일 기도까지 하고, 파킨슨 약까지 챙기면서 늦게까지?"

"내가 무너지면… 내가 가르친 애들이, 내가 전도한 애들이— "

"당신이 무너지면, 그 아이들도 무너져요."

미래의 목소리가 높아졌다.

"당신이 서 있어야, 다 같이 서요."

그 밤, 성구는 처음으로 기도를 멈추고 울었다.

"주님, 저는… 흔들리고 있습니다."

미래가 그 곁에 앉아 속삭였다.

"당신, 늘 말했잖아요. '부르짖으면, 대답하시리라.' 부르짖는 것도 힘이 빠질 때가 있어요. 그때는— 내가 부르짖을게요. 당신 기도 동역."

며칠 후, 동호의 아내에게서 전화가 왔다.

"선생님… 남편, 오늘 새벽에 하늘나라 갔어요. 잠을 자듯이."

성구가 눈을 감았다.

"그래요… 주님이 계신 곳, 천국 가셨을 겁니다."

전화를 끊고, 성구는 한동안 말없이 앉아 있었다.

천일의 새벽, 하나의 약속

천일 아침 합심 기도는 생각보다 길었다. 눈이 내리는 날도, 비가 쏟아지는 날도, 분노가 번개처럼 치는 날도 있었다. 세 번 빠지지 않겠다는 다짐은 세 번의 아슬아슬한 새벽으로 확인되었다. 어떤 날은 목소리가 나지 않아 입술만 달싹였고, 어떤 날은 손 떨림이 심해 성경 장수를 넘기지 못했다. 그럴 때마다 미래가 조용히 페이지를 넘겼다.

"목사님에게서 전화 왔어요. 마치고 출근하셔야죠."

"너는 내게 부르짖으라. 내가 네게 응답하겠고… 네가 알지 못하는 크고 은밀한 일을 보이리라.'"

천일의 끝날, 두 사람은 오래전 반지 상자를 꺼냈다.

"시인과 교수."

"여보."

314   비어 있거든, 사랑으로 채워라

미래가 말했다.

"우리— 이제 결심 하나만 더 해요."

"뭔데?"

"'시신 기증 후 수목장'."

성구가 고개를 들었다. 눈동자에 평온이 번졌다.

"장례식장에서 만난 그 가족 때문이구나."

"그래요. 상갓집이 아니라 잔칫집 같았던 그 자리. 시신을 연구용으로 기증하고, 남은 마음은 나무 그늘에 묻었던 그 사람들. 시신이 그렇게 누군가에게 배움이 될 수 있다면 우리도 그렇게 해요."

"좋아."

성구가 반지를 돌려 보았다.

"무엇이 되려 하기보다. 끝까지 기도하며 귀를 열자."

그날 밤, 성구는 새벽기도를 마치고 빈 예배당에 앉아 있었다. 오랜 봉사의 풍경들이 창문의 성서화처럼 겹쳐졌다. 장례식장으로 향하던 탑차의 흔들림, 영락공원으로 들어서던 새벽안개, 흙으로 덮이는 작은 상자에 얹힌 들국화. 모두가 지나가고, 남은 건 조용한 호흡뿐이었다. 문이 열리고, 동호의 아내와 함께 교회를 나서던 마지막 장면이 번졌다.

"선생님, 남편이 그랬어요. '성구 형님이 기도해 주실 때, 내 방이 환해졌다'고."

그 말을 떠올리며 성구는 자리에서 일어섰다. 떨리는 손으로 불을 끄려다. 잠시 멈추고 두 손을 모았다.

"주님."

그는 소리 내어 말했다.

"저는 부르짖습니다. 저의 손이 흔들려도, 저의 마음이 흔들리지 않게 하소서."

바로 그때, 뒤에서 작은 발소리가 들렸다.

"여보."

미래가 서 있었다. 새벽 공기가 그녀의 머리카락을 살짝 들어 올렸다. 두 사람은 종탑 아래를 나란히 걸었다. 하늘 가장자리에 새벽빛이 앉았다.

"여보."

미래가 말했다.

"당신은 언제 제일 행복했나요?"

성구가 미소 지었다.

"새벽 예배당에 앉아 기도할 때였어."

"지금처럼?"

"지금처럼."

그는 갑자기 멈춰 섰다. 떨림이 잠시 가라앉은 틈, 손등에 조용한 온기가 번졌다.

"새벽 기도엔 항상 하나님이 함께 계시다는 생각이… 들어."

"그래서, 오늘도 나왔죠. 이젠 천일기도도 끝났군요."

"그래도, 내일, 나올 거야."

교회를 나서며, 성구는 예배당 건물을 돌아보았다. '수고하고 무거운 짐 진 자들아 다 내게로 오라. 내가 너희를 쉬게 하리라.'라고 적힌 작은 현판이 아침빛을 받아 반짝였다. 그 문장을 지나, 두 사람은 길 위에 섰다. 기적의 시계와 약속의 반지가 여전히 빛나고 있었다.

"여보."

"응."

"부르짖자."

"응답하실 거예요."

멀리서 새들이 일제히 날아올랐다. 떨림과 평온이 동시에 깃드는 소리였다. 그리고 그 소리 속에서, 성구는 다시 한 번 천천히, 그러나 분명히 입술을 열었다.

비어 있거든, 사랑으로 채워라

"아멘."

태영의 독백

그와 나는 이웃 학교 교사였다. 그들의 결혼과 싸움, 별거와 편지를 곁에서 스치듯 보았다. "왜 저렇게 힘들게 살까?" 하던 내게, 그는 이별의 선물을 남겨놓고 새 근무지로 떠나갔다. 홍삼, 소고기, 그리고 성경 한 권.

그 후로 우리는 근무지가 달랐고, 소식은 끊어졌었다. 하지만 나는 그에게서 무릎을 꿇는 법을 배웠다. 그의 믿음이, 내 삶의 방향을 살짝 돌려세웠다. 그러던 중 그의 정년퇴임 소식을 알게 되었다. 그의 한결같은 삶을 존경한다. 식사 한 끼 함께 할 수 있어 기뻤다.

10분의

의미

고속터미널, 시계탑 아래.

시계탑의 그림자가 천천히 늘어나고 있었다. 서연은 휴대전화를 꼭 쥐고 숨을 삼켰다.

"민준 씨, 지금 어디예요? 곧 출발해요."

그녀의 마음에도 그림자가 드리워지고 있었다. 버스가 떠나는 시간은 정해져 있었지만, 그녀의 마음은 아직 도착하지 못했다. 마치 어딘가에 멈춰 있는 듯했다.

"미안해, 서연아. 도로가… 꽉 막혔어. 아마도 오늘은… 힘들 것 같아. 지금 10분 늦었어."

서연은 아무 말도 하지 않았다. 전화기 너머로 들려오는 그의 숨소리는 이상할 만큼 멀게 느껴졌다. 이번 여행은 말보다 간절한 기도에 가까웠다. 그녀는 결국 혼자 버스에 올랐다. 공항행 리무진을 탑승하는 데 거침이 없었다. 다른 선택지는 없었고, 불가피했다. 시계는 이미 정오를 넘었지만, 그녀의 여행은 이제야 비로소 시작되었다.

비행기 창가, 그리고 낯선 인사

좌석 23A, 창가. 서연 옆에 한 남자가 조용히 앉았다.

"혼자 여행하시나 봐요."

"… 네. 뭐, 그렇다고 할 수 있죠."

"전 종호예요. 시드니에서 유학 중이에요. 방학이라 한국 다녀오던 참이죠."

"서연입니다."

대화는 짧았고, 침묵은 오래갔다. 비행기가 구름을 밀어내며 하늘을 가를 때, 그녀는 조용히 눈을 감았다. 비행기는 고도를 높였고, 그녀의 마음도 조금씩 이륙하고 있었다. 시작은 낯설었고, 그래서 모든 가능성이 있었다.

그날 밤(현지 시간), 공항에서 다시 마주친 종호는 자연스럽게 다가왔다.

"시드니, 처음이세요?"

비어 있거든, 사랑으로 채워라

"네. 두려워요."

"… 낯선 도시에서 말 걸 수 있는 사람이 있다는 건 꽤 힘이 되죠. 연락처 드릴까요?"

그때, 민준에게서 전화가 울렸다. 종호의 표정이 잠시 흔들렸고, 한 걸음 물러섰다. 그는 무언가 말했지만, 서연은 듣지 않았다. 기다리겠다던 말도, 불가피했다는 설명도… 그녀는 더는 듣지 않았다. 그녀는 전화를 끊고, 종호에게 조용히 말했다.

"안내 좀 부탁드릴까요? 시간이 되시면— "

다음날, 미술관과 무언의 풍경

MCA Australia(시드니 현대미술관). 서연은 낯선 그림 앞에 멈춰 섰다.

"이 작가는 리처드 벨이에요. 원주민 문제를 작품에 담죠. 예술은 곧 정치라고 믿는 작가예요."

"그림이 말을 하네요. 거칠고, 솔직하게."

둘은 옥상 카페에 앉아 유리창 너머를 바라보았다. 검푸른 바다와 거대한 숲을 품은 시드니가 한눈에 들어왔다. 아니, 시드니를 품은 거대한 숲이 끝도 없이 펼쳐져 있었다.

시드니의 햇살은 무채색이던 그녀의 마음에 무지개색을 입히기 시작했다. 그림 속 물감이 아니라, 풍경이 그녀의 감정을 칠하고 있었다. 마음속 어떤 오래된 벽이 햇살에 스르르 금이 가는 것 같았다. 조용한 풍경이었지만, 그녀는 그것이 말보다 더 많은 이야기를 건네고 있음을 느꼈다. 그곳의 햇살은 다정하게 그녀를 안아주는 것 같았다. 이 도시엔 이방인의 과거를 해체하는 조용한 기술이 있었다. 그 기술은 햇살이었고, 그림자 사이로 흘러드는 온기였다.

'하버 브리지' 위의 대화

하버 브리지 위에서 노을이 도시를 물들이고 있었다.

"이 풍경이, 우연일까요? 아니면 예정된 장면이었을까요?"

"… 글쎄요. 아직은 필연 같은 우연?"

"그렇다면, 한 가지 약속하고 싶어요."

"원치 않을 때, 혼자 있게 하지 않을게요."

그녀는 말없이 고개를 숙였다. 노을이 붉게 번지는 하늘처럼, 마음도 서서히 물들고 있었다.

종호는 앞장서서 하버 브리지를 종단했다. 서연도 망설이지 않고 그 뒤를 따랐다. 푸른 바다가 발아래 있었고, 잘생긴 건물들이 줄지어 있었다. 그 중앙에 오페라 하우스가 여러 개의 조개껍데기처럼 포개져 있었다. '시드니 오페라 하우스'에서는 'OST 음악공연'이 마음을 울렸다. 서연은 영혼을 두드리는 소리로 들었다. 그리고, 처음으로 마음이 조금 기울었다. 그녀는 무너지기보다 기울어지는 감정이 더 두려웠다. 그러나 노을은 그 두려움마저도 아름답게 물들이고 있었다. 민준이 아닌 다른 이름을 품기 시작했다.

별이 뜨는 '카퍼티 밸리(Capertee Valley)'

'Lincoln's Rock(블루마운틴즈)'은 노을 지는 석양의 진수를 보여주었다.

"석양이 이렇게 아름다울 수 있군요."

종호가 감탄했다.

"색의 파노라마 같아요."

서연이 눈을 크게 뜨며 감격했다. 이제 어둠이 대지를 덮자, 두 사람은 '카퍼티 밸리'로 이동하여 왔다. '카퍼티 밸리'는 도시의 불빛이 완벽히 차단되어 '별의 성지'로 여겨지고 있었다.

"원래는… 여기서 별을 보려 했어요. 그 사람과."

"… 미안해요. 굳이 말하지 않았어도 됐는데."

비어 있거든, 사랑으로 채워라

서연은 별자리 찾는 앱을 실행하였다. 육안으로도 밤하늘엔 바닷가 모래 알처럼 많은 별이 빛나고 있었다.

"종호 씨, 이곳은 우리와 별자리가 반대라고 들었어요. 북극성 대신 남십자성을 볼 수 있다면서요?"

서연이 말했다.

"남반구에서 항해할 때 남십자성을 기준으로 했다고 하더군요."

종호가 대답했다.

"나는 늘 모두에게 특별하길 바랐어요. 하지만 이젠… 한 사람에게 길이 되었으면 좋겠어요."

"한 사람의 별로 뜨면 가능하지 않을까요?"

누군가의 갈망이 별처럼 멀고도 가까이 있었다.

"'별 중의 별'인 서연 씨를 잘 담아 드릴게요."

종호는 여러 자세로 셔터를 눌렀다. 서연도 바위 끝을 오가며 피사체가 되고 있었다. 밤 기온은 한기가 몹시 느껴졌다. 종호는 겉옷을 벗어 서연의 어깨에 둘러 주었다.

'본다이 비치'의 시간

마지막 날, 본다이 해변은 잔잔한 햇살 속에 잠겨 있었다. 밀려왔다가 밀려가는 파도가 해변의 연인들을 습격하고 있었다.

"혼자 걷던 해변은 늘 길었어요. 오늘은 다르겠죠?" 서연이 웃으며 말했다.

"혼자 걷는 길이야 어디든 그렇죠."

서연도 종호도 러닝 복장이었다. 둘은 해변을 달리기 시작했다. 서연은 모래밭을 달리다가 잔디밭으로 방향을 바꿨다. 흰 새떼가 풀뿌리를 파고 있었다. 그 옆으론 돗자리를 편 가족들이 휴식을 취하고 있었다. 종호는 각도를 잡아가며 그녀의 사진을 찍었다.

그녀는 우울한 여행이 될 줄로 생각했다. 그런데 웃고 있었다. 한 사람의 진심이 다른 사람의 치유를 시작한 것이다. 바람이 그녀의 머리카락을 흔들고, 파도가 그들의 발자국을 덮어 주었다.

"후회하지 않으세요? 그 사람 대신, 이 시간을 선택한 거요."

서연은 바다를 바라보았다. 바다는 새 파도를 올라타는 서핑족들로 넘쳐 나고 있었다.

"후회는… 그 10분을 흘려보낸 사람이 하겠죠."

바다에서는 거침없이 세트 웨이브(set wave: 묶음으로 오는 큰 파도)가 밀고 들어왔다. '세트 웨이브. 지금 제게는 종호씨가 그 파도들 같아요.' 서연은 생각했다.

시드니 공항, 서연의 출국장 앞

두 사람은 서연의 출국장을 앞두고 나란히 앉아 있었다. 창밖 활주로를 바라보던 서연이 조용히 중얼거렸다.

"10분… 그때는 실수로 놓친 시간이라 생각했어요."

종호가 고개를 돌려 그녀를 바라봤다.

"그 10분 때문에 사람의 운명은 늘 변해 왔겠죠."

서연은 조용히 웃었다. 그리고 나직이 말했다.

"내가 바랐던 게 뭘까… 누군가의 사과? 아니면 새 출발의 구실?"

종호는 말하지 않았다. 대신 그녀의 옆모습을 찬찬히 바라보았다. 서연이 다시 말했다.

"당신은 내게 이곳의 낯선 계절 같았어요. 익숙하진 않았지만, 그 신선함이 매혹적인 시간들이었죠."

종호는 천천히 일어났다. 출국장 쪽으로 고개를 돌린 그는 잠시 머뭇거리더니, 부드럽게 말했다.

"그 시간이 내게도, 그렇게 오래 남길 바랄게요."

서연도 자리에서 일어섰다. 마지막 인사는 짧았지만, 두 사람 간의 아쉬움은 오래도록 그들에게 머물렀다.

시드니 공항, 10분의 전화(실시간)

[T-10:00]

휴대전화가 떨렸다. 화면엔 '민준'. 서연은 숨을 고르고 통화 버튼을 눌렀다.

"… 응."

"서연아."

그의 목소리는 얇게 떨렸고, 멀리서 오는 기차의 바퀴 소리처럼 간헐적이었다.

"지금 어디야?"

"게이트 앞. 곧 탑승해."

[공항 방송] "Attention please. Final boarding will begin shortly. 게이트는 출발 10분 전에 마감됩니다."

서연은 화면 상단의 시계를 흘끗 보았다. 정확히 10분.

[T-06:20]

[공항 방송] "This is the final call for passengers on flight to Incheon. 최종 탑승을 시작합니다."

서연은 휴대폰 메모장을 열었다. 저장만 해두고 보내지 못한 문장 하나가 있었다. '우리, 그만하자.' 손가락이 삭제 버튼 위에서 망설였다.

[T-05:00]

"나, 늘 뭘 선택해야 하는지 몰랐어."

서연이 말했다.

"누군가에겐 특별해지고 싶었고, 결국엔 한 사람에게 길이 되고 싶었어. 그런데 길은… 어느 쪽으로도 쉽지가 않더라. 10분, 짧지 않네." 그녀가 낮게 웃었다.

"인생을 흔들기엔 충분한 시간이라며… 네가 그랬지."

민준의 호흡이 이어졌다.

"그리고… 더 굳게도 할 수 있는 시간이라고."

[T-02:00]

[공항 방송] "Gate closing in two minutes. 게이트는 2분 후 마감됩니다."

사람들이 일어섰다. 누군가는 뛰었고, 누군가는 멈췄다.

[T-00:10]

[공항 방송] "Final call. Gate closing."

서연은 통화를 끊지 않은 채 가방을 둘러메고 일어섰다. 유리 벽에 그녀의 그림자가 길게 늘어났다.

[T-00:00]

문턱 앞. 서연은 한 번 더 숨을 고르고 말했다.

"민준씨, 나 간다. 서울에서 보자."

통화 종료음이 짧게 울리고, 게이트의 출입등이 파랗게 바뀌었다. 서연은 그 빛을 따라 걸음을 옮겼다. 10분은 끝났고, 시간은 다시 시작되었다.

인천공항 도착홀, 10분을 먼저 지키는 사람

유리문을 밀고 나오자, 민준이 조용히 일어섰다. 그는 도착 예정 시각보다 10분 일찍 와 있었다. "이번엔 내가 먼저 기다릴게." 말보다 먼저 와 있던 시간이, 사과보다 깊게 와 닿았다.

바람과 계절

민준은 변함없는 계절 같았다. 따뜻하고, 편안하고… 모든 것이 예측 가능했다. 그는 분명 공항에 일찍 나와 있었을 것이다. 사과하고, 다시 시작하자 말할 것이다.

종호는 낯선 계절의 바람이었다. 남반구의 계절처럼 익숙하지 않고, 향기도 다르며, 내가 모르는 방향으로 불었다. 그러나 그 바람은 서연에게 처음

비어 있거든, 사랑으로 채워라

으로 방향을 바꿔 보고 싶은 충동을 안겨 주었다.

익숙한 온도에선 알 수 없던 감정이, 낯선 바람에 일렁였다. 돌아갈 수 있는 길은 늘 있었지만, 돌아가고 싶지 않은 마음도 생겼다. 바람은 멈추지 않았고, 그녀의 계절도 이제 그 바람 속에서 흘러가고 있었다. 그녀는 이제, 예측 가능한 삶보다도 불완전한 설렘을 선택할 줄 아는 사람이 되어 있었다.

선택의 용기

10년 후, 한강 둔치. 늦가을 오후, 바람이 강하게 불어왔다. 갈대가 일제히 한 방향으로 몸을 기울이고 있었다. 서연은 민준과 나란히 달리고 있었다.

"그때… 왜 나였어?" 민준이 물었다.

"당신은… 봄처럼 반복되는 사람이었어. 늘 그 자리에 있는, 익숙해서 소중함을 자주 잊게 되는 존재. 하지만 그 10분, 그 짧은 기다림이 내 삶에 얼마나 많은 것을 흔들 수 있는지 알게 됐어."

민준의 눈빛이 흔들렸다.

"변화를 선택하는 것도 용기지만, 익숙함을 지켜내는 건… 더 큰 용기야. 나는 당신을 선택한 게 아니라, 우리가 함께 쌓아온 시간을 선택한 거야."

그녀의 눈빛엔 후회도, 미련도 없었다.

"완벽해서가 아니라, 우리가 서로에게 '함께 할 수 있는 사람'이라고 믿었으니까."

그녀의 상쾌한 웃음이 사람들의 시선을 잠시 붙들었다. 10분은 인생을 다시 출발하기에도 충분하지만, 더욱 단단하게 하기에도 충분한 시간이라는 공감을 나눴다. 그들은 호흡을 맞춰 느리게 달리고 있었다. 달리는 길 위로 갈대의 그림자가 양탄자처럼 깔리고 있었다.

작가 인터뷰

17년이라는 긴 시간 동안 써오신 글들을 모아 첫 소설집을 출간하셨습니다. 감회가 남다르실 것 같은데, 출간을 결심하게 된 특별한 계기가 있으신가요?

2008년부터 2025년까지, 꼬박 17년 동안 일기를 써왔어요. 처음에는 저 자신을 위한 기록이었지만, 시간이 흐르고 원고가 쌓이다 보니 어느 순간 글들이 제게 말을 걸어오는 듯했죠. 마치 뱃속의 아이가 세상 밖으로 나가고 싶어 발버둥 치듯, "이제는 생명을 달라"고 외치는 소리가 들렸어요. 올해는 어떻게든 이 이야기들을 세상에 내놓는, '출산의 기쁨'을 누리고 싶었습니다. 그 간절함이 이 책의 시작이었어요.

'비어 있거든, 사랑으로 채워라'라는 제목이 참 따뜻하면서도 철학적입니다. 수많은 단어 중 왜 하필 '비움'과 '채움', 그리고 그 해답으로 '사랑'을 택하셨나요?

현대인들을 가만히 들여다보면 무언가에 끊임없이 얽매여 있다는 생각이 듭니다. 욕심, 두려움, 이기심 같은 것들이 우리를 무겁게 짓누르고, 영혼을 갈증 나게 하죠. 저는 그 해결책이 '비움'에 있다고 보았습니다. 비워야 비로소 가벼워지고 자유로워질 수 있으니까요. 흙탕물이 담긴 그릇을 깨끗하게 하려면 맑은 새 물을 계속 부어 흘려보내야 하듯, 우리 마음도 마찬가지입니다. 비워낸 자리를 무엇으로 채울까 고민했을 때, 그 답은 오직 '사랑'뿐이더군요. 사랑이야말로 우리 모두의 목마름을 해갈해 줄 유일한 생수라고 생각했습니다.

교직에서 35년을 보낸 후 소설가로서 인생 2막을 여셨습니다. 칠판 앞에 서던 선생님에서 원고지 앞에 앉는 작가가 된 지금, 글을 쓰는 행위는 작가님께 어떤 의미인가요?

〈산골 소년의 사랑 이야기〉에 보면 처녀 선생님이 제자에게 '진짜 배움은 누군가의 눈물을 대신 짊어지는 것'이라는 말을 해요. 돌이켜보면 저는 교단에 있을 때 지식 전달에 급급해서 그렇게 멋진 스승은 되지 못했던 것 같습니다. 그런데 작가가 되어보니 비로소 배움의 자세를 갖게 되더군요. 제가 창조한 등장인물들이지만 그들이 건네는 이야기에 귀를 기울이면서 오히려 제가 배우게 되더라고요. 가르치는 사람에서 다시 배우는 사람이 되어보니, 하루하루가 재충전되고 행복한 느낌입니다.

오랜 교직 경험이 소설 곳곳에 묻어납니다. 학교에서 만났던 아이들과 학부모들의 사연이 다양한 '가족'의 모습을 그려내는 데 어떤 영감을 주었나요?

교사로서 보낸 시간은 제 문학의 텃밭과도 같아요. 스쳐 지나간 수많은 제자들의 얼굴, 지역사회에서 겪었던 학부모님들의 사연들은 세월이 지나도 잊히지 않고 제 안에 남아 영감이 되었죠. 때로는 보람으로, 때로는 아쉬움으로 남았던 그 기억들이 제 안에서 숙성되고 재창조되어 소설 속 인물들의 이야기로 탄생했습니다.

집필 과정이 늘 순탄치만은 않으셨을 텐데, 글이 막히거나 마음이 비어버린 듯한 순간에는 어떻게 다시 펜을 잡으셨나요?

글이 막힐 때는 억지로 쓰려고 하지 않습니다. 대신 아예 주제가 다른 글을 쓰거나, 잠시 그 작품에서 마음을 거두고 거리를 두죠. 마치 사람 관계처럼 글과도 적당한 거리가 필요할 때가 있더군요. 그렇게 시간을 두고 기다리면 신기하게도 좋은 장면들이 떠오르거나 꽉 막혀 있던 등장인물이 저에게 화해의 말을 걸어오는 순간이 옵니다. 그때 다시 펜을 잡습니다. 기다림이 곧 집필의 동력이 되는 셈이죠.

소설 속 인물들은 우리 주변의 평범하고 소외된 이웃들입니다. 특히 여순 사건이나 요양병원의 현실 같은 사회적 아픔을 다루게 된 특별한 계기가 있었나요?

역사적 비극이나 소외된 이웃들의 아픔에 대해 늘 부채 의식이 있었습니다. 제가 그 현장에 함께 있지는 못했지만, 그들의 고통을 외면해서는 안 된다는 생각이 가슴 한구석에 자리 잡고 있었죠. 그래서 글을 통해서나마 그 역사의 현장에 참여하고 싶었습니다. 그분들에게 위로를 건네고, 미안함을 전하는 저만의 방식이었어요.

노년의 삶을 다룬 작품들을 보면 쓸쓸함보다는 활기차고 로맨틱한 면모가 돋보입니다. 작가님이 꿈꾸는 이상적인 '어른의 삶'이 투영된 것일까요?

맞습니다. 노년은 쇠락하는 시기가 아니라, 더 당당하고 자유로우며 성숙해질 수 있는 시기라고 믿어요. 육체적인 강건함은 젊은 시절보다 못하겠지만, 마음먹기에 따라 삶의 활력은 더 깊고 진해질 수 있죠. 제 소설 〈늙은 늑대가 울었다〉에 나오는 장 노인이나 〈나는 오늘도 걷는다〉의 주 노인의 모습이 제가 지향하는 '좋은 어른'이에요. 실제로 저도 파크골프를 치면서 많은 에너지를 얻고 있기도 합니다.

작품 속 배경 묘사가 참 생생합니다. 작가님에게 가장 큰 위로가 되었거나 영감을 주었던 '공간'은 어디였나요?

시골, 숲, 자연, 그리고 낯선 풍경에서 큰 위로를 받곤 합니다. 제주도의 사려니숲길을 걸으며 〈공간이 사람을 바꾼다〉를 구상했고, 시골 하늘을 나는 기러기 떼를 보며 〈태극오리 먼동이와 노을이〉를 떠올렸습니다. 특히 제 유년 시절의 농촌 풍경은 〈산골 소년의 사랑 이야기〉의 배경이 되었죠. 이 글들을 읽을 때마다 저 스스로가 가장 큰 치유를 받습니다. 저에게 이 공간들은 최선의 항염제이자 안식처입니다.

28편의 이야기 중 작가님의 자전적 경험이나 마음이 가장 많이 투영된 인물은 누구인가요?

여러 인물에 제 모습이 조각조각 녹아 있습니다. 표제작인 〈비어 있거든 사랑으로 채워라〉에서 나오는 "외로울 때 알게 된다. 만남의 소중함을"이라는

비어 있거든, 사랑으로 채워라

문장은 제 자전적 고백이기도 합니다. 또 〈사랑은 언제나 옳다〉의 주인공 하선을 통해 제가 깨달은 인생의 교훈을 말하기도 했고요. 하지만 가장 저와 닮은 인물을 꼽자면, 〈평일도 1, 2〉에 나오는 '주 선생'입니다. 소설 속으로 제가 직접 걸어 들어간 것 같은, 제 분신과도 같은 인물입니다.

소설 속 갈등 해결의 열쇠는 주로 '용서'와 '화해'입니다. 현실에서는 참 어려운 일인데, 그럼에도 우리가 끝내 용서하고 사랑해야 하는 이유는 무엇일까요?

용서와 사랑은 남을 위한 것이 아니라, 자기 자신에게 주는 가장 큰 선물입니다. 용서하지 못하는 마음은 무거운 짐을 지고 길을 걷는 것과 같아요. 바람처럼 자유롭고 싶다면, 우리 마음을 옥죄는 미움의 매듭을 자꾸 풀어내야 합니다. 우리가 사랑의 띠를 띠고 살면 하늘도 돕습니다. 사랑이야말로 인간이 흉내 낼 수 있는 가장 신성한 성품이 아닐까요.

이 작품을 통해 독자들에게 꼭 전하고 싶은 핵심 메시지는 무엇인가요?

요즘 한류가 세계적인 대세인데요. 저는 이 흐름 속에서 문학을 통해 'K-휴머니즘'을 이야기하고 싶었습니다. 제가 정의하는 K-휴머니즘이란 '생명의 존엄성', '공동체의 연대', 그리고 한국 특유의 '정과 나눔'입니다. 모든 생명을 귀하게 여기고, 무너진 공동체를 회복하며, 사랑을 나눈다면 더 좋은 사회가 되겠죠. 사람은 실패할지라도 사랑은 실패하지 않아요. 독자분들이 책을 덮으며 이 K-휴머니즘의 온기를 느낄 수 있다면, 작가로서 더할 나위 없이 기쁠 거예요.

집필을 마치고 난 후, '인간 전종채'는 어떻게 달라졌나요?

책 속의 주인공들이 제게 끊임없이 말을 걸어옵니다. 그들은 이제 저를 위로하고 치유해 주는 가장 좋은 친구가 되었습니다. 제 안에 이렇게 좋은 사람들을 곁에 두고 있으니, 저 또한 조금 더 행복하고 성숙한 사람이 되어가는 기분입니다. 요즘도 저는 마음속으로 주인공들의 이름을 한 번씩 불러보며 그들의 이야기에 귀를 기울이곤 합니다.

이 책이 독자들에게 어떤 순간, 어떤 위로가 되길 바라시나요?

사랑이 고파질 때, 마음이 허기질 때 이 책을 펼쳐보셨으면 좋겠습니다. 〈비어 있거든 사랑으로 채워라〉에서 강산이 "양심이 시키는 일은 미루면 안 돼"라고 말하며 사랑하는 연인을 떠나는 장면이 있습니다. 그 순수한 마음을 읽으며 잠시 그 안에 머물러 보셨으면 해요. 좋은 사람과 사랑의 존재를 확인하는 것만큼 큰 위로는 없으니까요.

앞으로의 집필 계획이나 꿈이 있다면 들려주세요.

앞서 말씀드린 'K-휴머니즘'—생명의 존엄, 연대, 정과 나눔—의 혼을 담은 작품을 계속 써나가고 싶습니다. 그것이 제 문학의 뿌리이자 지향점입니다. 따뜻한 인간애가 살아 숨 쉬는 이야기로 다시 찾아뵐게요.

마지막으로, 지금 마음 한구석이 비어 있어 허전함을 느끼는 독자들에게 한마디 부탁드립니다.

이 책의 제목으로 대신하고 싶습니다. "비어 있거든, 사랑으로 채우십시오." 비워야 채울 수 있습니다. 욕심과 두려움을 비우고, 그 빈자리를 따뜻한 사랑으로 채우시기를, 조심스럽지만 간절한 마음으로 권해드립니다.

작가 홈페이지

비어 있거든, 사랑으로 채워라

비어 있거든, 사랑으로 채워라

하루를 바꾸는 28개의 단편 소설집

발행일 2025년 12월 29일

지은이 전종채
펴낸이 마형민
기획 페스트북 편집부
편집 곽하늘 이은주 김현우 조설인
디자인 김안석 표진아
펴낸곳 주식회사 페스트북
홈페이지 festbook.co.kr
편집부 경기도 안양시 동안구 관악대로 488

© 전종채 2025

ISBN 979-11-6929-963-3 03810
값 17,000원